KB081503

최치원

4

하늘의 비밀

최치원 ❹
하늘의 비밀

초판 1쇄 인쇄 | 2021년 02월 05일
초판 2쇄 발행 | 2021년 02월 15일

지은이 | 최진호
펴낸이 | 최화숙
편집인 | 유창언
펴낸곳 | 집사재

등록번호 | 제1994-000059호
출판등록 | 1994. 06. 09

주소 | 서울시 성미산로2길 33(서교동) 202호
전화 | 02)335-7353~4
팩스 | 02)325-4305
이메일 | pub95@hanmail.net | pub95@naver.com

ⓒ 최진호 2021
ISBN 978-89-5775-259-3 04810
ISBN 978-89-5775-255-5 04810(세트)
값 16,000원

* 파본은 본사나 구입하신 서점에서 교환해 드립니다.
* 이 책의 판권은 지은이와 집사재에 있습니다. 내용의 전부 또는 일부를
  재사용하려면 반드시 양측의 서면 동의를 받아야 합니다.

• 저자의 허락을 받아 다음 저서에서 내용 일부를 인용했음을 밝혀 둡니다.
  최영성 校註 『교주 사산비명(校註 四山碑銘)』(도서출판 이른아침 2014. 3. 20 발행)
  최상범 엮음 『고운 최치원의 생애』(도서출판 문사철 2012. 11. 15 발행)
• 도서판매 수익금은 전액 최치원 인물기념관 건립에 지원됩니다. 사회복지법인 탑코리아 문화복지재단은 '한류
  성지인물기념관' 건립모금을 추진하고 있습니다. 기부한 금액은 세법에 의거 비용 처리되며 뜻있게 사용됩니
  다. (농협계좌 : 301-0027-4482-71 문의전화 : 010-4955-6400)
• 저작권법에 의해 보호받는 저작물이므로 무단 전재와 복제를 금합니다.

최치원
❹
하늘의 비밀

최진호 장편소설

집사재

최치원 ❹　　　하늘의 비밀

최진호 장편소설

| 차 례 |

대숭복사비

잠시 월성을 뒤덮었던 먹구름이 또다시 몰려들었다. 왕거인 사건 이후 정신을 잃고 쓰러졌던 상대등 위홍은 병세가 호전되는가 싶더니 다시 악화되어 끝내 눈을 감고 말았다.

상대등의 죽음은 여왕에게 있어 슬픔의 도가니가 되어 헤어날 수 없는 깊은 수렁으로 몰아갔다. 상대등 위홍이 세상을 뜨자 여왕은 월성이 떠나가도록 통곡하였다. 그것은 임금의 위엄과 체통을 완전히 벗어던지고 실신한 듯한 울부짖음이었다.

"상대등, 숙부! 숙부! 나이 어린 저를 버리고 가시면 어쩌란 말입니까? 서라벌의 방향을 이제 누구에게 의지해야 한단 말입니까? 하늘이시여, 당신의 왕국 서라벌을 영영 버리시는 겁니까? 2년여 사이에 헌강대왕, 정강대왕 두 오라버니를 불러 가시더니 이제 제게 남은 숙부마저 데려가시면 이 여인은 어찌하라는 말입니까? 서라벌, 서라벌의 무심한 하늘이시여!"

무심한 하늘을 원망하는 한 여인의 한 맺힌 울음소리는 남녀

간의 애정 상실에 대한 비통함을 넘어 그동안 몸과 마음으로 믿고 의지하던 절대 권력을 잃은 자의 절규였다.

"대왕마마, 고정하소서. 저희들이 있지 않습니까. 젊은 저희들이!"

금방이라도 실신할 듯 몸부림치며 통곡을 하는 여왕에게 젊은 화랑인 관일, 파랑, 승냥이 다가와 산발한 머리를 쓸어 올려 주고 양쪽 어깨를 부축하며 달래 주었다.

"뭐? 너희들이 있다고? 젊다고? 네까짓 것들이 뭔데? 말이나 타고 활이나 쏘고 씨름이나 하던 푼수들이. 너희들이 국사를 알아? 이 막중한 천 년 사직의 위중함을 너희들이 아냔 말이다!"

여왕은 젊디젊은 그들의 손마저 뿌리치며 울음을 멈추지 않았다. 심지어 여왕은 마치 실신한 사람처럼 산발한 채 어전을 내려와 마루 위를 오가며 통곡하기를 반복했다. 이를 지켜보는 대신들조차 모두 꿇어앉은 채 흐느끼고 있었다.

"마마, 대왕마마, 정신을 차리시옵소서. 조정의 모든 신하가 보고 있습니다. 왕은 죽는 순간까지 체통을 잃으시면 안 됩니다. 대왕은 만백성의 어머니며 하늘이 보낸 통치자입니다. 통치자가 신하 상중에 이처럼 호곡하여 이성을 잃으시면 서라벌은 어찌합니까? 또한, 저 궁 밖에 있는 만백성은 어찌하겠습니까?"

유일하게 달려와 여왕에게 직언을 하는 사람은 상복을 입은 부호 부인뿐이었다. 부호 부인은 여왕의 귀에 대고 속삭이며 그만 울음을 멈출 것을 간절히 말했다. 그래도 여왕의 울음소리는 계속되었다.

"유모, 난 숙부 없이는 앞날에 일어날 일들을 내다볼 수 없어요. 조정의 막중한 판단을 할 수가 없단 말입니다. 경륜이 있어야지요, 경륜이! 이 나라를 다스려 온 경륜 자체가 일천한데, 과인이 보위를 삼 년만 지켰어도 이 나라의 사정을 파악할 수 있겠는데, 강보에 싸인 아기 같은 나를 상대등이 버리고 가셨습니다."

여왕은 아비를 잃은 어린아이가 되어 울부짖었다.

"경륜 있는 대신들과 저 같은 사람도 있습니다. 저를 믿으시고 마음을 다잡으세요. 대왕마마. 어서 눈물을 거두세요."

부호 부인은 여왕을 끌어안고 침착하면서도 단호하게 여왕이 지켜야 할 도리를 일러 주었다. 그런 부호 부인의 품에 안긴 여왕은 다소 안정을 찾아가고 있었다.

상대등 위홍의 묘는 열성조가 누워 있는 남산에 마련되었고, 여왕은 그에게 혜성대왕惠成大王이라는 시호를 내렸다. 그의 묘는 왕릉의 규모로 조성이 되었고 능 앞에는 혜성대왕지묘라는 엄숙한 비석이 세워졌다. 그러나 여왕은 아직도 마음을 다잡지 못하고 있었다.

이를 바라보는 최치원은 여왕의 안정과 서라벌의 번영을 위해 서둘러 비문을 완성했다. 벌써 몇 년째 서라벌에는 상복을 입은 사람들이 왕궁과 저잣거리를 메우고 있는 통에 음식이 끊김은 물론이고 가무가 사라진 거리에는 침울한 분위기마저 감돌고 있었다.

비록 단 한 번 반짝 있었던 일이지만, 여왕이 즉위할 때만 해도 세금을 감면해 주고 죄수들을 방면하고 젊은이들에게 일자리를 만들어 준 덕분에 서라벌에는 그야말로 활기가 넘쳐 새 세상이 열린 것에 대해 모두 즐거운 마음으로 반겼었다. 그런데 헌강대왕, 정강대왕, 진성대왕에 이르기까지 삼 대에 걸쳐 국사를 챙기고 삼대목이라는 왕가를 칭송하는 향가집까지 완성했던 상대등 위홍이 남산에 묻히고 나자 서라벌은 대들보가 빠져나간 지붕처럼 엉성한 형상만 남았고 바람막이가 없는 벽면처럼 을씨년스럽기만 했다.

최치원이 비문을 완성하여 월성에 들어가자 내관은 당황한 듯 그에게 잠시 앉아서 기다리라고 하더니, 이내 황황히 나와 최치원에게 다가갔다.

"대왕마마께옵서 안으로 들어오시라고 합니다. 소관을 따라오십시오."

내관은 조심스럽게 좁은 마루를 앞서가더니 어느 방 앞에서 멈췄다. 커다란 발이 쳐져 있는 곳에서는 물소리가 들리고, 사내들의 야릇한 웃음소리에 섞여 여왕의 간드러지는 목소리도 울렸다.

"살살 밀거라, 이놈아. 좀, 살살. 흠. 그렇지, 그렇게."

그러면서 여왕은 깊고도 뜨거운 숨을 토해내고 있었다.

"마마, 이렇게 기름을 발라 밀어 드리니 시원하시지요? 여기는요? 요기는요?"

이를 즐기기라도 하는 듯 앳된 사내들의 장난 섞인 목소리가 연이어 들렸다.

"두 놈은 내 다리를 밀고, 관일이는 내 등을 밀어라."

여왕도 이에 질세라 어린아이가 투정하듯 콧소리를 냈다.

"네 마마, 좋사옵나이다."

젊은 사내들과 여왕의 애정 행각이 점점 농후해지자 내관은 어찌할 바를 몰라 헛기침만 연신 해댈 뿐이었다.

"최 한림학사 드셨습니다. 최 한림학사가……."

마침내 내관이 여왕에게 최치원이 들었음을 알렸다.

"뭐라고? 최 한림학사가 왔다고? 들라 해라."

여왕이 아무렇지도 않다는 듯이 큰 소리로 말하자 내관은 안타까운 눈빛으로 최치원을 바라보았다.

"대왕마마, 최 한림학사 대령하였사옵나이다."

"그러니까, 들어오라니까요"

그러나 최치원은 그 자리에서 움직이지 않았다.

"마마, 제가 어전에 들어가 기다리겠사옵니다."

"용무가 있으면 들어오시오. 내가 괜찮다는데 왜 어전으로 나가오?"

최치원이 발길을 돌리려는 찰나에 여왕의 다급한 목소리가 들렸다. 취기가 느껴졌다.

"소신 어전에서 기다리겠사옵니다. 들고 있는 문서가 물에 젖는 것이라 마른 데서 마마를 뵈어야 합니다. 돌아가 있겠사옵나이다."

최치원은 여왕이 벌거벗고 젊은 사내들과 목욕을 하는 장면을 눈에 담고 싶지가 않았다.

"역시 한림학사는 어쩔 수 없는 유학자로군! 그래, 예절 바르고 분별력이 확실한 당나라 수재야. 난 뭐 한림학사가 오라버니 같기만 해서 스스럼없이 대하려고 했는데. 그래요, 군신 간의 예의는 차려야지. 그래, 내가 옷 입고 나갈 테니 기다리시오."

여왕의 비아냥거리는 웃음소리에 최치원은 당황한 나머지 이마에서 흘러내린 땀을 닦으며 어전을 향해 황망히 걸어갔다. 얼마간의 시간이 흐르자 화장도 하지 않은 채 생머리를 길게 늘어뜨린 여왕이 왕관도 쓰지 않고 나타났다.

옥좌에 앉은 여왕의 머리에서는 아직도 물이 뚝뚝 떨어져 내려 어전 바닥을 촉촉히 적시고 있었다. 그러자 내관이 이 장면을 보고 발 빠르게 달려가 옷소매 자락으로 물을 닦아냈다. 여왕은 서역 사람들이 피우는 물담배를 입에 물고 최치원을 빤히 쳐다보았다.

"지금 서라벌은 연이은 국상으로 백성들 모두 슬픔에 잠겨 침울하기만 하옵나이다."

최치원은 여전히 고개를 떨어뜨린 채 여왕에게 서라벌 분위기를 전했다.

"그건 나도 다른 신하로부터 보고받아 아는 사실이오. 그래, 뭘 가지고 왔다고?"

여왕은 서라벌 분위기 따위는 별 관심이 없다는 듯 차갑고도 싸늘하게 응대했다.

"일찍이 헌강대왕께서 소신에게 하명하셨던 대숭복사의 비문을 완성하였습니다."

최치원도 여왕의 냉정한 시선 따위는 두렵지 않았다.

"그렇게 고생하시면서 작성한 비문이 드디어 완성되었군. 그럼 후세에 널리 알릴 비석을 세워야지."

"왕실의 원찰인 대숭복사의 행사를 통해 가급적 많은 백성을 부르시고 비를 세우는 그날 하루라도 백성들을 위무해 주소서. 토함산 기슭에 문무백관들을 모두 나오게 하여 바람도 쐬게 하고 바다도 바라보며 탑돌이도 하게 하소서. 곡식을 풀어 노인들과 아이들에게도 먹이시고 젊은이들에게 좋은 말씀을 들려 주소서."

최치원이 곡진히 아뢰자 여왕은 그제야 정신이 드는 듯 담뱃대를 내려놓으며 온화한 얼굴로 최치원을 바라보았다.

"그날 지루한 불사가 길게 진행될 텐데 젊은이들이 많이 올까?"

"불사를 진행하시되 젊은이들을 위해 범패와 승무를 곁들여 조용한 축제로 만들어 주소서. 우리 서라벌의 젊은이들이 희망을 가질 수 있도록 해주소서. 토함산을 오르는 요소요소에 화랑과 무예를 하는 젊은이들을 배치하여 노인들의 길 안내를 맡게 하고 힘이 없는 노인들은 아예 업어 나르게 하소서. 그리고 아름다운 소녀들에게 색깔 있는 옷을 입게 하여 웃는 얼굴로 손님들을 맞게 하시고, 토함산 기슭에 밝은 등을 달고 관등 손님들에게 꽃을 선물해 주는 것이 좋겠습니다."

여왕은 얼굴이 한껏 밝아졌다.

"그럼 그날 과인은 어떤 옷차림이 좋겠소?"

"대숭복사는 왕실의 희망과 소망을 선왕들께 아뢰는 상서로운 곳입니다. 밝고 위엄 있는 어복을 특별히 준비하소서."

"그래그래, 난 그날 붉은 어포에 노랑 띠를 맬 거야. 왕관도 가볍고 하늘하늘한 걸로 하고 싶어. 과인이 화장을 해도 될까?"

"가볍고 기품 있게 하소서!"

여왕의 한껏 들뜬 표정을 바라보며 최치원은 헛기침을 하고 물러갔다.

토함산 기슭에는 왕실의 모든 고관들, 서라벌에 들어와 있던 외국 사신들, 동시와 남시 그리고 서시에서 큰 장사를 하는 모든 장사꾼들 그리고 개운포와 감포 일대에서 다른 나라와 무역을 하는 사람들과 장사를 하는 왜인들, 노인들과 젊은이들이 인산인해를 이루었다.

지팡이에 의지하여 가파른 길을 오르던 노인들은 낯모르는 젊은이들이 웃으며 달려와 등을 내미는 바람에 덩실덩실 춤까지 추었다.

"아이고, 내 생전에 이렇게 잘 생긴 젊은이가 씩씩하게 업어 주는 일도 처음이네. 우리 아들은 농사짓느라 힘들어 허리도 못 펴고 손자들은 어린데, 아이고 어디서 온 젊은이신가?"

한 노인이 예상치 못한 호강에 즐거워했다.

"남산 기슭에서 훈련을 하는 화랑이옵니다."

젊은이는 노인 앞에서 힘든 내색을 하지 않은 채 고분고분 대답을 했다.

"아이고 아이고, 젊고 씩씩한 화랑이 나를 업어 주다니."

노인들은 자신들을 위해 고생을 하는 화랑들에게 미안하면서도 고마운 마음을 가득 느꼈다.

그날 여왕은 매미처럼 날아갈 듯한 화려한 옷을 차려입고 연을 타고 산을 올랐다. 연을 멘 역꾼들은 모두 엷은 분홍색 옷을 입었고 앞에서 길을 인도하는 궁녀는 그림 같은 채색 옷을 입고 있어 흥겨운 분위기를 자아냈다.

여왕이 숭복사의 일주문을 통과하자 모든 사람이 '여왕마마 만세! 대왕마마 만세!'를 외치며 여왕의 행차를 반겼다.

젊은 여인들은 저마다 손에 들고 있던 꽃가지를 마구 흔들며 여왕의 얼굴을 보기 위해 자리다툼을 벌이기도 했다. 여왕은 서로 밀치며 넘어지는 광경을 가마 안에서 지켜보며 살포시 웃었다. 화랑과 같은 젊은이들도 멀찍이서 '아름다운 여왕마마'를 연호했다.

그때 복면을 한 웬 젊은이가 군중을 밀치고 나타나 길을 막았다. 금군들이 긴장하여 나서며 젊은이를 잡아내려 할 때 여왕이 연의 창문을 밀치며 말했다.

"그대, 얼굴을 들라."

젊은이는 복면을 하고 있어 얼굴을 알아볼 수는 없었지만 겉모습으로 보아 키가 아주 크고 장대한 것이 어딘지 모르게 서역인의 모습을 닮았다.

초월산 대숭복사비 初月山大崇福寺碑

"소인은 삼백 년 전에 불에 타 숨진 지귀의 환생남이옵니다. 오늘 대왕마마의 행차를 오랫동안 기다려왔사옵니다. 이 몸도 기꺼이 불덩이가 될 것이옵니다. 대왕마마, 제게 선물을 주시옵소서."

복면을 벗은 젊은이가 익살스럽게 말을 이어가자 여왕은 입을 벌리고 호탕하게 웃었다. 난데없는 젊은이의 출현과 여왕의 밝은 웃음에 사람들은 모두 긴장한 나머지 숨을 죽인 채 이 광경을 지켜볼 뿐이었다.

"그래? 그대가 지귀의 환생남이라고?"

여왕은 다시 한 번 크게 웃었다.

"언제 우리 서라벌의 설화를 익혔는고? 과인은 위대하신 선덕대왕마마가 아닌데, 이 일을 어쩐다? 그리고 그대가 과인을 사모하면 쓰러질 공주가 있을 텐데. 어쨌든 좋다. 이따가 행사가 끝나고 과인이 돌아갈 때 그대가 길가에 잠들어 있는지를 확인하고 과인이 선물을 내릴 것이다."

여왕의 말이 끝나기가 무섭게 여기저기서 웅성웅성 떠들며 큰 소리를 냈다.

"와, 여왕마마께서 선물을 내리신대! 선덕대왕께서 지귀에게 내리셨던 그 팔찌를 주실 수 있을까? 와, 부럽다. 그런데 저 서역인은 누구야?"

"누구긴, 누구야? 서역에서 왕자가 왔다고 하잖아. 피루즈라고. 아령 옹주하고 혼인을 하기로 했다는데 아직까지 혼례를 못 치렀다지, 아마?"

"아 그럼, 왕실에서 계속 큰일이 생기고 상복을 챙겨 입어야 하는 판에 무슨 혼례를 올리겠어?"

사람들의 관심이 여왕의 선물에서 서역인에게 옮겨가자 그는 이내 군중 속으로 사라지고 말았다.

한바탕 일었던 작은 소동이 잠잠해지자 이윽고 의식이 장엄하게 진행되었다. 주지승이 축문을 읽고, 외국 사신들도 축하 서한을 대웅전에 올렸다. 대웅전 뜰에 큰 등을 달아 온 세상을 밝혔다. 범패가 울려 퍼지고 승무를 출 때 사람들은 모두 숨을 죽이면서 승무를 추는 그 여인이 누구인가 궁금해하며 이를 주목하였다.

승무가 절정에 이르고 박사 고깔을 쓴 여인이 큰 춤을 신출귀몰하게 잘 마무리하면서 원삼소매를 휘두를 때 난데없이 고깔이 벗겨져 탑 아래로 떨어졌다. 무희의 파랗게 깎은 머리가 나타나자 댓돌 위에 앉아 있던 공주들과 옹주들이 일제히 탄성을 질렀다.

"아니, 저 여인은 법화 공주 아니야?"

"맞아, 맞아. 불국사 스님을 못 잊어 끝내 비구니가 되었다던 법화 공주야."

파르라니 머리를 깎은 비구니가 법화 공주라는 말에 여왕도 귀가 솔깃하여 땀을 닦고 있는 그 비구니를 자세히 살폈다. 그렇다. 저 비구니는 삼 년 전에 궁에서 사라졌던 법화 공주였다. 자신의 막내 동생이 되는 법화 공주를 이런 자리에서 만나게 되다니…….

동생과의 뜻밖의 만남에 여왕은 잠시 혼란스러웠다.

"주지 스님, 우리 공주가 결국 이 숭복사에 와 있군요? 언제부터 여기에 와 있었습니까?"

동생을 만난 즐거움을 잠시 뒤로 하고, 여왕은 법화 공주가 이곳에 오게 된 연유를 알고 싶었다.

"사실 공주님은 이 숭복사에 계신 것은 아니옵고, 저 고개 너머에 있는 석굴사에 머물고 계십니다. 신심도 아주 깊으시며 범패도 잘 하시고, 승무에도 저토록 능하십니다. 아마 오늘 대왕마마께 큰절을 올리기 위하여 나오신 것 같습니다."

주지 스님의 말이 끝날 즈음, 탑 밑으로 굴러갔던 박사 고깔을 찾아든 비구니가 절 마당에 꿇어앉아 여왕에게 큰절을 올렸다. 그러자 모든 비빈들과 고관들 그리고 공주와 옹주들이 모두 일어나 비구니가 된 법화 공주를 향해 박수를 보냈다. 비구니가 된 법화 공주에게 박수를 보내던 여왕이 흰 손수건을 꺼내 눈물을 닦았다.

"저렇게 아름다운 용모로 비구니가 되다니."

법화 공주를 향한 안타까운 마음에 눈물은 멈추지 않고 계속해서 흘러내렸다. 그때 비문을 쓴 최치원이 성큼성큼 걸어 나와 비석 앞에 서면서, 비문의 내용을 요약해서 설명하였다.

유당 신라국 초월산 대숭복사비명 및 서

전에 중국에서 도통순관都統巡官 승무랑承務郎 시어사侍御史 내공봉內供奉을 지냈으며, 자금어대紫金魚袋를 하사받은 신臣 최치원崔致遠, 왕명을 받들어 최근 3대 왕조의 역사실록을 찬술하였다.

신臣이 듣건대, 왕자王者가 조종祖宗의 덕을 기본으로 하여 후손을 위한 계책을 크게 세울 적에, 정치는 인仁으로써 근본을 삼고, 예교禮敎는 효孝로써 우선을 삼는다고 한다. (따라서) 인仁으로써 대중을 구제하려는 정성을 보이고, 효로써 어버이를 높이는 법도를 거행하며, 「홍범洪範」에서 '치우침이 없음(無偏)'을 본받지 않음이 없고, 「주시周詩」에서 '효자가 다하여 없어지지 않는다'는 것을 따르지 않음이 없어야 한다.

조상의 덕을 이어 받아 닦음에 있어, 성숙하지 못하다는 비난을 없애고, 조상의 제사를 잘 받듦에 있어, 마름이나 흰쑥(蘋蘩) 같은 잡스런 풀이라도 정결히 올림으로써, 두터운 은혜(惠渥)가 백성에게 고루 젖게 하며, 덕의 향기가 끝없는 하늘에 높이 사무치도록 한다.

그러나 마음으로 애를 쓰면서 더위 먹은 백성에게 부채질을 해주며 죄인을 보고 우는 것이, 어찌 중생(群品)을 크게 미혹한 데서 건져 주는 것과 같을 것이며, 있는 힘을 다하여 자기 조상을 상제上帝와 함께 제사지내는 것이, 어찌 높으신 혼령을 늘 즐거운 곳(常樂之鄕, 涅槃)에 모시는 것과 같겠는가?

이로써 조상과 후손의 돈목敦睦함이 실로 삼보三寶를 높이는 데 있음을 알겠다. 하물며, 옥호玉毫의 빛이 밝게 비치는 것과 부처의 금구金口에서 게타偈陀가 흘러 퍼지는 것이, 서역의 생령生靈에게 한하지 않아 이에 동방세계로 미쳤음에랴.

우리 태평국太平國의 승지勝地는 사람의 성질이 매우 유순하고 지기地氣가 만물을 생기게 하는 데 모아졌다.

산과 숲에는 말없이 고요하게 도를 닦는 무리가 많아 인仁으로써 벗을 모으고, 강과 바다의 물은 더 큰 곳으로 흐르려는 형세(朝宗之勢)를 좇아, 선善을 따르는 것이 물 흐르는 것 같았다.

이런 까닭에, 군자의 풍도를 드날리고 부처(梵王)의 도에 감화되어 젖는 것이, 마치 붉은 인주(紫泥)가 옥새를 따르고, 쇠가 거푸집(鑄型) 안에 들어 있는 것과 같았다. 그래서 군신君臣이 삼귀三歸에 뜻을 비추어 보고, 사서士庶가 육도六度에 정성을 기울일 수 있게 되었으니, 이에 국도國都(國城)에까지 아낌없이 능히 탑묘塔廟가 즐비하기에 이르렀다. 비록 그것이 남섬부주南贍部洲의 바닷가에 있다고 하더라도, 어찌 도솔천兜率天 위에 부끄러울 것인가. 여러 가지로 미묘한 것 가운데서도 더욱 미묘한 것을 무슨 말로서 표현하랴.

금성金城(慶州)의 남쪽, 해돋이를 볼 수 있는 산기슭에 숭복사라는 절이 있다. 이 절은 곧 선대왕先大王(경문왕)께서 왕위를 이어받으신 첫 해에 열조烈祖 원성대왕元聖大王의 능陵을 모시고 명복을 빌기 위하여 세운 것이다.

옛 절이 생긴 기원(濫觴)을 상고하고, 새 절이 이룩된 과정 (覆簀)을 살펴보건대, 옛날 파진찬波珍湌 김원량金元良은 소문왕후炤文王后의 큰 외숙(元舅)이요, 숙정왕후肅貞王后의 외조부였다. 몸은 비록 귀공자貴公子였으나 마음은 실로 참다운 옛사람이었다.

처음에는 사안謝安이 동산東山에서 마음껏 즐긴 것처럼 가당歌堂과 무관舞館을 어엿하게 짓더니, 나중에는 혜원慧遠이 여러 사람과 함께 서방정토西方淨土에 가기를 발원한 것 같이, 그것을 희사하여 불전佛殿과 경대經臺로 삼았다. 그 당시에 피리 소리, 금슬琴瑟 소리였던 것이 오늘날엔 금종金鍾 소리, 옥경玉磬 소리로 바뀌었으니, 때를 따라 변개變改한 것은 출세간出世間의 인연이었다.

절의 배후背後가 되는 것은 바위에 있는 고니(鵠)의 모양이다. 그것을 따라 절의 이름으로 삼았다. 능히 좌우의 익랑翼廊(鶴廬)으로 하여금 길이 값지게 하고, 길이 법당法堂(鵝殿)으로 하여금 더욱 빛나도록 하였으니, 저 파라월波羅越(鵠)의 형상과 굴우차崛忧遮의 명칭일지라도, 어찌 한 번에 천 리를 나는 고니로써 비유를 취하고, 사라쌍수沙羅雙樹가 희게 변한 것으로써 표제標題를 지은 것과 같겠는가. 다만 이 땅은 위세가 취두산鷲頭山보다 낮고 지덕地德은 용이龍耳의 형국처럼 높으므로, 절을 짓는 것보다 왕릉을 마련함이 좋을 것이다.

정원貞元 무인년(원성왕 14년, 798) 겨울에 이르러, 원성대왕께
서 사후死後의 장사葬事에 대하여 유교遺教하시면서 인산因
山할 것을 명하였다. 땅을 가리기가 몹시 어려워 이에 곡
사鵠寺를 지목하여 거기에다 유택幽宅을 모시려고 하였다.
이때 의문을 제기하는 자가 있어 다음과 같이 말하였다.

옛날 자유子游의 사묘祠廟와 공자孔子의 구택舊宅도 끝내는
모두 차마 헐지 못하여 사람들이 지금껏 칭송한다. 그럼
에도 금지金池를 빼앗으려고 하는 것은 곧 수달다須達多가
크게 희사한 마음을 저버리는 것이 아니겠는가. 죽은 사
람을 장사지내는 것이란, 땅으로서는 돕는 바이지만 하늘
로서는 허물하는 바이다. 서로 보익補益되지 못할 것이다.

그러자 당국자가 비난하여 말하기를 절이란 자리하는 곳
마다 반드시 전화轉化되어 어디를 가든지 어울리지 않음
이 없다. 그러므로 재앙의 터전을 능히 복福의 마당으로
변전變轉시켜, 백억겁토록 위태로운 현실사회를 구제하는
것이다. 능묘란 아래(頫)로는 지맥地脈을 가리고 위(仰)로는
천심天心을 헤아리며, 반드시 묘지(九原)에다 사상四象을 포
괄함으로써 천만대 후손에게 미칠 복(餘慶)을 보전하는
것이니, 자연의 법칙이다.

불법佛法에는 주상住相이 없고 장례에는 좋은 때(盛期)가

있으니, 땅을 바꾸어 자리함이 하늘의 이치에 따르는 것이다. 단지 청오자青烏子 같은 풍수가의 좋은 감정(善視)을 따랐을 뿐, 어찌 백마白馬로 하여금 (절이 헐리는 것을) 슬퍼하도록 한 것이랴.

또 이 절을 조사해 보니 본래 임금의 인척(戚里)에게 예속되었다. 따라서 낮은 것(戚里)을 버리고 높은 것(王室)을 취하여, 지금의 절을 버리고 새 왕릉을 도모해야만 될 것이다. 그리하여 왕릉으로 하여금 해역海域(신라)의 웅려雄麗한 곳에 자리잡도록 하고, 절로 하여금 경치(雲泉)의 아름다움을 독차지하게 하면, 우리 왕실의 산같이 높은 복이 우뚝 솟을 것이요, 저 후문侯門의 바다같이 넓은 덕이 순탄하게 흐를 것이다.

이것을 일러 '알고는 하지 않음이 없고, 각각 그 제자리를 얻음이다'고 할 수 있다. 어찌 정鄭나라 자산子産의 작은 은혜로 자유子游의 사당이 헐리지 않은 것이라든지, 한漢나라 노공왕魯恭王이 공자의 옛집을 헐려고 하다가 도중에 그만둔 것과 더불어, 날을 같이하여 옳고 그름을 따지겠는가. 마땅히 점괘(龜筮)가 하고자 하는 일과 들어맞는다는 말을 들을 것이요, 용신龍神이 기뻐함을 보게 되리라고 하였다.

드디어 절을 옮기고 이에 왕릉을 영조營造하였다. 두 역사役事에 인부가 모이고 온갖 장인匠人들이 일을 마쳤다.

그 절을 고쳐 지을 적엔, 인연 있는 사부대중四部大衆이 서로 (식솔들을) 거느리고 왔다. 옷소매가 이어져 바람이 일지 않고, 송곳 꽂을 땅도 없을 정도여서, 무시霧市가 오리五里에 급히 내닫는 듯했고, 설산雪山까지 이어진 사람들이 일시一時에 잘 어울려 만나는 것 같았다.

기와를 걷고 서까래를 뽑으며, 불경을 받들고 불상을 모심에, 번갈아 서로 주고받으며 다투어 정성으로써 이루니, 인부가 빠른 걸음으로 옮기지 않았는데도 스님들의 안식처가 이미 마련되었다.

그 왕릉(九原)을 이룩함에, 비록 왕토王土라고 말은 하지만 실은 공전公田이 아니었다. 이에 부근의 땅(邇封)을 모두 좋은 값으로 구하여 구롱丘壟(왕릉)에 1백여 결結을 사서 보태었다. 값으로 치른 벼(稻穀)가 모두 2천 점苫이었다. 곧 해당 관사官司와 기내畿內의 고을에 명하여, 다함께 길에 무성한 가시나무를 쳐서 없애고, 분산하여 능역陵域 둘레에 소나무를 옮겨 심도록 하였다. 그러므로 쓸쓸한 비풍悲風이 잦게 되면 춤추던 봉황과 노래하던 난새(鸞鳥)의 생각이 격렬해지고, 울창한 숲에 밝은 해가 드러나게 되면, 용이 서리고 범이 걸터앉은 듯한 지세의 위엄을 더해 주었다.

그곳을 보니, 땅은 하구瑕丘와 다르나 경계는 (해 뜨는) 양곡暘谷에 맞닿아 있다. 기수祇樹의 남은 향기가 아직 사라지지 않은 가운데 곡림鵠林의 아름다운 기운이 더욱 무르

익었다. 수놓은 듯한 봉우리는 사방 멀리에서 서로 조알

朝謁하는 것 같고, 누인 명주 같은 개펄은 한 가닥으로 눈

앞에 바라보인다. 실로 교산喬山이 빼어남을 지니며 필맥

畢陌이 기이함을 표방하였다고 이를 것이니, 금지金枝(王孫)

가 계림雞林에서 더욱 무성하게 하고, 옥파玉派(王孫)가 접

수鰈水에서 더욱 깊이 자리잡도록 할 것이다.

처음 절을 옮김에, 비록 보탑寶塔이 솟아 나온 것과 같이

빠르게 끝나긴 했으나 미처 절다운 모양을 갖추지는 못

했다. 겨우 가시덤불을 쳐내고서야 언덕과 산을 구별할

수 있었고, 초가(茅茨)와 섞인 채로 비바람을 피해 냈다.

겨우 70여 년을 넘긴 사이 갑작스럽게 아홉 임금이나 바

뀌어, 여러 번 전복顚覆을 당하여도 미처 잘 꾸밀 겨를이

없었는데, 경문대왕(三利 : 만물이득萬物利得, 애국애민여愛國愛民

如, 이국이민시利國利民始를 말함)의 특별히 뛰어난 인연(요 임금

이 혈통이 아닌 자에게 선위한 법)이 기다리고 있었으며, 천 년의

보운寶運이 일그러짐이 없었다.

엎드려 생각하건대, 선대왕께서는 무지개 같은 별이 화저

華渚에 빛을 떨치듯이 오산鰲山(월성의 남산인 금오산을 말함)에

자취를 내리셨다. 처음 국선도國仙徒(玉鹿)에서 명성을 날

리시고 특별히 현풍玄風(風流道 : 화랑의 최고 책임자인 풍월주를

말함)을 떨치시었다.

얼마 뒤엔 높은 지위(金貂)에서 모든 관직을 통섭하시고,

궁벽한 우리나라의 습속을 바로잡아 깨끗하게 하였다. 임금이 될 자리(龍田)에 의지하여 덕을 심으시며, 대궐 안(鳳沼)에 사시면서 마음을 계발하셨다. 말씀을 하시면 곧 인자仁者가 백성을 편안케 해야 한다는 것이었고, 정치를 도모함에는 곧 도로써 백성을 인도해야 한다는 것이었다. 여덟 가지의 중요한 권병權柄을 모두 일으키고, 예禮·의義·염廉·치恥의 실추된 실마리를 이에 신장시키며, 여러 난관을 차례로 겪었지만 나아갈 바를 두어(이민이국시利國利民始에 근본을 두었다) 이로움(利)이 있었다.

얼마 되지 않아서 갑자기 나라에 우환憂患이 생기니, 왕위가 비어 산이 흔들리는 듯하였다. 비록 왕위 각축전(逐鹿)의 양상이 벌어지지는 않았지만 간혹 (왕위를 노리고) 까마귀처럼 모여드는 무리들이 있었다. 그렇지만 평소에 현명하고 유순함으로써 임하였고, 또 노성함과 인자함을 지니시어 백성의 추중推重하는 바 되었으니, 우리를 두고 어디로 가시랴. 이에 대저大邸에서 몸을 편안히 하시고 자비慈悲의 교문敎門(불교)에 뜻을 기울이시며, 조상에게 수치가 될까 염려하여 불사佛事를 일으키기로 발원하였다.

그리하여 분황사芬皇寺의 중 숭창崇昌에게 청하여 '절을 개수改修하여 받들겠노라'는 취지를 부처님께 고하도록 하였으며, 다시 김순행金純行을 보내 '조업祖業을 높이 펼쳐 보이겠노라'는 성심誠心을 종묘에 고하도록 하였으니,

『시경』에 이른바 "화락하고 단아한 군자여! 복을 구함이 그릇되지 않도다"고 한 것이요, 『서경書經』에 이른바 "상제上帝께서 이에 흠향하시며 아랫 백성이 공경하며 따른다"고 한 것이었다.

그러므로 능히 지극한 정성이 신불神佛에게 감응되고 잘 해 보겠다는 의욕을 (사람들이) 잘 따라 주어, 공경公卿·사대부士大夫의 뜻이 점치는 거북(守龜)과 더불어 합치되었으니, 동국東國을 혁혁赫赫하게 하여 군림君臨하신 것이다. 이에 배신陪臣을 당나라에 보내 헌안왕의 돌아가심을 고하고 금상今上의 사위嗣位하심을 아뢰게 하였다.

드디어 함통咸通 6년(경문왕 5년, 865)에 천자天子께서 섭어사중승攝御史中丞 호귀후胡歸厚로 하여금, 우리나라 사람으로 이전에 진사進士였던 배광裵匡의 허리에 어대魚袋를 채우고 머리에 치관豸冠을 씌워 부사副使로 삼도록 하였다. (신라의) 왕사王使 전헌섬田獻銛과 함께 와서 칙명을 전달하여 말하기를 영광스럽게 보위를 이어받음으로부터, 천자의 성교聲敎(聲猷)를 잘 받듦으로써, 잘 계승하였다는 명예를 드날리게 하였으니, 진실로 '지극히 공정한 추거推擧'에 부응한다고 하겠다. 이런 까닭에 그대를 명하여 신라 국왕으로 삼노라, 하였다. (요 임금이 혈통 계승이 아닌 자에게 선위시키는 방법)

이에 검교태위檢校太尉 겸 지절충영해군사持節充寧海軍使의

직함을 내렸다. 지난날에 제齊나라와 같은 상태를 변화시켜 빼어남을 나타내고, 노魯나라와 같은 경지에 이르러 향내를 드날리지 못했다면, 천자께서 어떻게 이처럼 조서(鳳筆)를 보내 외역外域의 제후를 총애하고, 교룡交龍을 그린 기旗를 내려 대사마大司馬직을 임시로 수행(假攝)토록 하였겠는가.

또한 이미 영광스럽게도 천자의 은택(聖澤)에 젖었으니, 반드시 몸소 선왕의 능(靈丘)에 참배하여야 했다. 그러므로 임금(千乘)의 행차를 준비하였는데, (비용을 따지면) 어찌 열 집 재산(十家之産)을 소모할 뿐이겠는가. 드디어 재상인 태제太弟原註(시호를 높여 惠成大王이라 하였다)에게 명하여 태묘太廟에 재齋를 올리게 하고, 대신하여 능에 배알토록 하였다. 거룩하도다!

계림의 나무에 꽃이 휘날리고, 척령鶺鴒의 들판에 무성함이 빼어났도다. 세월이 오래 흘렀어도 길이 밭 가는 코끼리(耕象)를 생각하게 되고, 시절이 화평하니 재상으로서 소가 헐떡이는 까닭을 물을 필요가 없었다. 아름다운 치장(靚粧)이 들을 꾸미고, 잘 차려입은 옷(袨服)이 시내를 채색하니, 보는 사람이 구름과 같았다. 이에 복어등(鮐背)을 한 늙은이와 고니 눈썹(鵠眉)을 한 중이 손뼉을 치며, 서로 기뻐하고 크게 하례하여 말하기를 귀 개제介弟의 이번 행차로, 성제聖帝(唐懿宗)의 은광恩光이 드러나고, 우리 임금의 효리孝理가 이루어졌습니다. 예의 있는 우리나라의 유풍遺風이 여유작작餘裕綽綽하여, 마침내 바다 물결이 잠잠하고, 변방의 티끌이 깨끗하며, 사철(天吏)이 고르고, (풍년 들어) 지재地財가 남아돌도록 하였으니, 곧 선대를 계승하여 절을 중수하고 위엄으로 능역(柏城)을 호위할 때가 바로 지금일 것입니다. 이 기회를 버리고 어느 때를 기다리겠습니까, 하였다.

이에 효성이 두루 사무치고, 생각이 꿈과 부합하게 되었다. 곧 성조대왕聖祖大王(원성왕)께서 나타나 어루만지시며 말씀하시기를 나는 너의 선조이니라. 네가 불상佛像을 세우고 나의 능역을 꾸며 호위하고자 하는데, 조심하고 삼가라! 시작하여 경영하는 것을 서두르지 말라! 부처님의 덕과 나의 힘이 네 몸을 감싸 줄 것이다. 진실로 그 중도中道를 잡아 하늘이 주는 복록을 길이 마치도록 하라, 하였다.

얼마 있다가 물시계(銅壺)에서 맑은 울림소리가 나고 침수寢睡에서 깨어나셨다. 열 가지 햇무리 형상(十煇)을 보고 길흉을 점치지 않더라도 꿈에서 일러준 대로 될 것 같았다. 급히 담당관에게 명하여 법회를 경건하게 베풀도록 하였다. 화엄대덕華嚴大德인 결언決言이 당사當寺(鵠寺)에서 왕지王旨를 받들어 닷새 동안 불경을 강講하였다. 효성스러운 생각을 아뢰고 명복을 빌기 위함이었다. 이로 말미

암아 하교下敎 하시기를 어버이를 사랑하지 않는 것은 경전에서 경계하는 바이다. '네 조상을 생각하지 않으랴'고 한 시를 어찌 잊겠는가. 천자께서 번방藩邦(신라)을 돌보아 주시는 데다, 절을 중수하려고 하던 차에, 꿈속(魂交)에서 감응이 이루어지니, 먹은 마음(襟靈)을 떨리면서도 급하게 한다. 이미 3년을 허송한 것은 부끄럽지만, '비록 잠시 머물더라도 반드시 집을 수리한다'는 것을 깊이 생각해 왔노라.

백윤百尹과 어사御事(御史)는 어느 것이 이利가 되고 어느 것이 해害가 된다고 할런지. 비록 '자식을 팔고 아내를 저당잡혔다'는 비난은 없을 것이라고 보장하지만, 혹여 '귀신이 원망하고 사람이 괴로워한다'는 말이 있을까 염려된다. 옳은 것을 권하고 그른 것을 못 하도록 하는 데 그대들은 소홀히 함이 없도록 하라, 하였다.

종신宗臣인 계종繼宗과 훈영勛榮 이하가 협의하고 난 뒤 아뢰기를 묘원妙願이 신명을 감동시켜 자애로운 조령祖靈께서 꿈에 나타나셨습니다. 진실로 임금의 뜻이 먼저 정해짐에 따라, 결과적으로 중의衆議가 모두 같은 것으로 드러났으니, 이 절이 이루어지면 구친九親에게 기쁜 일이 많을 것입니다. 다행히 농사철이 아닌 때를 당하였으니, 청컨대 목장木匠(杍工)을 일으키소서, 하였다.

이에 건례선문建禮仙門(禮部)에서 걸출한 인재(人龍)를 가리고, 소현정서昭玄精署에서 비범한 스님(僧象)을 기용하였으며, 종실宗室의 세 어진이인 단원端元·육영毓榮·유영裕榮과 불문佛門의 두 호걸인 현량賢諒·신해神解, 그리고 찬도승贊導僧인 숭창崇昌에게 명하여 그 일을 감독하게 했다. 또 임금께서 시주施主가 되시고 나라의 선비들이 유사有司가 되었으니, 역량 면에서 여유가 있었고 마음도 능히 게으르지 않을 수 있었다.

장차 작은 것이 (다른) 큰 것을 능가하도록 하려는데, 어찌 새로 짓는 건물이 옛 것과 뒤섞여서야 되겠는가. 그러나 단계檀溪의 오랜 소원이 막힐까 두렵고, 머지않아 내원榛苑의 전공前功이 손상될 듯하여, 옛 재목(故材)을 고르고 주워 모아 그것을 높게 터를 다져 놓은 곳으로 옮겼다. 이때 별을 점치고 날을 헤아려서, 넓게 개척하고 규모를 크게 하였으며, 진흙을 이기고 쇠를 녹여 부으면서 다투어 묘기를 나타냈다.

사닥다리를 눈(雪)같이 하여 수倕와 같은 솜씨로 다듬어진 재목을 아슬아슬한 데에 건너 지르고, 도벽塗壁을 서리처럼 하여 노獿와 같은 재주로 만들어진 색흙(墍)에 향을 이겨 넣었다. 바위로 된 기슭을 깎아 담을 북돋우고, 산골짜기로부터 흐르는 시냇물을 내려다보아 앞이 탁 트이게 하였으며, 거친 계단을 금테 두른 섬돌로 바꾸고, 보잘것없는 곁채를 무늬 새긴 것으로 변모시켰다.

겹으로 된 불전佛殿에는 용이 서린 듯한 가운데다 노사나불盧舍那佛을 주인으로 모셨다. 층층 누각에는 봉새가 머문 듯한 위에다 수다라修多羅로 이름하였다. 고래등 같은 마룻대(上樑)를 높이 설비하고 난새(鸞) 같은 난간을 마주보게 하였다. 아름답게 장식한 조정藻井에는 꽃이 차례대로 줄지어 있고, 수놓은 대접 받침(柱枓)에는 원줄기가 곁가지를 깍지 끼고 있었다. 날개를 솟구쳐 날아갈 듯하니 볼 때마다 눈이 아찔하였다.

그 밖에 더 높이고 고쳐 지은 것으로는, 초상화(睟容)를 모신 별실別室이며 스님(圓頂方袍)들이 거처할 요사寮舍(蓮房), 음식을 헤아리는 식당(廚庫), 새벽에 공양을 드는 넓은 집(香積殿)이었다. 게다가 새기고 다듬는 데 교묘함을 다하고, 채색하는 데 정밀함을 다하였으니 암혈巖穴과 골짜기가 함께 맑으며, 안개와 노을이 서로 빛났다. 옥찰간玉刹竿에 봉명蓬溟의 달이 걸렸으니 두 떨기 서리 같은 연꽃이요, 금풍령金風鈴에 송간松澗의 바람이 부딪히니 사계절 내내 천연 음악(天樂)이다.

절승 경개를 볼 것 같으면, 바다 밖의 외딴 시골(遐陬, 신라)에서 걸출하였다. 좌편의 뾰쪽한 봉우리(峯巒)들은 닭의 발이 구름을 끌어당기는 듯하고, 우편의 높은 평지와 낮고 습한 들(原濕)은 용의 비늘이 태양에 번쩍이는 것 같다. 앞으로는 메기 같은 산이 검푸르게 벌려 있고, 뒤를 돌아보면 봉새의 날개처럼 생긴 산등성이가 잇닿아 있다.

그러므로 멀리서 바라보면 험준하고 기이하지만, 가까이 가서 살피면 상개塽塏하고 아름다우니, 낙랑樂浪의 선경仙境은 참으로 즐거운 국토이고, 초월初月이란 명산은 바로 '환희의 땅(初地)'이 된다고 이를 만하다.

잘 세워서 모든 일이 두루 잘 되었고, 부지런히 닦아서 복을 헛되게 버리지 않았으니, 반드시 인방仁方을 크게 비우庇佑할 것이요, 위로 임금님의 보수寶壽에 이바지할 것이다. 삼천대천세계三千大天世界를 망라하여 우리의 강역(四境)으로 여기고, 오백 년을 헤아려서 한 봄으로 삼으려 하였는데, 번산樊山에서 표범을 사냥하여 바야흐로 꼬리 세움을 기뻐하시다가, 형산荊山에서 용을 걸터타시게 되어 갑자기 떨어진 수염을 잡고 울게 될 줄이야 어찌 생각이나 하였겠는가.

헌강대왕獻康大王께서는 젊은 나이에 이미 덕이 높으셨고, 건강한 몸(遠體)에 정신이 맑으셨다. 우러러 침문寢門에서 환수宦竪(內侍)에게 부왕父王의 안부를 묻지 못하게 됨을 슬퍼하시고, 머리 숙여 익실翼室에서 거상居喪하는 것을 준수하시었다. 등滕 나라 문공文公은 예를 다하여 거상함으로써 마침내 극기克己를 잘 할 수 있었고, 초楚 나라 장왕莊王은 때를 기다려 정사를 닦음으로써 기실 사람을 놀라게 하였다.

하물며 천성이 중화中華의 풍도를 따르시고, 몸소 지혜의 이슬에 젖으시며, (노자 도덕경과 사서삼경을 최견일과 함께 동문수학하면서 서로 다짐한 목표는 나라의 안위와 백성들의 자유를 위해 사회 통합과 융합정신의 창조를 생각한 것을 말함)조상을 높이는 의리를 들어 올리시고, 부처에게 귀의하는 정성을 분발하신 분임에랴.

중화中和 을사년(헌강왕 11년, 885) 가을에 하교하시기를

선왕의 그 뜻을 잘 계승하고, 그 일을 이어받아 잘 따르며, 길이 후손에게 좋은 일을 물려주는 것이 나에게 달려 있을 뿐이다. 선대에 세운 곡사鵠寺의 이름을 바꾸어 '대숭복大崇福'이라고 하는 것이 좋겠다. 항상 경經을 지송持誦하는 보살(開士)과 승려들의 강기綱紀를 담당하는 청정한 관리가 좋은 전지田地(南畝)로서 공양과 보시에 이바지하되, 한결같이 봉은사奉恩寺의 전례를 따르도록 하라(原註, 봉은사는 곧 聖祖大王께서 眞智大王의 명복을 빌기 위해 세운 절이다. 그러므로 이를 취하여 본보기로 삼았다)!

고故 파진찬 김원량이 희사한 땅의 산물産物에서 얻은 이익을 운반하는 일이 가볍지 않으니, 정법사正法司에 위임하는 것이 좋겠다. 그리고 따로 덕망이 있는 고승高僧 두 사람을 뽑아 사적寺籍에 편입시켜 상주常住토록 하면서 명로冥路에 복을 드린다면, 윗자리에 있는 사람으로서 유계幽界까지 살피지 않음이 없게 될 것이고, 큰 인연을 맺은

이로서도 감응이 있어 반드시 통하게 될 것이다, 하였다.

이로부터 종소리는 공중(沈寥)에 울려 퍼지고, 발우鉢盂(龍鉢)에는 향적여래香積如來가 주는 밥이 가득 담겼다. 교의敎義를 창도唱導하여 중생을 인도하니 육시六時로 옥경玉磬이 울리며, 도를 닦고 계율을 지키니 만겁萬劫 동안 구슬이 이어지듯 하리라. 거룩하도다!

공자의 이른바 "근심이 없는 이는 오직 문왕文王일진저! 아비가 일으키니 아들이 이어받았구나!"라고 한 것이 아닐까.

경력慶曆 병오년(886) 봄, 좌우를 돌아보시고는 하신下臣 최치원에게 다음과 같이 이르시었다.

『예기』에 이르지 않았던가. "명銘이란 스스로 이름함이다. 자기 조상의 덕을 칭송하여 후세에 밝게 드러내려는 것은 효자·효손의 심정이다"라고. 선왕께서 절을 지으실 당초에 큰 서원誓願을 밝히셨는데, 김순행金純行과 그대의 아비 견일肩逸이 일찍이 이 일에 종사하였다. (大崇福寺의) 명銘으로 한 번 일컫게 되면, 과인(上)과 그대(下)가 모두 이름을 드러내는 것이다. 그대는 마땅히 명銘을 짓도록 하라!

그러나 신臣은 바다를 건너 중국에 유랑하여 월계月桂의 향기를 훔쳤지만, 우구자虞丘子(皐魚)의 긴통곡만 남겼고

계로季路의 부질없는 영화榮華만 누릴 뿐이었는데, 왕명을 받자옴에 놀랍고 떨리며, 이 몸을 위무慰撫해 주심에 목이 메일 지경이다.

가만히 생각해 보건대, 중국에서 벼슬할 적에 일찍이 류자규柳子珪가 우리나라의 일에 대하여 적어 놓은 글을 읽었다. 서술된 정사政事의 조목들이 왕도王道 아님이 없었다. 이제 우리 국사國史를 읽어 보니 성조聖祖 원성대왕조元聖大王朝의 사적이 완연하였다. 또 전하는 말에 의하면, 중국의 사신 호귀후胡歸厚가 귀국하여 복명復命하려 할 때, 한껏 채집한 풍요風謠를 두고 당시 재상에게 아뢰기를, 저로부터 이전의 무부武夫(出山西者)는 해동에 사신으로 가서는 안될 것입니다. 왜냐하면 계림에 경치 좋은 곳이 많은데, 그 나라 임금(東王)이 시로써 그 정경을 그대로 그려내어 저에게 주었을 때, 제가 일찍이 배웠던 것에 힘입어, 억지로 부끄러움을 참아가며 운어韻語를 지어 화답했기에 망정이지, 그렇지 않았더라면 해외海外(신라)의 웃음거리가 됨에 틀림없었을 것입니다. 라고 하니, 군자君子들이 이치에 닿는 말이라 여겼다 한다. 이것은 오로지 열조烈祖 원성대왕께서 사술四術(詩·書·禮·樂)로써 터전을 마련하시고, 육경六經으로써 세속을 교화하셨기 때문이다. 어찌 후손을 위하여 그렇게 힘쓰심이 아니겠는가. 능히 그 문물을 빛나게 하셨으니, 명銘을 지어도 부끄러운 말이 없을 것이요, 붓을 들어도 넘치는 용기가 있을 것이다.

드디어 감히 대롱으로 하늘을 엿보고, 표주박으로 바닷물을 되질하듯 비로소 평범한 말을 엮기 시작하였는데, 달이 떨어지고 봉우리가 꺾여, 별안간 긴 한탄만이 일게 될 줄 뉘 알았으랴.

뒤미처 정강대왕定康大王께서 즉위하였다. (헌강대왕께서) 남기신 숫돌을 통해 공을 이루시며, 부시던 지篪에 운율을 맞추셨다. 이미 왕위를 이어 왕업(丕圖)을 지키시며, 장차 남은 사업을 이어 이루시려고 편안할 날이 없으셨고, 이미 이룩한 그 문물을 잃음이 없었다. 그러나 멀리 해 같은 형님을 좇으시다가 갑자기 서산西山에 지는 그림자를 만나시니, 높이 달 같은 누이에게 의지하여 길이 동해東海에 솟을 빛을 전하시었다.

엎드려 생각하건대, 대왕전하(진성여왕)께서는 아름다운 꽃받침이 꽃과 이은 듯하고, 왕가의 계통(璇源)이 매우 밝으며, 빼어난 곤덕坤德을 체득하고, 아름다운 천륜天倫을 계승하시었다.

진실로 이른바 '신주神珠를 품고 채석彩石을 불린(鍊) 것'으로, 이지러진 데는 모두 기우고 좋은 일이라면 닦지 않음이 없으셨다. 그러므로 『보우경寶雨經』에서 금언金言으로 분명히 수기授記한 것이라든지, 『대운경大雲經』에 나오는 옥 같은 글귀와 완연히 부합된 결과를 얻게 되었던 것이다.

선고先考 경문대왕께서는 절을 이룩하시고, 헌강대왕께서는 스님들에게 공양을 베푸시었다. 이미 불교계(琉璃界)를 높이셨으나, 아직 비문(琬琰詞)을 새기지 못하였기에, 잔단(글 짓는 것이 부족한) 재주를 가진 신臣에게 명을 내려 힘없는 붓을 놀리게 하셨다.

신이 비록 못(池)의 색깔이 검게 변하고 꿈속에서 연대필橡大筆을 받은 것엔 부끄러우나, 장융張融이 두 왕씨의 필법이 없음을 한탄하지 않은 것에 가만히 견줄 것이며, 조조曹操가 어쩌다가 풀이했던 여덟 자의 찬사를 들을 수 있게 되기를 바랄 것이다(치원이 경계자의 입장에서 공정하게 비문을 쓴 것을 말함).

설령(天地가 끝날 때의) 재(灰)가 땅에 가득하여 못을 메우고, 티끌이 날아 바다에 넘칠지라도, 임금님의 후예(本枝)는 무성하여 약목若木과 나란히 오래도록 번영할 것이며, 두터운 비석은 빼어나 옥초산沃焦山을 마주보며 우뚝 설 것이다.

정성을 가다듬고 두 손 모아 절하며, 눈물 씻고 붓을 당겨 (先王들의) 빛나는 발자취를 더듬어 명銘을 지어 올린다고 하였다.

가비라위迦毗羅衛의 부처님(慈王)은
해 돋는 곳(嵎夷)의 태양이시라

서토西土에 나타나시되
동방에서 돋으셨구나
먼 곳까지 비추지 않음이 없어
인연 있는 자들이 크게 일어났네
공이 정찰淨刹에 높았고
복이 왕릉(冥藏)에 드리웠도다

열렬하신 영조英祖이시여!
덕업德業이 순임금과 부합하셨으니
큰 숲에 드심이 무난하여
문득 천하를 얻으시었네
우리의 자손을 보호하시고
백성의 부모가 되시니
뿌리는 도야挑野(東方)에 깊었고
갈래는 상포桑浦(東海)에 뻗었도다

신불蜃紼과 용순龍輴으로
산릉山陵에다 체백體魄을 모셨으니
유택幽宅에 무덤길(隧道)을 열고
솟은 탑(鵠寺)을 이웃에 옮겼도다
만세토록 애모哀慕하는 예도禮度요
천생千生의 청정한 인연일 것이니

절(金田)에 이로움이 많고

왕가의 일족(玉葉)이 길이 번성하리라

효손의 깊고 선미善美한 덕이

하늘과 땅을 밝게 감동시킴에

봉새가 날고 용이 뛰니

금규金圭가 상서로움에 부합되었네

조령祖靈에게 기원함에 어둡지 않아

바라던 복도 곧 이르렀으니

선조의 그 은덕 갚으려고

불사佛事를 잘 일으켰네

나라의 인걸을 잘 골라 뽑으시고

일국一國의 명공名工을 공경하여 두텁게 대하시며

농사철 아닌 때를 틈타

부처의 궁전을 이룩하셨네

채색 난간엔 봉황이 모여들고

아로새긴 들보엔 무지개가 걸렸으며

빙 둘러싼 담에서는 구름이 피어오르고

그림 벽엔 노을이 엉기었구나

터전이 시원스럽게 툭 트이고

접하는 대상(觸境)들이 맑고 깨끗하다

쪽빛 멧부리는 어울려 솟아 있고

맛좋은 샘물은 쉬지 않고 솟아난다

꽃은 봄동산에서 교태부리고

달은 가을밤에 높이 떴으니

비록 해외海外에 있지만

천하에 홀로 빼어났도다

진陳나라에서는 '보덕사報德寺'라 일컬었고

수隋나라에서는 '흥국사興國寺'라 이름하였네

어떻게 왕가의 복이라고만 하랴

나라 힘을 높이심이로다

불당佛堂에선 묘음妙音이 요란하고

주방에는 정결한 음식이 푸짐하다

사군嗣君(정강왕)께서 끼치신 덕화

만겁 동안 무궁하리라

아아, 아름다울손 여왕(嬀后)이시어!

효제孝悌의 정 돈독하시어

안행雁行을 아름답게 이루시고

왕자王者의 도(龍首)를 삼가 선미善美하게 하셨도다

글은 썩은 붓을 놀린 것 같아 부끄럽고

글씨는 팔목을 잡아당긴 것 같아 수치스럽지만

고래 구렁(鯨壑)은 비록 마를지라도

거북 위의 옥돌龜趺은 썩지 않으리

그리고 비문 각인자의 행정실명자로 환견桓蠲 등이 새긴

것이라고 말했다.

대숭복사 비문을 쓴 최치원이 성큼성큼 걸어 나와 비석 앞에
서자, 의식을 주관하는 주지승이 최치원이 쓴 비문의 내용을 듣고
신라 왕조 역사기록은 천년만년까지 후세에 남겨질 것이라고 또다
시 설명했다.

　　"신라의 초월산(토함산의 끝자락에 있던 산)에 있는 대숭복사 비명은
최치원 한림학사가 서술한 것으로, 선대왕이신 헌강대왕의 하명
으로 지은 것입니다. 하대 대왕마마님들의 덕행과 태평을 아름답
게 서술하였고, 숭복사의 유래, 경문대왕께서 곡사를 중수하신 내
용, 우리 불도의 전래와 융성 과정을 함께 서술하였습니다. 원성
대왕의 치적에 대한 칭송, 그리고 경문대왕의 효성과 불사, 곡사
를 중창하는 과정, 곡사의 위치와 주변 경관, 숭복사로 절 이름을
고친 것과 헌강대왕의 큰 덕을 훌륭하게 서술하였습니다. 또 정강
대왕의 안타까운 인산因山(임금의 죽음)도 기록했으며, 이제 새로 등
극하시어 서라벌을 찬란히 빛내고 계시는 진성여왕마마의 위대한
통치 신념으로 백성들이 태평성대 속에 잘 살 수 있는 가르침과
그 앞날에 대한 간절한 축원을 담고 있습니다. 그러므로 5대에 걸
친 신라왕조실록을 찬술한 최치원의 문장은 이 시대는 물론 후세
까지 영원히 빛날 것입니다."

　　주지승의 명쾌하고도 간결한 보고에 여왕이 고개를 끄덕이며
박수를 보냄으로써 이날의 의식은 매우 성스럽게 모두 끝이 났다.
의식이 끝난 후 곧바로 이곳 의식행사에 참석한 사람들에게 절에
서 미리 준비하여 내놓은 푸짐한 음식으로 모두가 즐거운 오후 한

때를 즐겼고, 마치 나들이를 나온 사람들처럼 절 뒤쪽과 앞 계곡을 오가며 모처럼 맞은 구경거리에 흠뻑 취했다. 악대가 높은 소리를 내며 더욱더 흥을 돋우었다.

이를 지켜본 여왕은 다시 궁으로 향하기 위해 연에 올랐다.

여왕을 실은 연이 계곡으로 내려오자 아침 무렵 홀연히 나타나 여왕의 행차를 막고 자기 뜻을 거침없이 밝혔던 피루즈 왕자가 잠을 자듯이 누워 또다시 길을 막고 있었다.

"왕자, 내가 급히 마련해 온 선물을 하나 줄까요?"

여왕이 연 밖으로 고개를 살짝 내밀고 선물 이야기를 꺼내자, 줄곧 자는 척하던 피루즈 왕자가 벌떡 일어나 여왕 앞에 부복했다. 여왕은 웃으며 종이 선물을 던졌고, 왕자는 무엇인가 적힌 종이를 펼쳐 보았다. 그때 길가의 꽃잎 섶에 숨어 있던 아령 옹주가 뛰쳐나와 피루즈 왕자 곁으로 다가와 함께 편지를 읽었다. 그러더니 두 사람은 이내 손을 맞잡고 깡충깡충 뛰며 몹시 기뻐했다.

"됐어! 됐어! 다음 달 초닷새래!"

아령 옹주와 피루즈 왕자는 멀어져 가는 여왕의 연을 향해 큰절을 올렸다. 이 광경을 구경하던 사람들도 모두 두 사람을 축하해 주었다. 구경하던 사람들 중 한 여인이 옹주를 향해서 말했다.

"결혼식을 궁궐에서만 하실 거예요? 주작대로로 나오셔서 저희들이 지켜보는 앞에서 혼례식을 뜻있게 올리세요"

"좋아요! 황룡사 앞 주작대로에서 할게요!"

아령 옹주가 활짝 웃으며 대답했다.

토함산 숭복사에 다녀온 후 여왕은 에전보다 훨씬 밝은 표정을 지으며 명랑해졌다. 그리고 많은 생각에 잠기기도 했다. 일찍이 불국사에서 탁발을 나왔던 잘 생긴 젊은 스님과 사랑에 빠졌다가 아버지 경문대왕과 오빠 헌강대왕이 한사코 반대하자 궁을 나갔던 법화 공주에 대한 생각을 많이 했다.

머리를 파르라니 깎고도 불문에서 아름답게 수도정진하며 자신의 정열을 승화시켜 나가고 있는 법화 공주의 애잔한 모습을 대숭복사비문 제막식장에서 오랜만에 만나 보고 느끼는 바가 많았던 것이다.

"얘들아, 나도 머리 깎고 산으로 들어갈까?"

여왕은 비구니가 되기로 결심이라도 한 듯 곁에 있던 관일, 파랑, 승냥에게 농담조로 말했다.

"대왕마마께서 산문으로 가시어 도를 닦아 신선이 되시면 저희들은 어찌 되는 것이옵니까?"

이를 사실로 받아들인 관일이 걱정스러운 표정을 지으며 여왕을 바라보았다.

"뭘 어찌 돼? 둥지 없는 알이 되고 날개 없는 학이 되는 거지."

여왕은 그렇게 말하며 연신 어두운 표정으로 일관하는 관일을 향해 크게 웃었다.

"저희들은 대왕마마가 안 계시면 심심하여 한시도 견딜 수 없습니다."

파랑과 승냥도 잔뜩 긴장된 얼굴로 입을 모았다.

"하긴, 과인도 너희들 없이 어찌 이 모진 세월을 견디겠느냐? 하늘 같던 오라버니들이 일이 년 사이에 두 분씩이나 세상을 뜨시고, 이 월성을 가득 채우고도 모자라 서라벌을 쩌렁쩌렁하게 천하를 호령하였고 하늘같이 높은 기상으로 백 년이나 살 것 같던 상대등마저 내 곁을 훌쩍 떠나고 말았으니. 그나마 너희들이 있어서 함께 마시고, 함께 취하고, 함께 긴긴 밤을 즐기고 있으니 자, 마시고 낙타 우유로 목욕이나 하자꾸나."

자신을 향해 극진한 애정 공세를 펼치는 이들이 여왕도 싫지만은 않았다. 오히려 여왕이 이 젊은이들과의 짜릿하고도 은밀한 놀이를 떠나 살아갈 수 없을 정도였다.

상대등이 떠난 후 그 자리를 서서히 채워 간 사람은 부호 부인이었다. 여왕은 후임 상대등 자리에 누가 오를 것인가를 두고 목을 빼고 기다리고 있는 중신들에게는 눈길도 주지 않고 미소년들과의 쾌락을 즐기며 나머지 시간들은 부호 부인과 함께 보냈다.

부호 부인이 권하는 미약가루를 물담배에 타서 피우다가 양기가 되살아나면 다시 미소년들과 육체의 향연에 빠져들었다. 부인이 권하는 사람들만 만나고, 그 사람들이 갖다 주는 온갖 보물을 챙기고, 그들이 적어 올리는 이권에 수결手決(자필 서명)을 해주었다.

그러다 보니 월성의 곳간은 비어 가고 여왕의 주머니는 가벼워지고 있었다. 더구나 즉위 원년과 그 다음 해까지 각 군현으로부터 세금과 곡물을 일절 받지 않았기 때문에 여왕은 더욱 초조해지고 부호 부인이 권하는 이권에 손을 대면서 궁성의 기강은 허물어지고 있었다. 그나마 한림학사 최치원이 자주 여왕을 찾아와 간언을 할 뿐이었다.

"대왕마마, 사사로운 인연과 공무를 구분하여 주십시오. 주변에 있는 젊은이들이 권하는 일이나 인물을 함부로 처리하시지 마옵소서. 반드시 중신들에게 하문하셔서 대신들의 결정을 받도록 하십시오."

여왕도 최치원의 말에 일리가 있다고 판단해 적극 시행하려고 애썼으나 부호 부인이 이를 만류하고 나섰다.

"최치원 한림학사, 그 사람은 기본과 원칙을 지키고자 하므로 너무 빡빡해요. 학자 출신이라 그런지 너무 융통성이 부족하여 근본 이치만을 따져요. 세상 일이 원칙대로 되는 것만은 아니잖아요. 풍파도 겪고 실무도 충분히 익히도록 해야지요. 그래서 책상물림은 곤란해요. 무엇보다도 우리 서라벌과 왕실의 속내를 너무 모르는 것 같아요."

"그래도 그 사람은 당에서 황소의 난 때 정책실무를 다뤄 본 사람이에요. 또한 강남 땅에서 제일 비옥한 율수현의 현위로 당나라 사람들과 살을 맞대면서 실무를 익힌 사람이란 말입니다. 어디 그뿐인 줄 아세요? 당나라 전체가 전화에 휩싸이고 황제까지도 촉나라 땅으로 몽진하였을 때, 군대를 총 지휘했던 고병 대장군 곁에서 종사관으로 있으면서 군무를 한 치의 오차도 없이 깐깐하게 챙기고, 끝내는 적장 황소에게 보내는 격문을 써서 적장이 놀라 쓰러지게 만들었고, 황제께서 무척이나 기뻐하신 나머지 자금어대까지 내리셨잖아요."

여왕은 최치원을 흠집 내려는 부호 부인의 입을 막으려 했다.

"그건 옛날 얘기고요. 그 고병 대장군도 자기가 아끼던 부장한 테 당했잖아요. 당나라도 별거 아니에요. 황제도 겨우 장안으로 돌아오신 모양인데, 옥체가 미령하시답니다."

여왕의 말에 주눅이 들 부호 부인이 아니었다. 오히려 여왕을 더 자극해 이간질하여 최치원과 여왕 사이를 더욱더 벌려 놓고 싶어했다.

"하기야 황제께서도 젊은 나이에 그 난을 당하시고 환관들에게 둘러싸여 거친 촉나라 땅에서 오랫동안 고생을 하셨으니 옥체가 온전하실 리가 없겠지요. 하지만 과인은 최 한림학사를 곁에 두고 싶어요. 든든한 오라버니 같으니까요."

여왕은 눈을 깜빡이며 물담배를 빨고 있는 부호 부인을 향해 최치원에 대한 신임을 단호하게 말했다.

"그렇다면 한림학사를 들어오라고 해서 소원을 물어보세요. 무슨 직책을 맡아 무슨 일을 하고 싶은지요."

부호 부인도 끝까지 지지 않으려고 여왕의 말에 꼬박꼬박 대꾸를 했다.

"그래요, 바로 그거예요. 내가 왜 이제껏 그 생각을 못했을까요? 피루즈 왕자와 아령 옹주가 혼례를 치르고 나면 내가 한림학사를 부를 거예요."

부호 부인과 함께 물담배를 빨던 여왕은 미약가루의 힘을 얻어 점차 온몸이 뜨거워지고 있음을 느꼈다. 지금 여왕에게 필요한 건 자신의 넘쳐흐르는 음기를 달래 줄 젊은 사내들이었다.

온 들판과 산에는 싱그러운 향기와 짙푸른 녹음이 어우러져 계절의 아름다움을 한층 더해 가고 있었다.

오월 초닷새가 되자 월성의 누대에서 피루즈 왕자와 아령 옹주의 혼례가 열렸다. 왕실의 사람들은 물론 특별히 서라벌에 들어와 있는 서역 사람들과 왜인들 그리고 당나라 상인들도 많이 참석했다. 최치원 내외도 참석했고, 마르코 수사와 밀리엄 수녀도 참석했다. 동시의 서역 장사꾼 아부틴도 화려한 예물을 가지고 들어와 왕자 내외를 축복해 주었다.

혼례가 끝난 뒤 젊은 옹주 몇몇은 황룡사가 있는 주작대로로 나가 별도로 마련된 피로연에 참석했다. 서라벌의 젊은이들이 수백 명이나 모인 거리에서는 처용 내외가 또 춤을 추었다. 처용 내외가 춤을 추기 시작하자 수십 명의 젊은이들이 뛰쳐나와 악대의 연주와 노래에 맞춰 흥겹게 춤을 추었다.

왕실에서는 이들에게 술과 안주를 내주었는데, 모처럼 잔칫상을 본 걸인들이 이곳저곳으로 몰려오는 바람에 황황히 놀이판을 끝낼 수밖에 없었다.

피루즈 왕자와 아령 옹주의 결혼식이 끝난 지 사흘 만에 최치원은 여왕의 부름을 받고 월성에 들어갔다. 여왕은 단정한 차림으로 위엄을 갖추고 앉아 최치원을 맞이했다.

"당분간 상대등 없이 국정을 스스로 운영해 나갈 작정이오. 이제 과인도 왕실의 속내와 국정의 흐름을 웬만큼 파악했기 때문에 상대등 없이도 국정을 처리할 수 있소. 그러나 현재로서는 월성의 빈 곳간을 채우고, 적자투성이의 왕실 장부를 맞추고, 민생을 챙기는 것이 급선무라 생각하오. 이런 막중한 때에 나에게는 그대와 같은 해박한 지식을 갖춘 실무형 인재가 늘 곁에 있어 일의 앞뒤를 꼼꼼히 챙기고, 장부의 아귀를 정확하게 맞출 수 있기를 바라오. 한림학사 최치원, 난 지금 그대가 필요하다오."

여왕은 지금 부호 부인과의 약속을 이행하며 최치원의 마음을 엿보고는 있었지만, 여왕에게도 사실 개인적으로 최치원은 간절히 필요한 인재였다.

"지당하신 말씀이옵니다. 대왕마마께서 말씀하시는 내용은 참으로 만백성이 바라고 있는 것이옵니다. 그러나 그런 막중한 국사는 소신과 같이 6등급에도 못 미치는 중간 관리로서는 감당하기 어려운 내용입니다. 국정의 흐름을 바로잡아 나가려고 한다면 대신들이나 월성의 중신들이 나서야 할 것입니다."

국사를 걱정하는 여왕의 마음을 내심 반기면서도 최치원은 자신의 직책으로서는 그만한 그릇이 못됨을 아뢰며 단호하게 거절했다.

"과인도 그런 현실적인 내용은 잘 파악하고 있소. 그러니 이제 한림학사 그대가 소신껏 말해 보시오. 육두품이라는 현실적인 지위를 고려하여 과인이 그대를 위해 내줄 수 있는 직책과 품계를 말해 보란 말이오. 지금 현재 과인에게는 오라버니 같은 그대가 꼭 필요하오.”

여왕이 다시 간곡히 말을 이어갔다.

“소신은 신라의 이익과 백성을 교화시키기 위해 한 목숨 바칠 각오로 서해의 풍랑을 이기며 고국으로 돌아왔습니다. 그리고 지나치다 싶을 정도로 선대왕들로부터 총애를 받고 궁성을 드나들며, 20세 때 당나라 현위로 근무할 당시 초심을 우리나라 백성들에게 몸소 실천해 보았으면 하는 크게 품은 뜻이 있었습니다. 그것은 지방자치조직인 ‘군’에 책임자로 봉직하면서 학문과 일치하는 책임 행정을 민초들과 함께 부대끼며 민생을 직접 챙기는 태수(군수)가 되는 것이었습니다.”

여왕의 거듭된 성화에 못 이겨 최치원은 오래전부터 가슴속에 품고 있던 자신의 소망을 밝혔다. 이 말을 들은 여왕은 조금은 어이가 없다는 듯 어깨를 늘어뜨리고 최치원을 물끄러미 바라보았다.

“태수라……. 지금 태수라고 했소?”

“그러하옵니다. 옛 백제 땅이었던, 서라벌에서 멀리 떨어진 평야가 소재하고 있는 군 관청이면 좋겠습니다.”

몇 번이고 되묻는 여왕의 물음에 최치원은 자신의 소신을 굽히지 않았다.

“나가 보오.”

최치원의 단호한 태도에 억눌린 여왕은 깊은 시름에 잠겼다. 최치원이 뒷걸음으로 어전을 조용히 빠져나가자 이윽고 곁에 있던 문이 열리며 부호 부인이 나타났다.

"그의 소원을 들어 주세요. 당분간 현장에 나가 일을 익히는 것이 본인에게도 좋을 것이고, 우리 왕실에도 훗날을 도모하기 위해 한 사람의 더 큰 인재를 키우는 일이 될 테니까요."

그러면서 부호 부인은 어전이 떠나갈 듯 크게 웃었다. 그때 여왕이 품 안에 고이 간직하고 있던 서찰을 꺼내 들었다.

"유모, 난 알고 있어요. 돌아가신 상대등께서 이 글을 남기고 가셨어요."

상대등의 서신을 부호 부인에게 내밀며 여왕은 아주 작은 소리로 흐느끼기 시작했다.

智理多都波都波 지리다도파도파

상대등이 써 놓은 글을 읽어도 부호 부인은 그 글에 담긴 의미를 소상히 알아차리지 못했다. 여왕은 한순간에 부모를 잃은 어린아이처럼 슬픔을 감추지 못하고 주르르 흐르던 눈물을 닦으며 부호 부인을 응시했다.

"과인의 대에서 이런 일이 일어나지 않았으면 했는데……. 어느 산신이 춤을 추며 선대 헌강대왕께 은밀히 건넸다고 해요. 앞으로 언젠가는 진정으로 나라를 위하는 충신들과 정말 지혜로운 사람들이 도읍을 떠날 것이다. 그러면 서라벌도 서서히 폐허가 될 것이다."

여왕의 눈에서는 다시 뜨거운 눈물이 거침없이 쏟아지기 시작
했다. 그것은 상대등을 그리워하는 한 여인의 가련한 눈물이자, 진
정 나라의 앞날을 걱정하며 지혜로운 인재를 잡지 못하는 임금의
처절한 고통을 담은 눈물이었다.

여왕의 눈물

어느덧 한해가 저물어 대진사의 문턱을 넘나드는 싸늘한 바람이 을씨년스러운 분위기를 더했다. 노랗고 붉게 물든 낙엽들이 땅바닥에 떨어져 제멋대로 뒹구는가 하면, 일 년 내내 모아 놓은 먹이가 매서운 추위에 얼까 두려워 서둘러 이동시키는 하찮은 벌레들의 숨소리마저 거칠게 들리는 듯했다. 그 위를 분주한 발걸음들이 무차별하게 지나가며 더욱 강한 바람을 몰고 왔다.

이날 대진사에는 한해를 마무리하는 이례적인 행사가 마련되어 있었다. 여왕이 친히 대진사로 행차하여 자리를 잡고 있었으며, 당나라의 새로운 실력자로 부상한 이무정 장군이 보낸 고상무 장군이 특사로 왔다.

성가대의 찬송가가 구슬프게 울려 퍼지자 가만히 앉아 있던 여왕은 흰 손수건을 꺼내 눈물을 닦았다. 그때 당나라의 특사로 온 고상무 장군이 제대(제사지내는 자리) 앞에 나가 무릎을 꿇더니 의식의 성격을 알렸다.

"한없이 자애롭고 만백성을 사랑하셨던 희종 황제께서는 안타깝게도 황소의 난을 만나 먼 서촉 땅으로 몽진하셨습니다. 그 몽진의 여독이 너무 심한 황제께서는 장안으로 돌아오셨으나 수많은 군벌과 문신들이 세력 싸움을 벌이는 탓에 황제께서는 결국 또다시 봉상으로 몽진하셨습니다. 그러나 황제께서는 장안이 그리워 다시 한 번 환궁하시려 하셨으나 안타깝게도 군벌 이창부가 황제의 행차를 막았습니다. 그리하여 이무정 대장군께서 이창부를 참하였고, 황제께서는 기쁜 마음으로 환궁하셨습니다. 대사면령을 내리시고 온 백성에게 희망을 전해 주시며 연호를 문덕文德으로 선포하셨으나, 아! 하늘은 황제를 더 이상 이승에서 살 수 없도록 하여 저승으로 곧 부르셨습니다. 지난 삼 월 초엿새에 붕어하시니, 만백성의 호곡 소리가 바람을 따라 하늘에 이르고 눈물이 모여 장강으로 흘러갔습니다. 그리하여 당정에서는 황제의 장례 의식을 성대히 마치고 황릉은 지금 먼 정릉靖陵(지금의 섬서성 건현)에 마련하여 그곳에 잠들어 계십니다."

고상무 장군의 말이 끝나자 여왕은 자리에서 일어나 그의 곁으로 다가가서 돌아가신 황제에 대하여 정중히 조의를 표했다. 그날따라 성가 소리는 더욱 애달프게 울려 햇살 한 점 들어오지 않는 오색무늬 유리창을 세차게 흔들어 놓았다.

최치원도 당나라 희종 황제가 하사한 자금어대와 비은어대를 풀어 경교의 제대 앞에 있는 책상 위에 올려놓았다. 그러자 무희들이 달려나와 자금어대와 비은어대를 허리에 차고 경내를 한 바퀴 휘휘 돌더니 이내 제대 앞에 조용히 도착한 후 어대를 다시 풀어놓고는 매우 정중하게 조의를 표했다.

그러더니 무희들은 제대를 둘러싸며 황제의 영혼을 위한 진혼무를 선보였다. 소복으로 치장한 무희들이 나비처럼 진혼무를 추는 동안 모두 서쪽을 향해 절을 하며 희종 황제의 넋을 달래고 있었다.

"장군, 이 자금어대와 비은어대는 소신이 당나라 관직에 근무할 당시 희종 황제로부터 하사받았던 것입니다. 이제 황제께서 돌아가셨으니, 이 하사품을 황제폐하의 유품과 함께 보존할 수 있도록 되돌려 보내는 것이 옳지 않겠습니까? 부디 장군께서 살펴주시기 바랍니다."

진혼무가 끝나자 최치원은 자금어대와 비은어대를 고상무 장군에게 건넸다.

"그것은 절대 아니 되오. 돌아가신 희종 황제께서 그대를 총애하였소. 그대가 비록 당나라 사람은 아니지만 이웃 나라 인재를 당나라 조정에서 중용한 것을 후세에 증명할 수 있는 증거물이니, 그대가 계속 보관하는 것이 마땅할 것이오."

고상무 장군은 두 손을 내저으며 치원의 청을 만류했다.

"그 자금어대와 비은어대는 황제께서 그대를 사랑하여 남기신 귀중한 유품이 되는 것입니다. 어찌 소장이 황제의 하사품을 거두어 갈 수 있겠소? 고이고이 간직하시오."

고상무 장군의 마음을 확인한 치원은 자금어대와 비은어대를 머리 높이 들어 올리며 슬피 울었다. 치원의 호곡 소리가 어찌나 크게 울려 퍼지던지 은은하게 경내를 감싸고 도는 성가대의 선율이 전혀 들리지 않을 정도였다. 이를 지켜보던 호몽도 울고, 이날 행사를 집도하던 마르코 수도사와 밀리엄 수녀를 따라 모인 사람들 모두 조용히 눈물을 흘렸다.

그날 밤, 진성여왕은 고상무 장군을 비롯한 당에서 온 사신을 위하여 조촐한 연회를 마련했다.

당나라 황제가 상중임을 생각해 화려한 주연 대신 다과상을 마련해 담소를 나누었다. 그래도 검고 노란 예복을 갖춰 입은 무희들을 불러 춤사위가 요란하지 않은 진혼무를 추게 하고, 장중한 풍악을 울려 먼 길을 달려온 사신들의 노고를 달랬다.

여느 때와 달리 흥을 돋울 수 없는 자리이니 만큼 연회는 그리 오래가지 않고 끝이 났다. 고상무 장군은 이내 사신들과 함께 대진사로 돌아갔다.

"최치원 한림학사, 꼭 서라벌을 떠나야겠습니까?"

문무백관이 모두 돌아가자 여왕은 홀로 남은 치원에게 다가가 다정하게 말을 건넸다.

"황공하옵니다. 소신은 백성들과 하나가 되어 함께하면서 백성들을 교화시켜 신라가 더욱더 번창하도록 몸과 마음을 바칠까 합니다. 또한 백성들보다 먼저 이 손과 발에 흙을 묻히고 싶고 저 푸른 들판을 마음껏 달려 보고 싶사옵니다."

치원은 여왕의 애절한 마음을 짐짓 외면한 채 자신의 뜻을 굽히지 않았다.

"지리다도파도파智理多都波都波를 한림학사는 이미 알고 있죠?"

여왕의 근심은 이제 한계를 넘어서고 있었다.

"대왕마마, 그것은 일종의 비기와 같은 것이며 누구도 확인할 수 없는 내용입니다. 지혜롭고 충직한 신하들이 서라벌을 떠나고 나면 서라벌이 폐허가 된다는 오랜 산승들의 예언일 뿐입니다. 제가 현지에 부임하여 백성들이 원하는 것이 무엇인가를 소상히 파악한 후 여왕마마와 백성들이 하나임을 교육시킬 것입니다. 그 방법으로 백성들이 지혜롭게 세상 살아가는 이치부터 백성들에게 알려 줄 것입니다. 뜻을 맞추고 대왕마마의 성은을 널리 전하면 지방 경제가 살아날 수 있습니다. 또 대왕마마께서 총기를 잃지 말고 서라벌 백성들에게도 희망과 꿈이 있다는 것을 조정대신들을 통하여 전달하게 하십시오. 그리고 대왕마마께서 굳건히 옥좌를 지키시면 절대로 마가 끼지 않을 것입니다. 다만 너무 과음하지 마시고 성총이 흐려지실 만큼 과로만 하지 않으시면 될 것입니다. 그리고 무엇보다 지혜로운 사람을 조정 대신으로 제대로 쓰십시오. 또 관리들에게 암행어사를 보내어 과도한 세금 징수를 하지 않도록 간절히 당부 하시옵소서. 지금 백성들의 생활이 너무나 피폐해져 있사옵니다."

여왕은 치원의 말을 듣고 무척 난감하여 등줄기에 식은 땀이 흘러내렸다.

"바로 이런 일들 때문에 과인이 그대를 곁에 두고 싶어 하는 것이 아닌가? 나는 그대를 국사로 생각하여 진심으로 하는 말이니 다시 한 번 생각해 보시지요! 이제는 그대에게 관직을 내렸던 희종 황제께서도 붕어하셨으니 오로지 과인만을 위하여 충성할 수는 없겠소?"

여왕의 애절한 눈빛이 촉촉이 젖고 있었다.

"소신도 그리하고 싶습니다. 하오나 지금 이 신의 나라인 신라가 성난 파도와 같이 크게 요동치고 있습니다. 이미 관상감이 아뢰어서 아시고 계실 것으로 사료되오나, 대낮에 서라벌의 태양 가에 다섯 겹의 해무리가 펼쳐지고 날이 어두워졌습니다. 참으로 기이한 일입니다. 그리고 들판에 해가 들지 않아 이미 지난해부터 흉년이 들고 있습니다. 이 흉년은 앞으로 몇 년은 더 계속될 듯합니다. 길가에 서 있던 돌이 느닷없이 스스로 굴러가는 일이 생겼습니다. 지진이나 그 어떤 자연의 재해도 없었는데 돌이 스스로 움직였습니다. 사람들이 놀라 짐을 싸서 서라벌을 떠나고 있습니다. 제가 서남지방 태수가 되어 곡창지대를 잘 지키게 된다면 지주와 상인들의 매점매석을 막고, 장군들과 지방 토호 실력자들의 발호를 막아 곡식을 백성들에게 공평하게 나누어 주고, 아끼고 아껴 쓰게 하여 남은 곡식은 왕궁으로 올려 보내겠나이다."

치원은 그동안 마음에 품고 있던 생각을 모조리 여왕에게 아뢰었다. 그러면서 치원은 서라벌을 떠나는 게 단순히 자신의 안위를 위한 것이 아닌, 현장에서 나라와 백성들을 구제하는 데 미력하나마 힘을 보태려는 것임을 간곡히 전한 것이다.

"한림학사, 사실 과인은 두렵소. 꼭 무슨 일이 일어나고야 말 것 같소. 그래서 눈만 뜨면 술을 찾게 되고 두려움이 가슴에 차면 그 것을 잊기 위해 저 어린 화랑들을 불러들여 향락에 빠져 몸을 불 태우고 있소."

여왕은 떨리는 목소리로 치원에게 넋두리를 하며 천장에 매달 려 있는 서역의 유리등을 멍하니 바라보았다. 그때 치원은 한 여인 의 나약한 마음을 엿보았다. 그러나 맥없이 부서지는 바람처럼 지 친 몸을 뉘이고 싶은 그 여인을 너른 가슴으로 안아 주고 싶은, 사 내의 뜨거운 몸짓이 밖으로 그 실체를 드러내려는 것을 가까스로 참아야만 했다.

여왕은 우물을 찾아 헤매는 목마른 사슴처럼 정신이 혼미해지 고 있었다. 간혹 들릴 듯 말 듯한 가녀린 목소리로 '그대는 과인의 품을 벗어나서는 아니 된다'고 한탄하는 말을 듣고 여왕의 마음을 진정시키기 위하여 원효대사의 이야기를 들려 주었다.

원효스님과 의상스님이 학식이 높은 선승을 만나 부처님 의 가르침을 받아 깨달음을 얻기 위해 서라벌을 떠나 당 나라로 향했다. 어느 날, 한밤중에 갈증을 느낀 원효스님 이 바가지에 있는 물을 마시고 다시 잠이 들었다. 그리고 아침에 일어나서 옆에 있는 해골을 보고 간밤에 맛있게 마신 물이 해골 속에 담겨 있던 물이었음을 눈으로 확인하는 순간, 도저히 견딜 수 없어 어젯밤에 마신 물을 토해내려고 애를 썼다. 그러나 아무리 애를 써도 몸속에 남아 있는 물이 입으로 또다시 나오지 않음을 마음속으로 느끼는 순간 원효스님은 큰 깨달음을 얻었다.

이 세상 모든 현상의 변화는 마음먹기에 따라 변한다는 것을 알고는 같이 동행하던 의상스님께 더 이상 고행하지 말고 서라벌로 되돌아가자고 했으나 의상스님은 그 뜻을 거절했다. 원효스님은 그 이후 서라벌로 되돌아와서 백성들이 알아듣기 쉽고 곧바로 실천할 수 있는 생활불교 중 하나인 나무아미타불 관세음보살 등을 설법하자, 백성들이 무척이나 좋아한 나머지, 그를 따르는 사부대중이 날로날로 늘어감에 따라 이 소식을 전해 들은 신라 왕실과 요석공주는 원효스님에게 궁중 설법을 요구했다. 어느 날, 원효스님으로부터 궁중 설법을 들은 요석 공주는 스님의 높은 지혜에 깊게 빠져들어 마음속 깊이 무척 사랑한 나머지 원효스님과 혼인을 하지 아니 하고서는 도저히 이세상을 살아 갈 수 없을 지경에 이르렀다. 이를 알아차린 원효스님은 요석 공주와 혼인을 해주었다. 결혼을 통해서 설총이라는 총명한 아들을 두었다.

"원효대사께서는 한 사람의 목숨을 구한다는 방편에서 요석 공주와 혼인한 후 설총이라는 뛰어난 아들을 두었지만, 아버지 노릇을 제대로 하지 못하고 백성의 삶을 향상시키기 위한 생활불교에 정진함에 따라 백성이 나날이 보람되고 행복한 생활을 보냈다고 하옵니다."

또한 치원은 이미 오래전부터 여왕이 자신에게 연모의 정을 품고 있다는 사실을 잘 알고 있었다. 치원도 여색을 마다하지 않는 사내인지라, 아름다운 미모의 여왕을 품고 싶었던 적도 한두 번이 아니었다. 하지만 여느 사내들처럼 여왕과 자신이 깊은 관계에 빠지면 진골 벼슬아치들의 모함에 의해 언제 어떻게 될지 아무도 모르는 일이었다.

그들은 분명 기본과 원칙을 준수하면서 행정실명제를 실천함으로 인하여 백성들로부터 존경을 받게 되고 점점 높아지는 치원의 올바른 정치지도 권력을 두려워한 나머지, 이를 질투하거나 모함하기 위하여 없었던 일도 있었던 것처럼 조작하고 밀고하여 자신의 목숨을 끊어 내려 할 것이다.

앞날을 훤히 내다보는 치원으로서는 여왕과의 사사로운 정에 얽매이면 백성을 더 이상 가르칠 수 없을 뿐만 아니라 개인적으로는 가문이 멸하게 될 것이 두려워 한나라 개국에 크게 기여한 장량처럼 서둘러 서라벌을 뜨려 했던 것이다.

"대왕마마, 세상을 살아감에 있어 풍류도의 수행방법인 열 가지의 이치를 하루속히 스스로 깨달으셔야 하옵니다. 바르게 듣게 되어야(정청) 바르게 보게 되고(정견), 바르게 생각하게 되어(정사) 바른 말을 하게 됩니다(정어). 또 올바르게 일해야 되고(정업), 바르게 노력하여(정정진) 바르게 실천함으로써(정명) 순간순간 올바른 생각을 갖게 됩니다(정념). 파도 없는 넓은 바닷물에 자기 얼굴을 비추어 볼 때, 비치는 고요한 얼굴이 아름다워야 하고(정정), 이 우주에 존재하는 모든 사물이 나와 하나라고 믿어야 됩니다(정신). 이 열 가지를 풍류도에서는 풍류십정도風流十正道라고 하며 불교보다 정신과 정청 두 가지가 더 있으며, 이 두 가지는 도교·유교에서 가장 중요시하는 수행법으로 여왕마마께서도 정진을 한순간이라도 마음속에서 내려놓지 마십시오. 또한 이 열가지를 소홀히 하지 아니하는 것이 이 나라와 백성들을 이롭게 하는 것이옵니다.”

치원은 마음속 응어리를 삭이는 애처로운 심정으로 아뢰었다.

“과인도 서라벌 곳곳으로부터 들려오는 소문을 들어 잘 알고 있소. 과인이 젊은 화랑들과 목욕탕에서 차마 눈뜨고 볼 수 없는 애정 행각을 하고, 내궁 시녀들과도 함께 즐기는 생활을 하고 있다는 소문이 자자하다는 것도 풍문으로 들어서 잘 알고 있소. 그러나 어쩌겠소? 하루하루를 공포와 괴로움 속에서 보낼 수야 없지 않겠소? 오라버니 같은 그대가 과인 곁에 항상 있어만 준다면 과인은 두 발을 편히 뻗고 밤잠을 깊이 잘 수 있을 것 같은데……”

치원의 손을 잡고 말하던 여왕의 손이 서서히 치원의 허리 쪽으로 내려가더니 이내 치원의 관복 아랫바지 속으로 파고들었다.

“대왕마마, 황룡사에 자주 납시어 도력이 높은 고승들의 설법에 귀를 기울이십시오. 그리고 국가를 경영하기 위해 대도로 가십시오. 도불원인 인무이국道不遠人 人無異國을 실천해 보세요. 대도는

나 자신으로부터 시작하여 사람에게서 멀리 있지 않고 또 사람에게는 나라와 나라 간에 따른 차별도 없사옵니다. 그러니 답답하실 때에는 다른 나라에서 이민 온 주변의 피루즈 왕자도 부르시고, 처용도 부르시고, 마르코 수도사나 밀리엄 수녀도 자주 부르십시오. 혼자 있는 시간의 틈을 두지 마시고, 계속 만나는 사람이 지겨우시면 멀리 해인사에 있는 저의 형님인 현준스님도 저라고 생각하시옵고 부르십시오."

치원은 멈추지 않는 여왕의 뜨거운 손길을 느끼며 잠시 몸을 부르르 떨었다. 거부하고 싶지만 여왕의 믿음이 멀어질까 두려워 그리할 수 없었으며, 정신을 바짝 차리면 아무 일이 없을 것이라고 자신이 생각하였으나 이미 치원의 몸은 여왕의 손끝에 매달려 헤어날 수 없는 늪으로 빠져들고 있었다. 그런 치원을 애정이 넘치는 눈빛으로 바라보며 여왕은 야릇한 미소를 지었다.

"도불원인 인무이국이라……. 그건 그대가 이미 진감선사비문 첫 머리에 밝힌 내용이 아니오? 지리산 쌍계사에 있는 진감선사비문을 다시 한 번 자세하게 말씀해 주시오."

여왕의 손은 이미 한 마리 뱀의 혓바닥처럼 치원의 깊숙한 곳을 자극하고 있었다.

"여…… 여왕…… 마마……. 소신, 비문의 내용이 잘 생각나지 아니하옵니다. 잠시만 기다려 주시면 서재에 가서 비문의 내용을 갖고 와 소상히 아뢰겠나이다."

치원은 한껏 달아올라 붉어진 얼굴을 얼른 돌리고는 서둘러 서재로 향했다. 난생 처음으로 느껴 보는 낯선 여인의 부드러운 손길이었다. 치원은 서재에 도착해서도 거친 숨소리를 토해내며 아직도 여왕의 손길이 자신의 몸에 머물러 있는 양 축축이 젖은 자신의 하체를 무심히 바라보았다.

잠시 숨을 고른 후 복사해 보관하고 있던 진감선사 비문 문서를 찾아 가지고 되돌아왔다. 조금 전에 여왕이 자기를 희롱했던 일로 쑥스러웠으나 여왕 앞으로 다가가서 비문 내용을 요약하여 침착한 자세로 설명하기 시작했다.

하동 쌍계사 대웅전

유당 신라국 고 지리산 쌍계사 교시 진감선사 비명 및 서

전前에 중국에서 도통순관都統巡官 승무랑承務郎 시어사侍御史 내공봉內供奉을 지냈으며, 자금어대紫金魚袋를 하사받은 신臣 최치원, 왕명을 받들어 찬술하고 아울러 전자篆字로 제액題額을 쓰게 되었다.

대저 도道는 사람으로부터 멀리 있지 않고, 사람은 나라에 따라 차이가 없다. (道不遠人 人無異國) 이런 까닭에, 우리나라 사람들이 불법佛法이나 유학儒學을 배우는 것은 필연적이다.

서쪽으로 큰 바다를 건너 통역을 거듭해가며 학문에 종사할 적에, 목숨을 통나무배에 맡기면서도 마음은 보주寶洲(西國)에 달려 있다. 빈 채로 갔다가 가득 채워 돌아왔고, 험난한 일을 먼저하고 얻는 바를 뒤로 하였으니, 역시 보옥寶玉을 캐는 자가 곤륜산崑崙山의 높음을 꺼리지 않고, 진주를 찾는 자가 검은 용이 사는 바닷물 속의 깊음을 피하지 않는 것과 같았다.

드디어 지혜의 횃불(慧炬)을 얻었는데, 빛이 오승五乘을 밝게 하였고, 유익한 말(嘉肴)을 얻었는데, 맛을 육경六經에서 실컷 느끼게 하였으니, 다투어 많은 사람들로 하여금 선善에 들도록 하고, 능히 한 나라로 하여금 인仁을 일으키

쌍계사 진감선사대공령탑비 雙溪寺眞鑑禪師大空靈塔碑 출처, 문화재청

게 하였다.

그러나 석가(身毒:석가 태어난 곳)와 공자(闕里:공자 태어난 곳)가 교의教義한 것에 대하여 배우는 자들이 간혹 이르기를 흐름을 나누고 체재體裁를 달리하여, 둥근 구멍에 모난 자루를 박는 것과 같이, 서로 모순되어 한 귀퉁이만을 지키거나 그에 얽매어 있다고 한다.

시험 삼아 논하건대, 시를 해설하는 사람은 글자(文)를 가지고 말(辭)을 해쳐서는 안 되고, 말에 구애되어 뜻(意)을 해쳐서는 안 된다. 『예기禮記』에 이른바 "말이 어찌 한 갈래뿐이겠는가. 무릇 제각기 경우에 합당한 바가 있다"고 하였다. 그러므로 여봉盧峯(山)의 혜원慧遠이 논論(沙門不敬王者論)을 지어 이르기를 여래如來가 주공周公·공자孔子와 비록 출발하여 도달하는 방법은 달리하나, 귀착하는 곳은 한 가지 길이다. 교체敎體가 극에 달하면 아울러 응하지 못하는 법이니, (이는) 사물을 차별 없이 받아들이지 못하기 때문이다, 하였다.

심약沈約의 말에 이르기를 "공자는 그 실마리를 일으켰고 석가는 그 이치를 밝혔다"고 하였다. 참으로 그 대요大要를 아는 사람이라고 할 만하니, (이 정도는 되어야) 비로소 더불어 지극한 도를 말할 수 있을 것이다. 부처님이 말씀하신 심법心法 같은 것으로 말하면, 현묘하고 또 현묘하여 이름하려 해도 이름할 수 없고, 설명하려 해도 설명할 수 없다.

비록 '달을 보았다(得月)'고 하더라도, 그 달을 가리키는 손가락마저 잊어버리니, 끝내 바람을 붙들어 매는 것 같고 그림자를 뒤따라가서 잡기 어려움과 같다. 그러나, 먼 곳에 이르는 것도 가까운 곳에서부터 시작되는 것이다. 비유를 취한들 무엇이 해로우랴.

공자가 문제자門弟子에게 일러 말하기를, "내 말하지 않으련다. 하늘이 무슨 말을 하더냐"고 하였으니, 저 유마거사維摩居士가 침묵으로써 문수보살文殊菩薩을 대한 것이라든지, 석가가 가섭존자迦葉尊者에게 은밀히 전한 것은, 혀끝도 움직이지 않고 능히 마음을 전하는데 들어맞은 것이다.

(공자가) '하늘이 말하지 않음'을 말하였으니, 이를 버리고 어디에 가서 얻을 것인가. 멀리에서 현묘한 도를 전하여 이 나라를 빛낸 분이 어찌 다른 사람이랴. 진감선사가 이분이시다.

선사의 법휘法諱는 혜소慧昭이고 속성은 최씨崔氏다. 그의 선대先代는 한족漢族으로, 산동山東의 고관이었다. 수隋나라가 군사를 일으켜 요동遼東 지방을 정벌하다가 고구려에서 많이 죽자, 뜻을 굽히고 귀화한 자가 있었는데, 당나라가 옛 한사군漢四郡 지역을 차지함에 이르러, 바로 전주全州의 금마金馬 사람이 되었다.

아버지의 이름은 창원昌元이다. 속인俗人이면서도 승려의 수행이 있었다. 어머니 고씨顧氏가 일찍이 낮에 가매假寐를 하였는데, 꿈에 한 범승梵僧이 나타나 "나는 아미阿孃 (原註: 方言으로 어머니를 이른다)의 아들이 되기를 원합니다" 라고 이르며, 유리 항아리를 표적으로 삼아 주더니, 얼마 지나지 않아서 선사를 임신하게 되었다.

태어나면서 울지 않았으니, 곧 일찍부터 소리가 작고 말이 없는 거룩한 싹을 타고났던 것이다. 이(齒)를 갈 무렵이 되자, 아이들과 놀 때에는 반드시 나뭇잎을 태워 향이라 하고, 꽃을 따서 공양으로 삼았다. 간혹 서쪽을 향해 바르게 앉아 해가 기울도록 움직이지 않았다. 이로써 선본善本이 진실로 백천겁百千劫 전에 심어진 바임을 알지니, 발돋움하여 따라갈 일이 아닌 것이다.

유년幼年으로부터 성년에 이르도록, 부모의 은혜를 갚는 데 뜻이 간절하여 잠시(跬步)도 잊지 않았다. 그러나 집에 한 말의 여유 곡식도 없었고, 또 한 자의 땅뙈기도 없었으니, 때를 따라 돌아가는 자연의 현상天時만을 훔칠 수 있었다. 음식을 공양함에 오직 형편을 살펴서 행해야 했으므로, 이에 소규모의 생선장사를 벌여, 미끄럽고 맛이 좋은 음식(滑甘)을 넉넉하게 하는 업으로 삼았다. 손으로 그물을

자유인 최치원은 천 · 지 · 인 깨달음의 수행방법으로 공은 하늘이고 모든 것은 심장에서 시작된다는 것을 회화하여 작품화하였음.

맺는 데 힘쓰지 않았지만, 마음은 이미 통발을 잊은 데 합치되었으니, 능히 가난한 봉양(啜菽之資)에 넉넉하였고, 진실로 어버이를 봉양하는 노래(采蘭之詠)에 들어맞았다.

부모의 상艱棘을 당함에 미쳐, 흙을 져다가 무덤을 이루고는 이내 말하기를 길러 주신 은혜는 그런대로 힘써 보답하였지만, 심오한 진리를 어찌 마음으로서 구하지 않을 것인가. 내 어찌 덩굴에 매달린 조롱박(匏瓜)처럼, 한창 나이에 걸어온 자취에만 머무를 것인가.라고 하였다.

드디어 정원貞元 20년(애장왕 5년, 804), 당나라에 들어가는 세공사歲貢使에게 나아가 뱃사공이 되기를 자원하여 발을 붙이고 서쪽으로 건너가게 되었다. 속된 일에도 재능이 많아 험한 풍파를 평지와 같이 여기고는, '자비의 배'에 노를 저어서 '고난의 바다'를 건넜다. 중국(彼岸)에 도달하자, 국사國使에게 고하기를 "사람마다 각기 뜻한 바가 있을 것입니다. 여기서 작별을 고할까 합니다"라고 하였다.

드디어 길을 떠나 창주滄州에 이르러 신감대사神鑑大師를 뵈었다. 오체투지五體投地하여 바야흐로 절을 마치기도 전에 대사가 기뻐하면서 "슬프게 이별한 지가 오래되지 않은데, 기쁘게 서로 다시 만나는구나!"라고 하였다.

급히 머리를 깎고 잿빛 옷을 입도록 함에, 머리를 조아려 인계印契를 받았다. 불이 마른 쑥을 엿보고 물이 낮은 언덕으로 흐르는 듯하였다. 승도僧徒 가운데서 서로 이르기를 "동방의 성인을 여기서 다시 뵙는구나!"라고 하였다.

선사는 얼굴빛이 검었다. 그러므로 모두들 이름을 부르지 않고 지목하여 '흑두타黑頭陀'라고 했다. 이는 곧 현리玄理를 탐구하고 말없는 데 처함이 참으로 칠도인漆道人의 후신後身이었으니, 어찌 저 읍중邑中의 얼굴 검은 자한子罕이 백성의 마음을 잘 위로해 준 것에 비할 뿐이랴. 코 밑의 수염이 붉은 불타야사佛陀耶舍, 눈이 푸른 달마達磨와 함께 색상色相으로서 영원히 나타내 보일 것이다.

원화元和 5년(헌덕왕 2년, 810), 숭산嵩山 소림사少林寺의 유리단瑠璃壇에서 구족계具足戒를 받았다. 어머니(聖善)의 지난 꿈이 완연히 들어맞았다. 이미 계율에 밝자 다시 학림學林으로 돌아왔다. 하나를 들으면 열을 아니, 강색絳色이 꼭두서니풀(茜草)에서 나와 그보다 더 붉고, 청색青色이 쪽풀(藍草)에서 나와 그보다 더 푸른 것 같았다. 그러나 비록 마음은 고요한 물처럼 맑았지만, 자취는 조각구름같이 떠돌아다니는 신세였다.

그 언제인가, 고국故國의 중 도의道義가 먼저 중국에 도를 물으러 왔다. 우연히 서로 만나 바라는 바가 일치하였으니, 서남쪽에서 벗을 얻은 것이다. 사방의 먼 곳을 두루 찾아보고 불지견佛知見을 증득證得하였다. 도의가 먼저 고국으로 돌아가자, 선사는 곧 바로 종남산終南山에 들어갔다.

한없이 높은 봉우리에 올라 소나무 열매를 따먹으며 외롭고 쓸쓸하게 지관止觀한 것이 3년이요, 뒤에 자각봉紫閣峯으로 나와 네거리에 지켜 앉아 짚신을 삼아 가며 혜시惠施를 넓혀, 바쁘게 왕래하였던 것이 또 3년이었다. 이에 고행은 이미 닦기를 끝마쳤고, 다른 지방 역시 유력遊歷하기를 마친 터였다.

그런데, 비록 공空을 체관諦觀한다 하더라도, 어찌 자기의 근본을 잊을 수가 있겠는가. 이에 태화太和 4년(흥덕왕 5년, 830)에 귀국하니, 대각大覺의 대승법大乘法이 인역仁域을 비추었다. 흥덕왕께서 칙서鳳筆를 급히 내리고 맞아 위로하시기를,

도의선사가 지난번에 돌아오더니, 상인上人께서 뒤이어 이르러 두 보살이 되셨도다, 옛날에 흑의黑衣를 입은 호걸이 있었다고 들었는데, 오늘에는 누더기(縷褐)를 걸친 영웅을 보겠노라. 하늘에 가득한 자비의 위력에 온 나라가 기쁘게 의지하리니, 과인寡人은 장차 동쪽 나라 계림鷄林의 경내를 석가세존釋迦世尊(吉祥)의 집으로 만드리라고 하였다.

처음 상주尙州 노악산露岳山 장백사長栢寺에 석장錫杖을 멈

추었다. 명의名醫의 문전에 병자가 많은 것처럼 찾아오는 이들이 구름 같았다. 방장方丈은 비록 넓었으나, 물정物情이 자연 군색했으므로, 마침내 걸어서 강주康州 지리산에 이르렀다. 몇 마리의 호랑이가 으르렁거리며 앞에서 인도하였다. 위험한 곳을 피해 평탄한 길로 가게 함이 산을 오르는 신神(兪騎)과 다르지 않았으니, 따르는 사람들도 두려움 없이 마치 (집에서 기르는) 돼지나 개처럼 여겼다.

선무외善無畏 삼장三藏이 영산靈山에서 하안거夏安居를 할 때, 길을 앞선 맹수猛獸를 따라 동굴에 깊이 들어가 모니牟尼의 입상立像을 본 것과 완연히 같은 사적이며, 저 축담유竺曇猷가 자는 범의 머리를 두드려 송경誦經 소리를 듣게 한 것 역시 홀로 승사僧史에서 미담이 될 수만은 없다. 이리하여 화개곡花開谷의 고故 삼법三法 화상이 세운 절의 남은 터전 위에 당우堂宇를 꾸려 내니, 엄연히 조화로 이루어진 것 같았다.

개성開成 3년(민애왕 1년, 838)에 이르러, 민애대왕愍哀大王께서 갑자기 보위寶位에 올랐다. (부처의) 그윽한 자비에 깊이 의탁하고자 국서璽書를 내리고 치재致齋의 비용을 보내, 특별히 발원해 줄 것을 청하셨다. 선사가 말하기를, "부지런히 선정善政을 닦는 데 있을 뿐이니 발원하여 무엇하리요?" 하였다.

사자使者가 임금에게 복명復命하니, 임금께서 그 말을 들고 부끄러워하면서도 깨달은 바가 있었다.

선사께서 색色과 공空을 둘 다 초월하고, 선정禪定과 지혜智慧를 모두 원용하였다는 이유로, 사자使者를 보내 '혜소慧昭'라는 호를 내리셨다.

'소昭'자는 성스러운 선조의 묘휘廟諱를 피하여 그렇게 바꾼 것이다. 그러고 나서 대황룡사大皇龍寺에 적籍을 편입시키고 서울로 나오도록 부르셨다. 사자使者의 왕래하는 것이 마치 길에서 말고삐가 섞갈리는 듯했으나, 큰 산처럼 우뚝 서서 그 뜻을 바꾸지 않았다. 옛날에 승주僧稠라는 스님이 원위元魏의 세 번에 걸친 부름을 거절하면서 말하기를, "산에 있으면서 도를 행하여 크게 통하는 데 어긋나지 않고자 합니다"고 하였다.

그윽한 곳에 살면서 고매함을 기르는 것이, 시대는 달랐으나 지취志趣는 한 가지였던 것이다. 여러 해를 머무는 동안 법익法益을 청하는 사람들이 벼나 삼대처럼 들어서 열列을 이루니, 거의 송곳 꽂을 만한 땅도 없었다.

드디어 기묘한 절경을 두루 가리어 남령南嶺의 한 기슭을 얻으니, 앞이 확 트여 시원하기가 으뜸이었다. 선사禪寺를 지음에, 뒤로는 저녁노을이 끼는 봉우리에 의지하고, 앞으로는 구름이 비치는 간수澗水를 내려다보았다. 시야를 맑게 하는 것은 강 건너 먼 산이요, 귓부리를 시원하게 하는 것은 돌에서 솟구쳐 흐르는 여울물 소리였다.

더욱이 봄이 되면 시냇가에 온갖 꽃들이 피고, 여름이 되면 길가에 소나무가 그늘을 드리우며, 가을이 되면 두 산 사이의 오목한 구렁에 밝은 달이 떠오르고, 겨울이 되면 산마루에 흰 눈이 뒤덮여, 철마다 모습을 달리하고, 온갖 물상物像이 빛을 나누며, 여러 울림소리가 어울려 읊조리고, 수많은 바위들이 다투어 빼어났다.

일찍이 중국에 유학했던 사람이 찾아와 머물게 되면, 모두 깜짝 놀라 살펴보며 이르기를, "혜원선사慧遠禪師의 동림사東林寺를 바다 건너로 옮겨 왔도다! 연화장세계蓮花藏世界야 범상凡想으로 비겨볼 바 아니겠지만, 항아리 속에 별천지가 있다는 말인즉 믿을 만하다"고 했다.

홈을 판 대나무를 가로질러 시냇물을 끌어다가 축대를 돌아가며 사방으로 물을 대고는, 비로소 '옥천玉泉' 두 글자로 절의 이름을 삼았다.

손꼽아 법통法統을 헤아려 보니, 선사는 곧 조계曹溪의 현손제자玄孫弟子이었다. 이에 육조六祖의 영당影堂을 세우고 흰 담을 채색으로 장식하여 중생을 인도하는 데 널리 이바지하였다. 경經에 이른바 '중생을 기쁘게 하기 위한 까닭에' 화려하게 여러 빛깔을 섞어 많은 상像을 그린 것이었다.

대중大中 4년(문성왕 12년, 850) 정월 초아흐렛날 새벽(詰旦), 문인에게 말하기를 "모든 법이 다 공空이니 나도 장차 가게 될 것이다. '한마음'이 근본이니 너희들은 힘쓸지어다! 탑을 세워 형해形骸를 갈무리하거나 명銘을 지어 걸어온 발자취를 기록하지 말라!" 하였다.

말을 마치고는 앉은 채로 세상을 떠나니, 보년報年이 77세요 법랍法臘이 41년이었다. 이때 실구름도 없더니 바람과 우뢰가 홀연히 일어나고, 호랑이와 이리가 슬피 울부짖더니 삼나무와 향나무도 시들하게 변하였다. 얼마 지나서는 검붉은 구름이 하늘을 가리우고, 공중에서 손가락 튕기는 소리가 나서 장례에 모인 사람치고 듣지 못한 이가 없었다.

『양서梁書』에 실리기를 "시중侍中 저상褚翔이 일찍이 스님을 청하여, 앓고 계신 모친을 위해 쾌유를 빌었을 때, 공중에서 손가락 튕기는 소리가 들렸다"고 했으니, 성신聖神의 감동과 명귀冥鬼의 감응을 어찌 꾸밈이라고 하겠는가. 무릇 도에 뜻을 둔 사람은 소식을 보내 서로 조상弔喪하고, 유정有情의 병통을 없애지 못한 사람(俗人)들은 슬픔을 머금고 울었으니, 하늘과 사람이 애끓게 슬퍼함을 단연코 알 수 있으리라. 영함靈函(棺)과 무덤길幽隧을 미리 갖추도록 하였던 바, 제자 법량法諒 등이 울부짖으며 선사의 시신을 모시고는, 그날로 동쪽 봉우리 꼭대기에 장사 지내니, 유명遺命을 따른 것이었다.

선사의 성품은 질박함을 흩트리지 않았다. 말은 기교를

부리지 않았다. 입는 것은 흰 솜이나 삼베도 따뜻하게 여겼고, 먹는 것은 겨나 보리 싸라기도 달게 여겼다. 상수리와 콩을 섞은 범벅에 나물 자반도 둘이 아니었다. 존귀한 사람이 가끔 왔지만, 다른 반찬을 내놓은 적이 없었다.
문인이 배 속을 더럽게 하는 것이라 하여 올리기를 어려워하면 말하기를 "마음이 있어 여기에 왔을 것이니, 비록 거친 현미玄米인들 무엇이 해로우랴"고 하였으며, 지위가 높은 사람이나 낮은 사람, 그리고 늙은이와 젊은이를 가릴 것 없이 대접함이 한결 같았다. 매양 왕인王人이 역말을 타고 와서, 멀리 수법공덕修法功德의 법력을 기원하며 말하기를 "무릇 왕토王土에 살면서 불일佛日을 머리에 인 사람으로서, 누구인들 호념護念에 마음을 기울여 임금의 복을 위해 빌지 않겠습니까? 그런데 하필이면 멀리서 마른 나무 썩은 등걸과 같은 저에게 윤언綸言을 욕되게 하시나이까? 왕인王人과 말이 허기질 때 먹지 못하고 목마를 때 마시지 못하는 것이, 아! 마음에 걸리나이다."고 하였다.

어쩌다 호향胡香을 선물하는 이가 있으면, 질그릇에 잿불을 담아 환丸을 짓지 않은 채로 사르면서 말하기를 "나는 냄새가 어떠한지 분별하지 못한다. 마음만 경건히 할 따름이다"고 하였다. 다시 한다漢茶를 진공進供하는 사람이 있으면, 땔나무로 돌 가마솥에 불을 지피고는 가루로 만들지 않고 끓이면서 말하기를, "나는 맛이 어떤지 분별하지 못한다. 배 속을 적실 뿐이다"고 하였다. 참된 것을 지키고 속된 것을 싫어함이 모두 이러한 것들이었다.

평소 범패梵唄를 잘하였는데, 그 목소리가 금옥 같았다. 측조側調에 나를 것 같은 소리는 상쾌하면서도 슬프고 구성져서, 능히 천상계天上界의 모든 신불神佛로 하여금 크게 환희歡喜케 하였다. 길이 먼 곳까지 흘러 전함에, 배우려는 사람이 승당僧堂을 가득 메웠는데, 가르치기를 게을리 하지 않았다. 오늘에 이르러, 우리나라에서 어산魚山(범패)의 묘한 곡조를 익히는 자가 코를 막고 가곡歌曲을 배우 듯 다투어 옥천玉泉(진감선사)의 여향餘響을 본받으려 하니, 어찌 성문聲聞을 가지고 중생을 제도하는 교화가 아니겠는가.

선사께서 열반에 드신 때가 문성대왕 시절이었다. 임금께서는 마음(僊襟)이 측연惻然하여 장차 청정淸淨한 시호를 내리려고 하였으나, 선사가 남긴 당부의 말을 듣고서는 부끄러워하여 그만두었다. 삼기三紀를 지난 뒤, 문인이 세상일의 변천이 심한 것을 염려하여, 불법佛法을 흠모하는 제자(在家弟子)에게 영원토록 썩지 않을 인연을 물었더니, 내공봉內供奉이며 일길간一吉干인 양진방楊晉方과 숭문대崇文臺의 정순일鄭詢一이 굳게 마음을 합쳐 돌에 새길 것을 주청하였다. 헌강대왕께서 지극한 덕화를 넓히고 참

된 종교(禪宗)를 흠앙하시어 '진감선사眞鑑禪師'라고 추시追
諡하시고 탑이름을 '대공령탑大空靈塔'이라 하셨다. 그리고
전각篆刻을 허락하여 길이 명예를 전하도록 하시었다.
거룩하도다! 해가 양곡暘谷에서 솟아올라 그윽한 데까지
비추지 않음이 없고, 해안海岸에 향기를 심어 오랠수록
향내가 가득하다. 어떤 이는 말하기를 선사께서, 탑을 세
우지 말고 명銘을 짓지 말라는 당부의 말씀을 내리셨거
늘, 후대로 내려와 문인들에 이르러 능히 확고하게 스승
의 뜻을 받들지 못했도다, 그들이 억지로 구했던가, 아니
면 임금께서 자진해서 주셨던가. 바로 흰 구슬의 티가 되
기에 족하다고 한다.

슬프다! 그르게 여기는 자 또한 그르다. 명예를 가까이
하지 않았는데도 이름이 알려진 것은 대개 선정禪定으로
키운 법력의 여보餘報다. 저 재(灰)처럼 사라지고 번개같
이 끊어지기보다는, 할 만한 일을 할 수 있을 때 해서, (대
사의) 명성이 대천세계大千世界에 떨치도록 하는 것이 낫지
않겠는가.
그러나, 귀부龜趺가 비석을 이(戴)기도 전에 헌강대왕께서
갑자기 승하昇遐하셨다. 금상今上(정강왕)께서 뒤를 이어 즉
위하시니, 훈壎과 지篪가 서로 화답하듯 뜻이 부촉付囑에
잘 맞아, 좋은 것은 그대로 따르시었다. 이웃의 큰 산에

절이 있어 '옥천사玉泉寺'라고 불렀는데, 이름이 서로 같아 여러 사람이 듣는 데 혼동을 초래하였다.

장차 같은 이름을 버리고 다르게 하려면, 마땅히 옛 이름을 버리고 새 이름을 지어야 했다. 그리하여 그 절 배후背後의 빙거憑據가 될 만한 것을 둘러보게 하니, 절의 문이 두갈래 간수澗水가 마주하는 데 있다고 복명復命하였다. 이에 '쌍계雙溪'라는 이름을 내리셨다.

그리고 이 하신下臣에게 거듭 명을 내려 말씀하시기를 "선사께서 행적으로 이름이 드러났고, 너는 문장으로 벼슬길에 나섰으니, 마땅히 비명을 짓도록 하라!"고 했다.

치원이 두 손을 마주 대고 절하면서, "네! 네!"하고 대답하였다.

물러나와 생각해 보건대, 지난번 중국에서 이름을 얻었고, 장구章句 사이에서 살지고 기름진 맛을 보았으나, 아직 성인의 도(衢罇)에 흠뻑 취하지 못했다. (井底蛙처럼) 우물 안에 깊숙이 엎드려 있었던 것이 오직 부끄러울 뿐이다. 하물며 법法은 문자를 떠난지라 말을 부칠 데가 없음에랴?

굳이 혹 그것을 말한다면, 끌채를 북쪽으로 두면서 남쪽의 영郢 땅에 가려는 격이 되리라. 다만, 임금의 외호外護와 문인들의 대원大願으로, 문자가 아니면 여러 사람의 눈에 환하도록 할 수 없겠기에, 드디어 몸소 (한꺼번에) 두

가지 일에 종사하고, 힘껏 (날다람쥐의) 다섯 가지 재주(五能)를 본받았다. 비록 (말 못하는) 돌이지만 혹여 무슨 말이라도 할런지, 부끄럽고 두렵기만 하다.

그러나 '도'란 억지로 이름 붙인 것이니, 어느 것은 옳고 어느 것은 그르겠는가. 끝이 닳은 몽당붓이라 하며 필봉筆鋒을 드러내지 않는 일을 어찌 신臣이 감히 할 것인가. 거듭 앞의 뜻을 말하고, 삼가 명銘을 조목 지어 대강 적어 본 것이라고 보면 되는 것이다.

입 다물고 선정禪定을 닦아
불타에 귀심歸心하였네
근기根機가 보살(승)에 익숙하여
그를 넓힘이 타의가 아니었네
용맹스럽게 범의 굴을 찾았고
멀리 험한 파도를 넘었으며
중국에서 비인秘印을 전해 받고
돌아와 신라를 교화했네
그윽한 곳을 찾고 경치 좋은 데를 가려
바위 비탈에 절을 지었네
물에 비친 달을 보며 심회心懷를 맑게 하고
아름다운 경치(雲泉)에 흥을 기울였네
산은 인간의 본성처럼 적연寂然하고

골짜기는 범음梵音과 응답하네

촉경觸境(몸에 닿는 대상)이 막힘없었으니

교사巧詐한 마음을 삭임이 이것으로 증험되도다

도로서 다섯 조정을 협찬協贊했고

위엄으로 많은 요사함을 꺾었도다

자비의 그늘을 말없이 드리우며

아름다운 부름을 분명하게 거절했네

바닷물이야 저대로 흩어져 떠돌더라도

산이야 무엇 때문에 흔들리랴

아무런 생각이나 걱정이 없었고

깎거나 새김도 없었다네

음식은 노상 드시는 것뿐이었고

옷은 되는 대로 입으셨네

비바람에 그믐밤 같아도

처음과 끝이 한결같았네

지혜의 가지(慧柯)가 바야흐로 뻗어나려는데

법계法界의 기둥이 갑자기 무너지니

깊고 큰 골짜기가 처량하고

연기처럼 뻗어 오르는 등라藤蘿가 초췌하구나

사람은 갔어도 도는 남았으니,

끝내 잊지 못하리라
상사上士가 소원을 진달陳達하자
대왕께서 은혜를 베푸셨네
법등法燈이 바다 건너로 전하여
불탑佛塔이 산속에 솟았도다
천의天衣가 스쳐 반석盤石이 다 닳도록
길이 송문松門(佛門)에 빛나리라

광계光啓 3년(정강왕 2년, 887) 7월 일에 비석을 세우고 중 환영奐榮이 글자를 새겼다.

치원이 진감선사비문 내용과 그 뜻을 간결하게 설명해주고 여왕의 마음을 진정시켰다. 여왕은 애정 어린 눈빛으로 치원을 바라보며 말했다.

"과인은 도를 멀리하고(人遠道) 가까이 하지 않아 그렇게 도가 튼 사람이 아닙니다. 눈을 뜨고 자연과 사람을 보면 도는 보이지 않고 젊은 화랑과 같이 쾌락을 즐기고 싶은 생각만이 눈에 보이고, 또한 술만 보일 뿐이오. 또 내 피를 뜨겁게 달아오르게 하는 미약만 찾게 되오. 또 가슴을 열어 열린 마음으로 당이나 서역까지 멀고도 먼 나라는 어떻게 하고 있는가를 바라보지 못하고, 오로지 월성과 그 안에 있는 보물 창고와 곡식 창고만 챙기게 되오."

여왕은 치원이 읽어 주었던 진감선사비문의 내용에는 조금도

관심이 없고 애절한 눈빛으로 치원을 바라보며 또다시 넋두리를
시작했다. 그러면서 이번에는 제법 점잖게 앉아 한쪽 무릎을 세우
더니 치맛자락을 걷어 올렸다.

속곳도 입지 않은 여왕의 뽀얀 속살과 함께 시커먼 거웃이 치원
의 눈에 가득 들어왔다. 이미 몇 차례 봐 온 터이지만, 어전에서 자
세히 보기는 이번이 처음이었다. 치원은 짐짓 헛기침을 서너 번 하
고는 고개를 떨어뜨렸다.

"도를 닦아 가는 길은 하루아침에 열리지 않사옵니다. 조금씩,
아주 조금씩 정진하십시오."

치원은 숨을 고르며 제법 차분하게 아뢰며 천천히 고개를 들어
여왕을 바라보았다. 그때 여왕은 이미 옷고름을 모두 풀어헤친 채
봉긋한 가슴을 흔들며 치원을 향해 두 팔을 쭉 뻗고 있었다. 하마
터면 치원은 그 자리에서 뒤로 나자빠질 뻔했다.

"한림학사, 아니 오라버니! 이리 오시오. 나를 한 번만 꼭 껴안
아 주시오."

애정에 목마른 한 여인의 처절한 몸부림이 치원의 가슴을 파고
들었다.

"대왕마마, 고정하시옵소서."

고개를 숙인 채 정중하게 말은 거절하고 있지만, 치원의 마음은
자기 자신도 어쩔 수 없이 이미 여왕에게 달려가 풍만한 가슴에
얼굴을 묻고 있었다.

"사랑하는 누이동생을 안아 주듯 그렇게라도 안아 주시오."

여왕은 이미 넋이 나간 채 간절한 눈빛으로 치원에게 애원하고 있었다.

"황공하옵니다, 대왕마마. 부디 만수무강하소서."

치원은 더 이상 여왕의 애틋한 사랑병을 외면할 수가 없었다. 하는 수 없이 서서히 다가가 너른 가슴으로 목마른 사슴을 포근하게 안아 주었다.

여왕 역시 치원을 힘껏 끌어안았다. 처음으로 안아 보는 두 사람의 몸부림이 얼마나 격하던지, 봉긋하게 솟아오른 여왕의 젖가슴이 터져나갈 지경이었다.

풀어헤친 가슴에서 모락모락 피어나는 속살의 향기가 코끝을 자극하자 치원은 정신이 혼미해지며 몸속 어딘가의 또 다른 사내가 힘을 받아 불쑥 솟아올랐다. 치원은 당황하여 꼭 끌어안고 있던 팔을 슬며시 풀었다.

"됐어요. 이제 됐어요. 지방 태수로 나가셔서 나라와 백성을 위해 소신껏 일하시되 과인을 절대로 잊지 마세요. 그대가 희망한 넓은 평야가 있는 곳, 즉 무주에는 곡식이 많이 생산되고 있어요. 비옥한 땅이라 백성들이 많이 몰려 있는 곡창지대인 무주武州(지금의 광주)로 보내고 싶었소. 그런데 그곳은 안타깝게도 지금 견훤이 자기 나라라고 차지하고 있소. 그래서 과인은 그대를 무주 곁에 있는 태산군太山郡(지금의 정읍시)에 보내려고 마음 먹었소. 그곳의 백성들을 잘 보호하고 잘 지켜 주시오."

여왕의 붉어진 얼굴은 점차 안정을 되찾고 있었다. 마치 몸을 푼 산모처럼 식은땀을 흘리며 나른한 눈빛을 보내고 있었다.

'태산군······.'

그 순간 치원은 가슴에 무언가 커다란 바윗덩이가 쿵 하고 떨어지는 느낌을 받았다. 그곳은 현재 견훤이 이미 차지하고 있는 무주와 전주를 코앞에 두고 있는 지역이었기 때문에 치원에게는 특별한 느낌으로 다가왔던 것이다.

"황공하옵니다. 소신, 반드시 그 땅을 지키고 보호하여 백성들이 전란에 더 휘말리지 않고 편안하게 잘 살 수 있도록 하나하나 세심하게 살펴 백성들의 민심을 수습하겠나이다."

치원은 아직도 가라앉지 않은 거친 숨을 토하며 여왕 앞에 엎드려 신하로서의 예를 올렸다.

"준비한 것을 내오너라."

여왕이 밖을 향해 큰 소리로 이르자 내관이 두 손에 무언가를 받쳐 들고 나왔다.

"낮에 대진사에서 그대가 황제로부터 받은 자금어대와 비은어대를 당나라 장군에게 반납하려고 하는 모습을 보면서 생각했소. 은밀하게 내관을 불러 열쇠 목걸이를 특별히 주문 제작하여 구해 오라고 지시했소. 이제부터는 과인이 내린 이 황금 열쇠 목걸이를 걸고 다니면서 이 목걸이가 과인이라고 항상 생각하고 마음으로 사랑해 주세요. 만약 태산군에 나갔다가 상황이 급하거나 무슨 일이 생기면 짐이 보낸 호위무사를 보내거나 그대가 직접 이 월성으로 곧장 달려오시오. 이 황금 목걸이는 과인이 내리는 서라벌의 자금어대요. 누구든 그대의 출입을 막지 못하도록 궁궐지기 책임자나 내관에게 하명해 둘 것이오. 그러니 안심하고 현지에 임해서 멀리서라도 반드시 짐을 지켜 주시오."

여왕이 다시 치원에게 다가와 황금으로 만든 열쇠 모양의 목걸이를 직접 걸어 주었다. 여왕의 풋풋한 살내음이 다시 코끝을 스쳤다.

"새로 임명된 호위대장 밀성 장군을 들라 하라!"

여왕이 내관에게 큰 소리로 하명했다. 얼마 후 젊고 씩씩한 무장이 어전으로 들어왔다. 얼핏 보니 낯이 많이 익은 무장이었다.

"태수, 이번에 새로 임명된 근위대장 밀성 장군이오. 밀성 장군은 바로 원봉 장군의 아드님이오."

여왕이 웃으며 치원에게 근위대장을 소개했다.

그러나 밀성 장군은 최치원을 경계하는 눈빛으로 쳐다보았다. 그는 최치원이 허리를 굽혀 인사를 하자, 그냥 뻣뻣이 서서 가소롭다는 듯이 인사를 받기만 했다.

"대를 이어 월성을 지키시게 된 것을 감축 드립니다. 이제 저는 외방으로 나가게 됐습니다. 부디 여왕마마를 가까이에서 잘 보필해 주시오."

치원은 밀성 장군의 뜨악한 눈빛이 마음에 걸렸지만 애써 개의치 않으며 공손히 말했다.

"밀성 장군, 최치원 태수의 목에 걸린 저 황금 열쇠가 보이지요? 최치원 태수가 열쇠를 보이고 궁내로 들어올 때 언제든 궁궐

문을 열어 주시오. 혹 태수가 아니고 태수가 보낸 사람이라 하더라도 저 황금 열쇠를 보이면 바로 문을 열어 주시오. 아시겠소?”

여왕은 근엄한 표정으로 밀성 장군을 쳐다보며 다시 한 번 강조하는 눈빛으로 다짐을 하게 했다.

“명심 또 명심하겠나이다. 여왕마마.”

밀성 장군은 마지못해 입을 열며 치원을 향해 쓴웃음을 지어 보였다. 그때 밖에서 인기척이 들리는가 싶더니 이내 부호 부인이 치맛자락을 휘날리며 어전으로 들어섰다. 치원은 여왕에게 하직 인사를 하고 막 나가려던 찰나에 부호 부인과 맞닥뜨린 것이 영 불편했다.

“이번에 태수로 나가신다고요? 부임지가 어디라고 했소?”

치원을 바라보는 부호 부인의 눈빛에서 온갖 조소가 흘러나왔다.

“태산군이옵니다.”

“태산군이라……. 역적 견훤이 자기가 세운 나라라고 자칭하고 있는 무주와 전주를 코앞에 두고 있는 고을이군요. 백성들을 잘 지도해서 역적 무리들을 막아 내면 큰 공을 세우게 되겠지만, 이와 맞서 싸우지 못하고 패배해 물러서면 실패한 지도자가 되는 거지요.”

부호 부인의 간드러지는 웃음소리가 왠지 치원에게는 조롱으로 들렸다.

“사력을 다해 반역의 무리들을 막고 태산군의 백성들을 견훤에게 빼앗기지 않도록 최선을 다하여 지키겠습니다.”

치원은 강한 눈빛을 드리내며 결연하게 말했다.

"나라와 남에게 이익을 주는 것이 곧 나에게 이익이 된다는 만고의 진리를 태산군 백성이 모두 깨우칠 수 있도록 소신이 먼저 몸소 실천해 보겠나이다."

더는 머뭇거릴 이유가 없다는 것을 느낀 치원은 여왕에게 자신의 변함없는 신념을 전하며 어전을 나왔다. 눈을 내리깔고 그 모습을 보던 부호 부인과 새로운 실력자로 떠오른 밀성 장군은 물론 여왕 곁에 머물러 이간질이나 하고 아첨이나 하는 화랑들은 계집보다 못한 사내의 치부를 고스란히 드러냈다.

여왕과 함께 향락에 빠져 있던 젊은 화랑들이 온갖 조소와 경멸을 담은 웃음으로 치원을 배웅했다. 이들은 모두 눈엣가시처럼 걸리적거리던 장애물을 치워 버린 것처럼, 앓던 이를 빼 버린 것처럼 서로 즐거워하면서 한바탕 시원하게 웃고 있었다.

여왕의 황금 목걸이를 소지하고 절대적인 지지를 받으며 치원이 임지로 떠나려고 하자 호몽이 침울한 표정을 짓고는 울음보를 터뜨렸다. 치원을 따라 태산군으로 함께 가려 했지만 홀몸이 아니기 때문에 몸이 무거워 같이 갈 수 없으니 더 안타까워 울었다. 반야 부인이 한 말을 듣고 당나라 황소의 난 때를 생각하라며 위로를 해주었지만, 아쉬운 마음은 금할 길이 없었다.

치원이 궁에 드나들며 바쁜 정사를 돌보는 동안 어느덧 은함이 세 살이 되었고, 그 사이 호몽은 둘째를 임신하여 이제 제법 배가 더 불러오기 시작했다. 절대적인 안정이 필요하기도 했지만, 태산

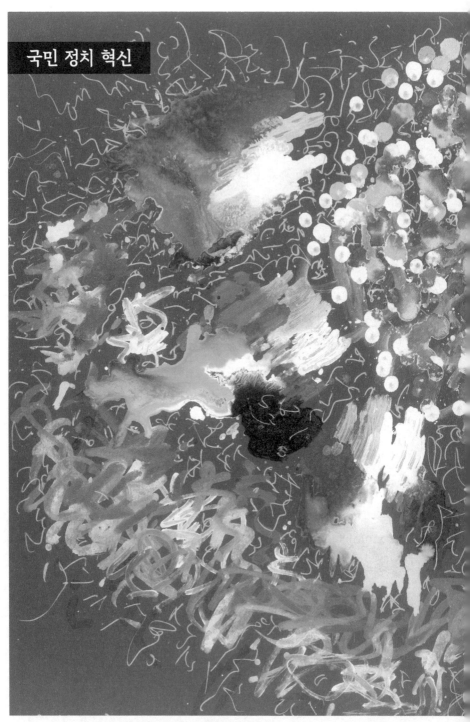

국민 정치 혁신

국민 정치 혁신의 중요성을 형상화한 이미지. 마침내 최치원은 모든 공직을 내려놓고 해인사로 들어간다.
그에 앞서 그는 신라 진골 중심의 중앙정치를 신랄하게 비판했다.

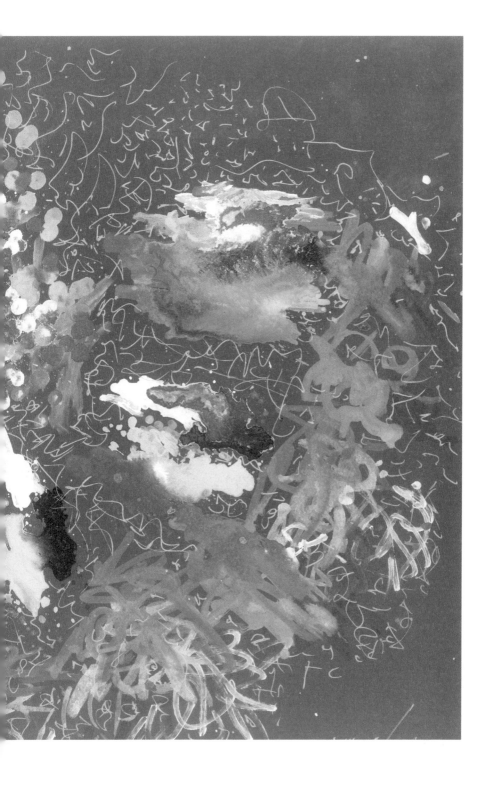

군의 치안 상태가 불안했기 때문에 치원으로서도 임신한 아내를 도저히 데려갈 수가 없었다. 치원은 태산군으로 떠나며 미탄사 주지인 호안스님을 조용히 만났다.

"그렇게 많은 젊은이를 승병으로 둘 수가 있을까요? 지금 요사채에 머물고 있는 젊은이들만 해도 오십 명은 족히 넘는데……."

남산에서 도를 닦는 왕거인과 이백 명에 이르는 젊은이들을 부탁하기 위한 자리였는데, 호안스님은 몹시 난처하다는 듯 주저하며 미탄사의 창고가 불안하다는 말을 꺼냈다. 그 무렵 서라벌에는 누구나 다 아는 사건이 있었다.

서라벌 외곽에 '지은'이라고 하는 처자가 살고 있었는데, 그녀는 앞을 못 보는 어머니를 봉양하고 있었다. 낮에는 장군의 집에 가서 빨래를 해 주고 방아를 찧어 주며 쌀을 얻어 와 어머니와 함께 끼니를 겨우 해결했다.

그러던 어느 날, 장군의 비복에게 겁탈을 당하게 되었다. 그녀는 너무나 슬퍼 집으로 돌아오던 길에 고갯마루에서 목을 매려 했다. 때마침 훈련을 마치고 돌아가던 효종랑이라는 화랑이 그 모습을 발견하여 그녀는 겨우 목숨을 건질 수 있었다.

"낭자, 어찌하여 이처럼 젊은 나이에 그리 흉한 짓을 도모하고 있소?"

"부끄럽습니다. 이대로 죽게 해주소서."

사정을 듣고 난 효종랑은 그 길로 장군의 집에 찾아가 비복을 내쫓고, 처자의 몸값을 받아내 주었다. 그리고 다른 화랑들에게 그녀의 이야기를 전하자, 화랑들이 지인들에게 전파시켜 곡식 한 가마니씩을 모아 그녀에게 전해 주었는데 그 곡식이 무려 오백 석에 이르렀다.

그 이야기가 월성에까지 전해지자 진성여왕도 따로 쌀 일백 석을 마련해 그녀에게 전해 주었다. 이렇게 되자 서라벌 안에는 효녀 지은의 집에 곡식 천 석이 쌓여 있다는 소문이 퍼져나갔다.

그 소문을 듣고 밤마다 도둑이 들어 지은의 집 곳간에는 쌀 백여 석만 남고 모조리 털리고 말았다. 그 소식을 접한 여왕은 병사 이십여 명을 보내 지은의 창고를 지키도록 했다.

이는 서라벌의 치안 상황이 어느 정도인가를 짐작케 했다. 그렇기 때문에 미탄사의 호안스님도 곡식 이천 석이 쌓여 있는 곳간을 걱정하지 않을 수 없었던 것이다.

"알겠소. 내 태수의 청도 있고, 우리 창고도 걱정이 되니 낭도들을 받아들이겠소. 낭도를 이끌 두목은 어떤 사람이오?"

한참 동안 깊은 생각에 잠겼던 호안스님이 다행히도 치원의 뜻을 받아들였다.

"그 점은 염려 마십시오, 스님. 이 서라벌에서 제일가는 도인이라고 할 수 있고, 제 도술을 상당한 수준으로 익힌 수제자인 왕거인이라고 합니다. 앞으로 월성이나 서라벌에 무슨 일이 벌어지든, 아니면 미탄사에 급한 일이 있을 때는 언제든지 왕거인을 제게 보내 주십시오."

치원이 왕거인에 대해 상세히 소개하자, 호안스님은 매우 만족스러운 듯 옅은 미소를 띠며 고개를 끄덕였다. 이렇게 해서 왕거인 일행을 집에서 가까운 미탄사에 의탁시키고, 임지로 떠나게 된 최치원은 발걸음이 한결 가벼웠다.

예의 고장 태산군 (현 정읍시)

치원은 태산군 태수로 부임하자마자 지방 수령으로서 자신이 다스릴 곳을 하나의 작은 나라로 생각하고 있었다. 요순시대와 같이 전쟁 없이 평화롭게 잘 살 수 있는 지방자치군으로 만들겠다는 위민관으로서 백성들의 삶이 향상될 수 있도록 제도개선과 교육에 행정력을 투자하겠다는 실천가의 지도 목표를 세웠다.

"내 일찍이 당나라 유학 시절 공부했던 역사 서적에서 요나라와 순나라 백성들은 자기 나라 임금이 누구인지도 모르고 살 정도로 태평성대를 이루었다는 고사를 본 기억이 있네. 이를 상기하여 당나라 이전 학문을 공부하면서 배운 대로, 또 당나라 율수현 양주 도통순관과 신라 조정의 관료 경험과 실적을 토대로 해서 백성에게 이익을 고루 나누어 줄 수 있는 것을 찾아 반드시 실천해 보이겠네."

치원은 고을 관리들과 백성들에게 이와 같은 꿈의 실현을 부임 인사말로 약속했다. 치원은 진흥왕 시절 화랑도 정신을 널리 실천한 난랑鸞郎화랑(화랑의 한사람) 비문의 서문을 왕명에 의하여 자신이 직접 찬술하면서 오래전부터 전해온 우리나라 고유의 민족정신 뿌리인 풍류도 개념에 대하여 설명했다.

나라에 현묘한 도가 있으니 풍류라 한다. 풍류 가르침의 근본은 사람과 자연이라고 선사先史에 자세히 기록하고 있다. 실로 이는 삼교(유교, 불교, 도교)의 모든 것을 포함해 "새롭게 생기는 것"이라 한다. 집에 들어와서는 가정에 효도하고 집 나가서는 나라에 충성하는 것은 노사구(공자)의 뜻과 같은 것이다.

억지로 일을 만들어 처리하지 않아도 일이 처리되고, 행동을 하되 가르침을 행함은 주주사(노자)의 마음 같은 것이다. 악한 일은 하지 말고 선한 일은 받들어 행하는 것은 축건태자(석가)의 교화와 같다.

國有玄妙之道 국유현묘지도 曰風流 왈풍류

設教之源 설교지원 備詳仙史 비상선사

實乃包含三教 실내포함삼교 接化羣生 접화군생

且如入則孝於家 차여입즉효어가 出則忠於國 출즉충어국

魯司冦之旨也 노사관지지야 處無爲之事 처무위지사

行不言之教 행불언지교 周柱史之宗也 주주사지종야

諸惡莫作 제악막작 諸善奉行 제선봉행

竺乾太子之化也 축건태자지화야

최치원은 난랑비문 서장에 찬술한 풍류보다 더 구체적인 풍류도와 그 수행방법인 풍류십정도를 설명하였다. 당나라 유학 시절에 배운 장자, 공자, 맹자, 자하(시·서·예·춘추를 전함), 노자, 순자, 한비자, 사마천(중국 사기 지음), 달마대사, 석가모니(인도), 예수(서양) 등 옛 성인들의 가르침은 바로 모든 백성이 평화롭고 자유롭게 잘 살 수 있는 방법을 종교 정신으로 승화한 것이라고 판단했다.

그러면서 치원은 이러한 종교 정신을 사회인문학 학문으로 배우면서 그 근본 바탕에는 우주의 음과 양(밤과 낮)의 변화하는 이치와 사람이 살아가는 세상의 이치, 즉 인생지도 및 처세지도가 하나임을 깨달았다.

내 몸과 마음이 우주와 다르지 아니하고 내 몸과 마음이 곧 우주라는 것, 즉 하느님이 창조하신 이 세상 만물의 존재는 나와 하나임을 천부경에서 일시무시일一始無始一로 시작해서 일종무종일一終無終一로 끝을 맺었던 것을 마음 깊이 회상하게 된 것이다.

신라 이전부터 입에서 입으로 오랫동안 전해져 내려왔던 하느님 사상인 홍익인간 정신과 고구려의 조의정신, 신라의 화랑 정신을 불교·유교·경전·기독교·도교·삼신교·천부경 등과 융합하여 음양오행陰陽五行에 맞게 문자로써 체계화했다. 이렇게 만든 새로운 학문을 풍류도라 이름을 지었다고 말했다.

風流道心一 풍류도심일 天人本心一 천인본심일

處靜觀動行 처정관동행 心笑心樂法 심소심락법

實得人百言 실득인백언 之己千之必 지기천지필

愛國愛民如 애국애민여 利國利民始 이국이민시

大德生心用 대덕생심용 天福共受一 천복공수일

　치원은 풍류도의 학문과 사상을 백성들에게 널리 가르치기 위해 태수 관저 일부를 명륜당이라 이름 붙이고 이와 같은 교육 목표를 글로 적어 붙였다. 고을 백성들 누구나 명륜당에 와서 평등하고 자유롭게 배울 수 있는 길을 열어 놓고 가르치면서, 정치적으로는 반드시 요순을 따르고 우왕의 정치를 펴면 천하가 창성하고 아름다워질 것이라고 여겼다.

　또한 치원은 어진 신하와 백성들은 그들의 임금이 요순처럼 되는 것을 우선적으로 삼는다는 유교 사상과 병행하여 풍류도의 심법개혁의 가르침을 관리와 백성들에게 강조했다.

　공자 나이 지천명 시절, 기원전 486년경 깨우침을 얻고자 도교 학문을 후세에 전하기 위하여 깊은 산중에 머물며 책을 집필하고 있는 노자를 제자 한회, 자공과 함께 찾아갔다.

　공자는 인·의 사상 실천만으로 정치를 성공시키지 못한 사정을 노자에게 말하면서 어떻게 해야 군주나 군자는 정치를 성공시킬 수 있는지를 가르쳐 달라고 하였다.

　노자는 물 흐름과 같이 정치를 해야 된다고 말했다.

"물은 높은 곳에서 낮은 곳으로 흘러가면서 강이 되고, 강은 바닷물에 융합되어 하나의 물로 존재하고 있습니다. 그러므로 물은 사람과 우주만물의 자연까지 이롭게 하므로 물 움직임의 가르침을 깨달아야 됩니다."

이를 알게 되면 도를 이룰 수 있다고 하였다.

"물은 낮은 곳에 항상 존재하고 있듯이 정치도 낮은 곳을 생각하고 바른 정치를 해야 성공할 수 있습니다."

물 움직임처럼 처세지도를 행해야 도를 이루게 될 것이라고 공자에게 가르쳐 주었다. 공자는 큰 깨우침을 받고 군주나 군자는 정치를 수행할 때 반드시 지켜야 할 덕목을 노자사상과 조금 다르게 유교학문에 반영하였다.

백성들에게 가르치고자 하는 핵심 정신은 풍류도의 심법개혁을 근본으로 삼아 애국애민여하면, 이국이민시가 시작된다는 홍익인간을 가르치고 그 실천 방법으로는 처정관동행 심소심락법, 실득인백언 지기천지필을 내세워 대덕생심용 천복공수일을 받게 되어 요순시대와 같이 태평성대를 이룰 수 있다고 강조했다.

"소인들은 무식하여 이 어려운 한문의 뜻을 도저히 알아들을 수가 없사옵니다. 애국애민여와 심소심락법에 대해 좀 더 쉽게 가르쳐 주십시오."

치원은 이 세상을 살아가면서 사랑하는 마음을 내 자신이 먼저 실천해야 된다고 강조하면서 사랑에는 여러 가지가 있다고 하였다. 조건없이 주는 사랑과 조건을 전제로 하고 주는 사랑이 있다고 했다. 그리고 사람이나 우주 대자연으로부터 받는 공기·물과 같은 사랑도 있다고 했다. 사랑의 시작은 자기 자신을 제일 먼저 아끼고 사랑해야 된다고 말했다.

맹자는 자신을 해치는 사람과 말할 수 없고 자신을 버리는 사람과 어울릴 수 없다고 했다. 스스로 예의를 지키지 않아도 된다고 말하는 사람을 보고 자신을 해치는 사람이라고 말했으며, 바로 인仁과 의義에 따라 행동하지 아니하는 사람을 보고 자신을 버리는 사람이라고 말했다.

인仁이란 어려운 처지에 있는 사람을 누가 시키지 아니하여도 기꺼이 도우려고 하는 마음이라고 말했다. 의義는 다른 사람이 악한(거짓말과 나쁜 짓) 행동을 한 것을 보고 부끄러워하는 마음이라고 하였다.

치원은 맹자가 말한 것과 다르게 자신이 깨달은 생각을 말했다. 자기 스스로를 존중하지도 아니하고 어려운 사람을 보고도 모른 체하고 다른 사람이 나쁜 행동을 하는 것을 보고서도 그대로 지나쳐 버리는 사람을 두고 자신을 해치고 버리는 사람이라고 했다. 자신을 돌보지 않고 마음 내키는 대로 행동하는 사람은 도를 멀리 하는 사람이라고(人遠道) 하였다.

홍익인간 및 화랑도 정신의 근본은 유교학자 맹자가 말씀한 측은지심惻隱之心과 예수가 말씀한 사랑 등을 모두 융합하여 서로 포용하며 회통할 수 있는 마음을 풍류의 사랑, 즉 심법개혁이라고 말하였다. 이어서 치원은 사랑하는 방법과 조건에 대하여 말했다.

자기 자신도 사랑하지 못하는 사람은 다른 사람과 나라, 우주, 대자연 등을 사랑할 수 없다고 했다. 자신의 몸과 마음을 항상 건강하게 지키고 아름다움을 유지할 때 자기를 사랑할 수 있다고 하였다.

건강을 지키기 위해서는 먹는 음식을 적절히 조절하고 운동을 규칙적으로 해야 된다고 했다. 그리고 마음으로 항상 미소를 짓고 즐기는 것을 습관화하고 생활화해야 마음에서 밝은 빛의 기운이 일어나므로 몸의 세포가 긴장하지 않기 때문에 근심 걱정이 없어진다고 했다.

숨을 마시고 내쉴 때마다 순간순간 건강이라는 두 글자를 마음 느낌(息)에서 절대 내려놓아서는 아니 된다고 하였다. 자신의 건강을 먼저 지킬 줄 아는 사람이 자신을 사랑할 수 있는 사람이라고 했다.

자기 몸 건강에서부터 자신을 사랑할 수 있는 기운이 일어나므로 그 기운에 의하여 사람과 나라, 우주, 대자연 등을 사랑할 수 있다고 했다. 사랑은 내 생각과 마음에서 스스로 일어난다. 그러므로 부모, 형제, 부부, 자식, 친지, 이웃, 동료, 나라, 우주, 대자연 등 열가지 이상을 사랑해야 된다고 말했다.

사물의 현상이나 가치가 존재하고 있는 사랑은 조건이 있는 사랑이 되므로 사물의 현상이나 가치를 구분하지 않고 아낌없이 주는 사랑이 조건없는 사랑이라고 했다.

사랑을 받으면서 하는 사랑도 조건 있는 사랑이 되므로 자신도

모르게 자신의 마음속이나 몸 세포 속에 흔적(불교에서는 업이라고 함)
이 남게 되어 아름다운 건강을 계속 유지할 수 없다고 말했다.

　측은지심惻隱之心을 갖고 조건 없는 사랑, 즉 예를 갖추어 존경하
는 마음으로 사랑해야 된다고 했다. 사람과 나라를 넓은 바다같이
사랑하는 것을 애국애민여愛國愛民如 이국이민시利國利民始라고 가르
쳐 주었다. 이국이민시는 역지사지 입장에서 남을 도와줄 때 시작
되는 것이라고 말하면서 불교의 설화 하나를 말했다.

　"극락세계에 살고 있는 사람은 얼굴에 밝고 맑은 윤기가 나나
지옥세계에 살고 있는 사람은 밥도 못 먹은 사람처럼 피골이 상접
해 있다고 했다. 어느 도사가 극락세계와 지옥세계에 살고 있는 사
람 각자에게 팔 길이보다 긴 숟가락과 젓가락을 주고 밥을 먹어보
라고 했다. 극락세계 사람은 상대방에게 서로서로 밥을 먹여주므
로 밥을 흘리지 않고 제대로 먹을 수 있었다. 그러나 지옥세계 사
람은 각자 서로 빨리 먹으려고 하니 밥을 흘리고 제대로 먹지 못
했다. 즉 상대방을 조건 없이 도와주고 격려해 주라는 지혜를 사
람들에게 가르쳐준 것이다."

　백성들은 이 말을 듣고 시간 나는 대로 명륜당에 스스로 찾아
와서 풍류지도 정신에 대하여 더 많은 것을 계속 가르쳐줄 것을
청했다. 치원은 이러한 백성들이 무척 대견스러웠다.

　"백 사람의 말을 통해 깨달은 것을 나는 천 배 이상 반드시 실
천했다네(實得人百言 之己千之必)."

　치원은 당나라 유학 시절에 하고자 하는 목표와 기간을 정하고

스스로 공부하여 경험한 사례를 말하면서 학문이라는 것은 익히고 또 익혀 축적되어야 한다는 것을 강조했다. 또한 어느 누구와의 약속들은 반드시 행동으로 실천해야 된다는 심법개혁 및 풍류지도 팔훈을 말했다. 그 풍류지도 심법개혁 실천방편으로 '머리'에는 뜨거운 열정으로 도전하는 '창의'가 있는 것이 첫째이다. '이마'에는 남을 존경하고 배려하며 나를 낮추는 '예절'이 있는 것이 둘째이다. '귀'에는 남의 말을 지혜롭게 경청하는 마음의 '소통'이 있는 것이 셋째이다. '눈'에는 즐거운 마음속에서 우러나는 아름다운 '미소'가 있는 것이 넷째이다. '입'에는 마음속에서 진정으로 우러나는 '친절한 말'과 "잘 했구나, 열심히 했구나"라는 격려의 말이 있는 것이 다섯째이다. '가슴'에는 욕설이나 거짓말을 하지 않으며 또한 이간질이나 아첨을 하지 않는 맑은 '정직'이 있는 것이 여섯째이다. '손'에는 부지런하게 노력하는 '노동'이 있는 것이 일곱째이다. 즉 노동을 하면 근심·걱정이 없어진다고 했다. '발'에는 기본과 원칙을 지키는 정의의 '질서'가 있는 것이 여덟째이다. 그러므로 창의·예절·소통·미소·친절·정직·노동·질서 여덟 가지가 풍류지도 팔훈이며 실득인백언 지기천지필을 생활과 함께 반드시 실천하라고 하였다.

"나를 낮추고 상대방을 존중하고 배려해 주는 마음을 '늘' 지녀야지, 잠시라도 마음속에서 떠나서는 아니 된다네. 그러기 위해서는 항상 생활 습관이 검소해야 하네. 성실한 삶이 곧 지혜로운 삶일세."

'말이나 글로 쓴 약속은 반드시 실천해야 한다. (言文必行)'

백성들은 집으로 돌아가는 도중에도 치원으로부터 배운 이 가르침을 열심히 외웠다. 그리고 자녀들에게 이 가르침을 그대로 전하며, 약속을 실천하지 않으면 모든 게 공염불에 불과하다는 말도 잊지 않았다.

"세상 살아가는 인생지도人生之道는 나와 상대방을 비교하지 않는 것이네. 비교를 하는 순간부터 내 마음에서 괴로움이 발생되어 번뇌 망상이 생긴다네. 괴로운 마음이 일어나지 않게 하기 위해서 항상 감사하는 마음을 가져야 하고 또한 상대방을 존중하고 칭찬하고 배려해 주며 원한은 바로 용서해 주어야 하네. 이를 두고 예의 시작이라고 하네. 그러므로 예는 나를 낮추고 상대방의 기분을 좋게 하는 것이네."

치원은 또 사람이 하늘의 천명에 따르고 편안한 마음으로 운명을 받아들이면 근심 걱정 없이 마음이 늘 편안하다고 하였고, 이것이 곧 행복이고 행복한 사람의 얼굴(마음의 사용에 따라 변함)은 항상 미소짓고 웃는 모습을 하고 있다는 말도 빠뜨리지 않았다.

"태수님, 그러면 행복이라는 게 도대체 무엇입니까?"

백성 중 또 한 사람이 치원에게 '행복'에 대해 다시 물어 보았다.

"그것은 만족하는 마음일세. 즉, 감사하는 마음이지."

그러면서 치원은 만족하고 감사하는 마음이 없으면 행복해질 수 없고 괴로운 마음이 생긴다고 말해 주었다.

"구름이 걷히면 천상이요, 마음만 바꾸면 그 자리가 천당과 극락이니 행복은 내 마음속에서 일어났다가 없어지고 있다네."

행복은 과거나 미래에 있는 것이 아니고 지금 어느 곳에나 있고, 바로 지금 이 순간 이 장소에 존재하고 있다는 것을 숨 쉬고 생활할 때마다 생각해야 된다는 것을 백성에게 일깨워 준 것이다.

"그렇다면 '마음'이란 무엇인가요?"

다른 백성이 고개를 갸우뚱거리며 치원에게 또 한 번 물었다.

"하느님이 준 생명이 바로 사람의 마음이라네."

사람이 숨(호흡)을 멈춘 상태(止心)는 마음이 정지되어 마음이 없어지고, 살아 숨 쉬는 순간순간마다 마음이 일어나며 몸속이나 몸 바깥에 아픈 자리가 마음이 존재하고 있는 곳이라고 설명해 주었다.

그리고 사람은 순간순간 최선을 다한 마음으로 인간세상과 또 다른 세상이 있는 그대로를 관찰한 후 행동하고(처정관동행處靜觀動行) 항상 미소 짓고 웃으면서 즐겁게 실천하고 노력해야 되며(심소심락법心笑心樂法) 남이 백 배 노력하면 나는 천 배 노력하여 깨우친 것을 나라와 남을 이롭게 하는 데 반드시 실천하라. (실득인백언實得人百言 지기천지필之己千之必)

또한 사랑과 자비의 마음은 쓰고 또 써도 바닷물처럼 줄어듦이 없기 때문에 우주만큼 무한대로 생기는 것이 사람의 마음사용(대덕생심용大德生心用)이라는 가르침을 이 세상 백성들에게 전했다.

"처정관동행 심소심락법 실득인백언 지기천지필 대덕생심용 천복공수일이라……. 지금같이 백성들과 내가 화쟁화통하는 이 순간이 가장 행복한 시간일세. 꼴까닥 숨 한 번 쉬고 지나가는 시간은 영원히 되돌릴 수 없는 순간이므로 한 공간에서 백성들의 마음과 내 마음은 둘이 아니고 하나일세." (풍류도심일風流道心一)

치원은 자기를 버려서 내가 없다고 생각하여 남과 하나가 될 때 공동체 속에 융합되어 함께 머물면서 새로운 것으로 변화시킬 수 있다고 하였다. 사람과 자연 그리고 하늘이 하나가 되도록 계속 노력하는 것이 세상을 살아가는 지혜라고 설명해 주었다. 즉 어떠한 일에 한 번 경험이 없이는(不經一事) 하나의 지혜가 자라지 않는다. (不長一智) 바꾸어 말하면 '지혜는 경험에 의하여 일어난다'는 것이다. 이것이 곧 마음이고, 하늘에서 복을 이 세상 모든 사람에게 고루 나누어 준다(천복공수일天福共受一)고 했다. 그러므로 풍류도 정신을 심법개혁心法改革이라고 하였다.

예의염치禮義廉恥
예는 절도를 지키는 것이며, 의는 개인의 출세를 도모
하지 않는 기개를 말하며, 염은 정직함을 이르고, 치는
부끄러움을 알고 잘못을 따르지 않는다.

이 글은 태산군 태수로 부임한 최치원이 그곳 관리들과 토호 세력으로부터 부임 인사를 받은 이후 백성들과 처음 의사소통한 것을 실천으로 옮기기 위해 글을 써서 관청 현관문 위에 걸어 놓은 현판의 글귀다. 일찍이 관중管仲(춘추시대 제濟나라의 재상)이 치세의 네

피향정 전라북도 정읍시 태인면 태창리 223 출처, 문화재청

기둥으로 내걸었던 글귀를 치원이 인용한 것이다.

최치원은 매일 아침, 이 현판 앞에서 자세를 가다듬고 의관을 정제했다. 이를 본 관리들도 모두 치원과 같이 실천했고, 관청을 드나드는 이들도 모두 이 네 글자를 숙연하게 바라보며 깊은 생각에 잠겼다.

최치원은 고을의 치안을 우려해 제일 먼저 무주와 전주로 넘어가는 고갯마루의 성벽을 보수했다. 잦은 전투로 인해 무너진 성벽과 낡은 망루를 살핀 후 모두 새 돌과 나무를 덧대어 말끔히 고쳐 놓았다. 그리고 최전방에 있는 병사들에게는 제일 훌륭한 보급품을 전달하고 배불리 먹게 했다.

밤이 되면 견훤의 군대가 고갯마루에서 북을 울리며 귀순을 종용했는데, 치원이 새 태수로 부임하는 날부터 그 북소리가 점차 잦아들기 시작했다. 병사들 사이에서는 최치원이 도술에 능하다는 사실이 전해지며 치원을 믿고 따르려는 병사들의 수가 자꾸 늘어만 갔다. 예전처럼 미리 겁에 질려 탈영해 견훤의 휘하로 가던 병사들도 더 이상 생기지 않았다.

치원이 파악한 태산군의 병사는 대략 이천여 명이었다. 무엇보다 시급한 것이 이들을 전문적으로 군사 훈련시켜 날쌔고 용맹스럽게 만드는 것이라고 치원은 생각했다. 그래서 적당한 터를 마련해 천여 명이 들어설 수 있는 광장을 만들어 성곽을 지키거나 순찰을 도는 군졸 외에는 모두 웃통을 벗고 광장에서 훈련을 하도록 했다.

또한 스물여덟 개의 화강암을 다듬어 우주를 상징하는 스물여덟 수의 별자리를 세우고 그 위에 다시 누각을 세웠다. 누각에는 '태산학사루'란 현판을 걸었는데, 사람들은 그곳을 '피향정披香亭'이라 불렀다.

얼마 후 고을 안에 있던 토호들이 피향정에 모여들기 시작했다. 그들은 대략 사병을 오십여 명 이상 거느리고 노비도 백여 명 이상 두고 있는 세력가들이었다. 게다가 일 년에 천 석 이상을 거둘 수 있는 땅을 가지고 있었으며 소, 말, 돼지를 오백 수 이상 키우고 있어 재력 또한 상당한 수준에 있었다.

"태수께서는 서라벌 제일의 명필이시자, 당나라에서조차 비교할 사람이 없을 정도로 이름을 날리시던 문사이셨습니다."

"아, 이를 말인가? 황소의 난 때도 그 유명한 격황소서를 써서 황소를 황제의 자리에서 쓰러뜨린 장본인이 아니신가?"

토호들은 치원을 바라보며 저마다 찬탄의 말을 아끼지 않았다.

"그래서 말씀이옵니다만, 저희 자손에게 전해 줄 글 한 줄만 써 주시옵소서. 만대까지 전하고자 하옵니다."

토호 중 연장자로 보이는 사내가 앞으로 나서며 치원에게 머리를 조아렸다. 치원은 이들의 청을 마다하지 않고 기꺼이 붓을 들어 휘호를 쓰거나 그림을 그렸다. 그리고 글씨 크기에 따라 혹은 그림의 크기에 따라 곡식 오십 석에서부터 오백 석에 이르기까지 곡식을 받았다. 그리하여 부임 석 달 만에 곡식 삼천 석을 마련했다.

치원은 이렇게 마련한 곡식 중 이천 석을 팔아 관아 건너편에 수용 시설을 마련하여 부모 없는 아이들과 갈 곳 없는 노인들을 불러 그곳에 기거하도록 했다. 모처럼 배불리 먹고 편안한 잠자리에서 마음 놓고 쉴 수 있게 되자 이들은 모두 새로 부임한 태수의 이국이민 실천 정신 은혜에 탄복했다. 그리고 남은 천 석을 서라벌로 올려 보내 미탄사에 기거하는 사람들을 위해 유용하게 사용하라고 일렀다.

최치원은 학문으로만 백성을 가르치지 않았다. 백성들보다 먼저 세상을 바라보고, 백성들과 함께 땀 흘리며 실천하는 삶을 통해 또 다른 인생지도人生之道 및 처세지도處世之道의 심법개혁 가르침을 심어 주었다.

"태수께서 왜 이러십니까? 일찍이 태수가 논물에 발을 담근 일이 한 번도 없었습니다."

농사철이 되면 치원이 손발을 걷어 붙이고 논으로 들어가자, 귀족들과 관속들이 달려와 무척 난처해하며 치원을 말렸다.

"난 노력하지 않고 가만히 있으면 병이 나는 사람이오. 나한테 신경 쓰지 말고 하던 일을 더 열심히 하게나. 나는 앞으로 하루의 삼분의 일은 농사일에 보내고, 삼분의 일은 공무를 보는데 쓰고, 나머지 삼분의 일을 내 개인 잠자는 일과 쉬는 일에 쓰도록 하겠소."

치원은 씨익 웃으면서 모심기를 멈추지 않았다. 최치원이 논물에 발을 담그고 농사일을 백성과 함께한다는 소문이 고을 여러 곳에 퍼지자, 귀족들과 관아의 높은 벼슬아치들도 슬금슬금 농사일을 거들기 시작했다. 관리들과 소작인들이 함께 어울려 논둑에서 새참을 먹고 농주를 마시기도 하며 즐거운 한때를 보냈던 것이다.

치원은 병사들과 함께 열심히 군사훈련을 마친 후 맛있는 새참을 나누어 먹으며 서로 마음과 마음이 하나로 통하고 있음을 절실히 느꼈다.

최치원이 백성들과 하나가 되어 농사일을 함께 한다는 소문이 급속도로 이웃 고을로 번지자, 무주나 전주로 도망갔던 태산군 젊은이들이 슬금슬금 고향으로 돌아오기 시작했다. 그러나 이들은 빈손으로 돌아온 것이 아니었다. 그들은 치원을 찾아와 적진의 사정을 소상히 알려 주었다. 치원은 그런 젊은이들을 진심으로 받아주면서 지난일에 대해 절대로 죄를 묻지 말라고 부하 관리에게 말하여 바로 가족의 품으로 돌려보냈다.

이듬해 봄, 마침내 몸을 푼 호몽이 여자아이를 안고 치원 앞에 나타났다. 네 살이 된 은함은 오랜만에 아버지를 만난다는 기쁨을 안고 깡충깡충 뛰어왔고, 그 뒤를 따라 반야 부인도 건강한 모습으로 수레에서 내렸다. 가만히 보니 짐을 챙기고 말을 부리는 젊은 이는 다름 아닌 왕거인이었다.

"스승님, 아니 태수 나리, 강녕하셨습니까?"

왕거인은 땅에 부복하며 큰소리로 아뢰었다.

"자네가 보다시피 공무를 백성들과 함께 즐겁게 수행하다 보니 이렇게 건강해졌네. 다만 소통하기 위해 일하는 농부들과 농주를 좀 많이 마셨더니 살이 좀 쪘네. 마침 저 사람이 이곳으로 왔으니, 어머님께 잠시 아기를 돌봐달라고 부탁한 후 부인과 함께 산을 좀 타야겠네. 여기는 정말 오를 만한 산도 많고 날을 만한 바다도 드넓다네."

치원은 모처럼 만난 왕거인이 형제만큼이나 반가웠다. 치원은 반야 부인과 호몽을 피향정으로 안내했다.

"내 태수의 모습을 보니 한없이 좋으이. 일찍이 우리 한림학사 아니, 태수가 이렇게 건강한 모습으로 피부를 검붉게 태우고 있을 줄 몰랐네. 여기가 그렇게 좋은가?"

치원이 큰절을 올리자 반야 부인은 싱그럽게 불어오는 봄바람을 맞으며 오랜만에 향기로운 미소를 얼굴 한가득 머금었다.

"그 좁은 서라벌의 궁궐 집무실에서 정사를 돌보는 것보다 몇 백 배는 더 좋습니다. 또 이곳은 옛 백제의 땅이라 아마 어머님께서도 좋아하실 것 같습니다. 오늘 저녁은 어머님을 위해 특별히 잔치를 열겠습니다."

치원은 반야 부인의 손을 놓지 않은 채 그간의 공무수행을 하면서 백성들과 함께 소통했던 이야기를 풀어냈다.

"아직 이름을 짓지 못하였습니다."

호몽이 밝게 웃으며 치원에게 아기를 넘겨 주었다. 처음으로 아비의 얼굴을 본 아기는 방긋방긋 웃었다.

"내 이미 아기 이름을 지어 두었소. 이곳은 내가 태수로 부임하여 학문에서 가르쳐주는 세상 이치의 뜻을 처음으로 펼치고 실천하는 곳이오. 그래서 이 정자 이름을 피향정이라고 지었는데, 그 뜻을 살려 피披 자를 쓰고 싶소. 우리 은함의 '은' 자에 '피' 자를 붙여 은피殷披라고 합시다."

치원은 벅찬 가슴을 달래며 그윽한 눈으로 은피를 바라보며 흐뭇한 미소를 지었다.

"은피라……. 참 듣기 좋은 이름이구나. 은피, 은피."

반야 부인도 은피를 어르며 볼에 입술을 가져다 댔다. 그날 밤, 칠보현의 시산리에 있는 선향산 어귀의 유상대流觴臺에서 태산군의 모든 유지가 모여 큰 잔치를 벌였다. 자손 없는 노인들과 앞을 못 보는 사람들 그리고 부모를 잃은 아이들도 모두 초청되어 흥겨운 분위기를 더했다. 선향산의 허리를 감싸안고 흐르는 칠보천의 물에 모두 발을 담그고 아주 자유로운 분위기에서 잔치가 진행되어 더없이 뜻깊은 시간을 보냈다.

지체 높은 유지들이나 장수들의 자리도 별도로 마련하지 않았다. 모두 계곡 곳곳에 돗자리를 깔고 편하게 앉았다. 사실 그 유상대의 흐름도 치원이 손을 본 것이었다. 일찍이 문헌에서 본 당나라 절강성에 있는 소흥현 회계산 북쪽에 자리한 난정을 본떠 만든 것이었다. 진나라 시대의 명필 왕희지가 풍류 모임을 가졌다는 그것을 본뜬 것이었다.

유상곡수의 제일 머리에서 태수인 최치원이 술잔을 띄워 보내면 아래에 있던 선비나 장수가 시 한 수를 짓고 잔을 받았다. 관직을 받지 못한 일반 선비나 농군들도 노래 한가락을 하면 태수의 술잔을 받을 수 있었다.

"태수님, 저는 조상이 백제 사람이옵니다. 옛날 백제시대로부터 전해져 왔다는 이곳 노래 한가락을 불러도 되겠습니까?"

술좌석이 한층 흥겨워지고 노랫가락이 무르익을 때 한 노파가 손을 들고 말했다.

"아, 백제 노래……. 백제 노래가 있었나요? 있었다면 불러 보시죠."

반야 부인이 제일 반겼다. 사람들이 앞니가 거의 다 빠진 노파를 호기심 가득한 눈으로 바라보자, 그 노파는 헛기침을 몇 번 하고는 기이한 가락에 장단 맞추어 가사를 이어가기 시작했다.

달하 노피곰 도다샤 머리곰 비춰 오시라

저재 녀러신고요 즌데를 드디올시라

어기야 어강됴리 아으 다롱디리
어느이다 노코시라 내 가노네 졈그랄셰라
어기야 어강됴리 아으 다롱디리
어기야 어강됴리 아으 다롱디리

후렴부에 이르자 모여 있던 사람들이 합창을 했다. 그 지역 사람들은 익히 알고 있는 노래였지만 치원을 비롯한 일부 신라 사람들은 생소한 가사에 고개를 갸우뚱거렸다.

달님아 높이 돋으시어 멀리 비추소서
먼 길 가신 내 님이 험한 곳 밟지 않도록
어기야 어강됴리 아으 다롱디리
백 년 어두운 밤이거든 어느 곳이든 쉬어 가소서
어기야 어강됴리 아으 다롱디리
어기야 어강됴리 아으 다롱디리

생소한 가락을 이해하지 못하는 최치원 일가를 위해 젊은 관기 하나가 나서 노래 가사를 쉽게 풀어 주었다. 그제야 치원과 반야 부인도 흥겨워하며 시간가는 줄도 모르고 다 함께 즐거운 시간을 보냈다.

"어기야 어강됴리 아으 다롱디리……."

액운

여왕은 하루하루 지나가는 나날이 불안하고 초조했다. 국사로 의지하면서 마음으로 사랑하고 좋아했던 최치원마저 서라벌을 떠나고 나자 마음 한구석이 텅 비어 있는 듯 허전하기만 했다.

"지금 우리 서라벌의 곳간이 거의 텅 비어 있다. 과인이 2년 동안 조세를 받아들이는 데 신경 쓰지 않았고, 가난한 이들을 위하여 구휼 활동을 종전보다 많이 하였더니 곡식을 쌓아 두는 천고단이 거의 바닥나게 되었다. 월성의 재정도 넉넉하지 못하여 매우 어려움에 처해 있다. 이제 너희들이 나가 지금 서라벌의 세력이 미치는 모든 군현을 돌며 조세를 받아들이거라. 토호나 장군 그리고 육두품이나 농부에 이르기까지 모든 사람에게 차등을 두지 말고 세금을 공정하고 공평하게 받아들이거라."

불안했던 여왕은 세리들을 불러 단호히 당부했다.

"대왕마마, 현재 농부들은 조세를 낼 힘이 없고 조세를 낼 수 있는 계층은 지방 토호들, 즉 장군, 지역 유지, 지주, 장사꾼들 뿐이옵니다. 농민들을 핍박하는 것은 나라 운영에 대단히 위험한 일입니다."

세리의 우두머리인 하순이라는 자가 조심스럽게 아뢰었다.

"무슨 얘기냐? 지금 월성의 재정 형편이 정말 심각하다는 말을 못 들었는가? 지방에 있는 토호들은 오히려 나중에 거둬도 자진해서 내겠지만, 지금 농부들은 광이나 땅속에 곡식을 숨겨 놓고 있다는 소문이 자자하니 모두 손에 꼬챙이를 들고 나가 광이나 땅속이나 심지어 토방 밑이나 사당이라도 뒤져서 곡식을 찾아내어라. 농민들이 조세를 내야 장군이나 지주들도 마지못해 내놓을 것이다."

옆에 있던 부호 부인이 앞으로 나와서 눈을 부라리자 하순을 비롯한 세리들은 아무런 말도 못하고 도망치듯 어전에서 물러났다. 지체할 틈도 없이 세리 삼백 명은 서라벌의 군현 삼백 곳으로 말을 달렸다.

세리들은 왕명에 따라 닥치는 대로 꼬챙이로 찔러 가며 곡식을 찾기에 여념이 없었다. 그들은 부엌과 토방 그리고 사당까지 흙 묻은 발로 오르내리며 숨겨 놓은 곡식을 찾아냈다. 그러다 보니 농민들의 반항도 만만치 않았다. 세리들에게 맞서 완강하게 항의를 하는가 하면, 밤이 되면 관아의 창고를 몰래 습격해 창고를 부수고 낮에 빼앗긴 곡식을 되찾아 갔다.

그뿐만이 아니었다. 중앙에서 파견 나온 세리들을 만나면 마을 어귀나 후미진 곳으로 데려가 사정없이 두들겨 팼다. 세리들은 세금을 걷지도 못하고 곡식도 챙기지 못한 채 결국 서라벌로 도망을 치고 말았다.

일이 이렇게 되자, 신라 조정에서는 월성을 지키던 밀성 장군을 보내 병사 천여 명으로 하여금 세리들을 보호하며, 신라 전역을 돌며 농민들로부터 강제로 조세를 거두었다. 그때 금성金城에서 가장 가까운 사벌주沙伐州(상주)에서 일이 터지고 말았다.

오두품 원종元宗과 애노哀奴가 각각 사병 오백 명을 거느리고 반란을 일으켰던 것이다. 처음에는 천 명이었으나 차츰 그 수는 늘어나 이천 명을 넘어섰다.

다급해진 밀성 장군은 화랑까지 가세한 천여 명의 정예군을 사벌주로 급히 파견했다. 화랑 출신의 영기令奇 장군을 사령관으로 임명하였다. 영기 사령관은 군사 훈련을 한 번도 받지 않은 원종과 애노의 농민 반란군들을 우습게 보고 아무런 대비책도 마련하지 아니하고 사벌주를 향해 급히 달려갔던 것이다.

밤이 되자 영기 장군은 군막을 나와 농민군의 진지를 유심히 살펴보았다. 그 성체가 아주 튼튼하게 보였고 성체 주변에도 엄청난 횃불이 켜져 있어 그 위세가 무척이나 당당해 보였다. 바람결에 들려오는 이상한 소리를 가만히 들어 보니, 그 반군들은 성체 위에서 모두 이상한 주문을 외우고 있었다.

"나무망국 찰리나제~ 나무망국 찰리나제~"
여왕이 나라를 망치고 있다는 공공연한 반역의 노래였다. 음란한 여왕은 젊은 사내들과 놀아나고 늙은 부호 부인이 나라를 망치고 있다는 백성들의 원성이 담겨져 있는 가락으로, 이 노래를 통해 백성들이 반군들에게 호응하여 반역의 무리에 가담하는 백성들이 점차 늘고 있었다.

"왜 우리가 피땀 흘려 농사지은 곡식을 월성에서 주지육림에 빠져 있는 얼빠진 여왕에게 바치고, 요망하고 요사한 늙은 여인에게 향락의 비용을 바쳐야 하는가?"

반군들은 단단히 뭉쳐 거침없이 그 위세를 떨치고 있었다.

"야, 이놈들아! 개죽음 당하지 말고 우리와 힘을 합치자! 합치면 살고 흩어지면 죽는다!"

반군들은 술에 취한 채 성문으로 몰려오고 있는 관군을 향해 큰 소리로 외치고 있었다. 날고 기던 스물 한 살의 화랑 출신인 영기 장군이 군졸에게 진격을 명했다. 그러나 병사들은 반군들의 기세에 눌려 서로 눈치만 볼 뿐 아무도 공격할 엄두를 내지 못했다.

영기 장군이 계속 선두에 서서 진격을 외치자, 사벌주의 한가운데 있는 백현촌주 우연(祐連)이 심복 수십 명을 이끌고 성문으로 진격을 시도했다. 그러나 곧 성벽 위에서 펄펄 끓는 쇳물이 쏟아지는 바람에 우연과 심복들은 모두 데어 죽고 말았다. 그 처참한 광경을 바라보던 영기 장군마저도 풀이 죽어 더 이상 진격 명령을 내리지 못했다.

서라벌에서 이러한 소식을 전해 들은 밀성 장군은 독전대를 보내 관군 천여 명이 보고 있는 가운데 군령을 이행하지 못한 사령관 영기 장군의 목을 베었다. 그리고 모범적으로 싸우다가 장렬하게 전사한 촌주 우연을 육두품에 올리고, 그의 열두 살 먹은 아들 백호를 촌주에 임명했다.

그러나 전황이 이렇게 되자, 서라벌에 있는 밀성 장군은 이러지도 못하고 저러지도 못할 형편에 놓였다. 그래서 당분간 원종과 애노의 추포를 단념한 채 인근 군현의 성곽을 모두 닫아걸고 아주 소극적인 방어만을 할 수밖에 없었다. 이렇다 보니 왕실의 위엄은 땅에 떨어지고, 주로 농민으로 이루어진 반란군의 사기는 하늘을 찔렀다. 설상가상, 화불단행禍不單行이라고 했던가.

그때 아주 불길한 징조가 신라 전역을 뒤덮고 있었다. 사벌주에서 원종과 애노가 가까스로 산속에 몸을 숨기고 들어가 숨을 고르고 있는데, 대로 위로 엄청난 수의 기마군이 달리고 있었다. 그 기마군은 전광석화처럼 아주 빠른 속도로 달리며 구름과 같은 먼지를 일으키고 있었다. 성문을 굳게 닫아걸고 성루에서 대로를 지켜보고 있던 관군들도 그 기마병들을 쳐다보고 놀라움을 금치 못했다.

"아니, 저건 또 뭐야?"

서라벌에서 밀성 장군이 보낸 새로운 관군 사령관인 학수 장군이 큰 소리로 외쳤다.

"일찍이 보지 못했던 기마병들입니다. 관군은 아니고 반란군도 아닌 듯합니다."

급히 달려온 부장이 학수 장군에게 보고했다.

"반란군이 아니라고?"

학수 장군은 불안한 마음을 억누르며 서서히 다가오고 있는 그 기마병들을 노려보고 있었다. 그런데 그 기마병들은 약속이나 한 듯 모두 붉은 군복을 입은 채 붉은 깃발을 들고 있었다.

"적고적赤袴賊이다! 적고적이야!"

누군가 큰 소리로 외쳤다.

성 문턱까지 달려온 그 붉은 병사들은 행렬이 조금도 흐트러짐이 없이 질서정연했다. 그 순간, 학수 장군은 자신의 눈을 의심하지 않을 수 없었다. 그들의 우두머리는 놀랍게도 여인이었다. 그리고 그 수하에 있는 단위 부대의 장수들도 모조리 여인들이었다.

"관군의 우두머리 학수 장군은 들어라! 우리는 백성들이 적고적이라고 부르는 붉은 군대다. 너희들에게 선택할 수 있는 길을 주겠다. 우리에게 성문을 열어 주고 곳간에 있는 군량미를 내주거라. 그리고 조용히 뒷문으로 사라지거라! 그러면 목숨은 부지하도록 해 주겠다! 금성으로 돌아가 밀성 장군에게 고하라. 아니, 너희 여왕에게 고하라. 앞으로 우리 적고적이 가는 길을 막는 자는 그 누구도 살려 주지 않을 것이며, 그 어느 성도 남겨두지 않겠다. 모두 불태우고 모두 참할 것이다! 그러나 군량미를 빌려 주고 가는 성읍에는 증명을 하여, 훗날 우리가 후삼국을 통일하여 새 나라를 세운 뒤에 곱절로 갚을 것이다."

성 밑에서 외치는 적고적 우두머리의 목소리가 어찌나 우렁차게 들리던지, 직접 보지 않고는 그가 여인이라고 도저히 믿을 수 없을 정도였다.

"고얀지고! 도대체 너희들은 어디서 온 무리들이냐? 아녀자들이 길쌈이나 하고 농사를 짓는 것이 마땅하거늘, 어찌 군마를 타고 이처럼 무례하게 나선단 말이냐?"

학수 장군은 두려운 마음을 애써 숨긴 채 앞으로 나서며 제법 위엄 있게 말했다.

"우리가 어디서 왔느냐고? 우리는 하늘에서 왔다! 이 서라벌, 아니 금성이 너무 타락하여 썩은 환부처럼 더 이상은 버틸 수가 없기 때문에 응징하러 왔노라! 썩은 환부를 도려내고 새 살을 돋게 하여 새로운 국가의 틀을 마련하기 위해 우리가 온 것이다. 지금 서라벌의 고관들은 사병을 천여 명이나 양성하고, 곳간은 오천여 석이 넘는 곡식이 가득하며, 노비만 삼천여 명이 넘는 것으로 알고 있다. 어디 그뿐이더냐? 양민의 처녀들을 훔쳐 오백 명이 넘는 밤의 여인을 거느리고 있는가 하면 소, 말, 돼지가 수천 마리에 이른다. 그것들을 모두 산과 들, 섬에서 기르고 귀족들을 위한 사냥 잔치를 하고 있다. 곡식을 가난한 백성들에게 고리로 빌려 주고 제때 갚지 못하면 어린아이들을 노비로 잡아가니, 어찌 이 나라가 계속 살아남을 수가 있겠느냐?"

여인의 목소리가 얼마나 크던지 학수 장군은 온몸에 소름이 돋을 지경이었다.

"장군 학수는 듣거라! 지금 뒷문을 열고 조용히 나가 월성에 있는 밀성 장군에게 달려가거라. 그러면 그 누구도 다치지 않게 하겠다. 그렇지 않으면 이 성을 모두 봉하고 불을 질러 태워 죽이겠다. 한 명도 남기지 않으리라!"

부장인 듯한 또 다른 여인이 나서며 말했다. 사내로서의 자존심이 상한 학수 장군은 부장에게 눈짓을 했다. 마침내 성문이 열리더니 부장의 뒤를 따라 오십 명의 정예 병사들이 모습을 드러냈다. 화랑 출신의 씩씩한 아단 장군이 말을 달려 적진으로 향하자, 적고적의 진영에서도 오십 명의 군졸이 괴성을 지르며 달려나왔다.

아단 장군이 이끄는 결사대를 맞이한 적고적의 장수가 긴 창을 비껴들고 질풍처럼 내달았다. 그리고 긴 창으로 아단 장군의 어깨를 단번에 관통시켰다.

이어 뒤를 따르던 병사들이 장도로 결사대 오십 명을 삽시간에 베어 버렸다. 여인들의 장창과 장도를 쓰는 솜씨는 믿을 수 없을 만큼 신묘하여 말로 표현하기 어려웠다.

성에서 그 광경을 바라보고 있던 학수 장군은 부들부들 떨며 결국 부장들을 거느리고 뒷문으로 도망을 치고 말았다. 손쉽게 성을 함락한 적고적의 병사들은 군량미 창고를 활짝 열어 굶주리는 모든 백성에게 골고루 나누어 주었다. 적고적의 병사들은 승전을 자축하며 실컷 먹고 마시며 춤을 추었다.

"이제, 때가 되었다! 마침내 우리 후백제가 천하를 통일할 것이다!"

적고적의 우두머리는 성루에서 학처럼 붕 떠서 성을 한 바퀴 휘휘 돌며 흥을 더욱 북돋우고 있었다.

"왕후마마! 천세를 하옵소서! 만세를 하옵소서! 후백제 만세!"

적고적의 여인들은 모두 일어서 장창을 비껴들고 소리를 질렀다. 적고적은 견훤의 휘하에 있는 정예의 부대로서 후백제 건설을 위한 친위군이었다.

태산군에 있는 최치원은 이러한 전란의 소용돌이를 전혀 느끼지 못한 채 평화로운 한때를 보내고 있었다. 반야 부인이 유난히 바다를 좋아했던 터라 호몽은 시어머니와 함께 내소사가 있는 곰소나루터를 자주 찾았다. 그곳에서 어시장에 들러 장도 보고, 내소사에 올라가 불공을 드리고 오는 것을 가장 행복한 일과로 여겼다.

"여보, 제가 오늘 어머니를 모시고 내소사를 거쳐 곰소나루터를 다녀왔는데요. 그 바다와 산이 무척 아름답고 좋았어요. 당신하고 내가 내소사 뒷산에서 뜬다면 아마 멈추지 않고 소요사까지도 갈 수 있을 것 같아요. 곰소만을 가로질러 우리 한 번 날아 봐요."

반야 부인과 함께 나들이를 다녀온 호몽은 항상 치원의 곁에 바싹 다가앉아 그날의 풍광을 얘기하며 마냥 즐거워했다.

"역시 당신은 명소를 잘 찾아내는군요. 나도 내소사에는 가 봤어요. 그 뒷산에 올라가면 곰소만을 가로질러 멀리 소요사가 보이지요. 그게 다 고승들이 세워 놓은 훌륭한 암자들이오. 내소사에는 소정방 장군이 왔다 갔다는 설이 있고, 소요사는 백제 위덕왕

(재위, 554~597) 때 소요逍遙라는 스님이 세웠다고 하는데 아무튼 훌륭한 암자지요. 언제 한번 우리 함께 구름 타기를 해 봅시다. 이왕이면 동백꽃이 필 때쯤 서라벌에 있는 왕거인을 이곳으로 불러 함께 날아 봅시다."

하루하루 행복한 나날을 보내는 어머니와 아내를 바라보며 치원은 서라벌을 벗어나 이곳에 오기를 참 잘했다는 생각이 들었다.

반야 부인도 가까이 다가와 두 내외 사이에 끼어 과거를 회상하며 옅은 미소를 지으면서 말했다.

"태수는 기억하고 있는지 모르겠지만, 태수가 아주 어렸을 때 여기서 이백 리쯤 떨어진 북쪽 옥구현에는 자천대가 있었지. 거기에서 태수가 자주 글을 읽고 썼지."

"어머님, 제가 어찌 자천대를 모르겠습니까? 언제 날이 좋을 때 어머님을 자천대까지 모시겠습니다. 사실 그곳 자천대에서 멀지 않은 곳에 제가 장난감 하나를 만들어 놓았습니다. 석농石籠이라는 큰 바위인데, 제가 그 밑에 도술에 관한 책을 숨겨 놓았습니다. 그런데 이상하게 그 돌을 움직일 때마다 서해에서 농무가 밀려오고 구름이 몰려와 비가 내립니다. 그래서 사실 저는 가뭄을 걱정하지 않습니다. 날이 가물면 제가 자천대 서쪽에 있는 석농을 움직이면 되니까요."

치원은 어린아이처럼 어머니에게 자랑을 했다.

"아, 그런 비방이 있는가? 우리 태수는 재주도 참 많구먼."

반야 부인이 반색을 했다. 그런데 그해 여름이 되어 뜻하지 않은 가뭄이 석 달 이상 계속되었다. 그러자 치원은 도복을 갈아입고 호몽과 함께 옥구현을 찾았다. 석농을 흔들어 대니, 그날로 바로 비가 내려 태산군의 넓은 들판에 빗물이 흥건하게 고였다.

그리하여 농민들은 대풍을 거두었고, 그해 가을이 되자 태산군은 엄청난 풍작을 거두어 삼천 석의 수확물을 세금으로 바칠 수 있었다.

그런데 태산군과 마주하고 있는 무주에는 흉년이 들어 백성들의 시름이 이만저만이 아니었다. 한편 궁예가 발호하고 있는 북쪽의 군현에도 흉년이 들었다. 그러자 견훤의 군대가 필사적으로 성을 허물며 공격해 오기 시작했다.

그런데 묘한 것은 태산군의 병사들이 견훤의 무리는 별로 무서워하지 않는데, 견훤의 휘하에 들어 있는 여인들의 부대인 적고적을 아주 두려워했다.

"그래, 서라벌에 있는 밀성 장군이나 적고적과 직접 싸워 봤던 학수 장군은 적고적의 정체를 어찌 파악하고 있던가?"

최치원은 은밀히 사람을 보내어 왕거인을 부른 뒤 적고적에 대해 상세히 물었다.

"우선 적고적의 우두머리가 여인이라는 것이 특이합니다. 그 부장들도 모두 여인인데, 여인 하나가 화랑 스무 명을 거뜬히 감당하고 있습니다. 그 우두머리는 자신을 견훤의 부인이라고 말하고 있고, 견훤이 다스리는 땅을 후백제라고 부르고 있답니다. 또한 장창과 장도를 쓰는 솜씨가 특이합니다. 기합 소리라든지 창칼을 쓰는 품새가 당나라 소림사의 무술 기풍을 풍기고 있고, 특히 소림사의 십팔기를 기본으로 하고 있답니다."

왕거인은 큰 눈을 자꾸만 힘 있게 굴리며 말을 더듬었다.

"소림사라……."

치원은 깊은 생각에 잠겼다.

"우리 서라벌에서 여인들이 무예를 한다고 하면 화랑과 무리를 지어 다니던 원화부대가 있을 터인데 그 사람들은 창보다는 칼을 쓰고, 칼도 장도가 아니라 중도나 단검을 주로 쓰고 있지 않는가?"

치원은 조심스럽게 입을 열었다.

"그렇습니다. 신라의 무예는 아닌 것 같습니다. 그 여인부대의 무리 중에는 철퇴를 쓰는 여인들도 있고 쌍절곤과 청룡도를 쓰는 장대한 여인들이 섞여 있습니다. 아마도 바다를 건너온 당나라 여인부대가 아닐런지요?"

왕거인이 고개를 갸우뚱거렸다.

"당나라 여인부대…… 소림사……."

치원은 무언가 점점 미궁 속으로 깊숙이 빠져들고 있음을 느꼈다. 이튿날 아침, 최치원은 무거워진 머리를 맑게 하기 위해 산행을 결심했다. 도복을 입고 산을 오르는 치원의 뒤에는 호몽과 왕거인이 함께했다.

말을 타고 내소사까지 달려가 내소사 뒷산에서 구름을 잡아탔다. 그리고 구름과 바람을 이용하여 곰소만을 건너 소요사 뒷산까지 날았다. 아주 상쾌하고 기분 좋은 비행이었다.

"언제 공무가 한가해지면 이렇게 우리 셋이서 도술을 이용하여 꼭 북쪽에 있는 백산까지 날아가 보죠. 저는 요즘 이상한 생각이 들어요. 서라벌에서 계속 젊은 임금들이 붕어를 하시고, 나이 사십을 갓 넘긴 상대등까지 세상을 떠났잖아요. 또 이웃 황제의 나라에서도 당신보다 젊으신 희종 황제가 붕어하시는 것을 보면서 참으로 불길한 생각이 자주 들어요. 뿐만 아니라, 우리 여왕마마가 즉위하셨음에도 불구하고 가뭄으로 인하여 계속 흉년이 들었고 비를 동반하지 않는 구름 등으로 햇볕이 쨍쨍하지 않은 점이 늘 마음에 걸려요."

비행을 무사히 끝내고 나자 호몽이 걱정스러운 듯 말했다.

"어디 그뿐입니까? 대낮에 해무리가 다섯 겹으로 서고, 모양리와 사양리에서 굵은 돌들이 스스로 굴러다니니 백성들이 정말 기이하게 생각하고 있습니다. 벌써 2년째 흉년이 들고, 무엇보다 말씀하신 대로 햇볕이 제대로 들지 않고 있습니다. 지금 태수께서 계신 이 태산군만 풍년이 들었지, 나머지 군현은 모두 흉년이 들어 조세를 제대로 내지 못하고 있습니다. 사람들 사는 모습이 모두 짐승 같고, 지금 서라벌의 인심도 흉흉하여 말이 아닙니다. 철이 들기 시작하는 여자아이들을 청루에 팔거나 배에 실어 당나라에 팔아넘기고 있습니다. 남자아이들은 모두 도둑이 되거나 배를 타고 탐라나 왜국 그리고 당나라 남쪽으로 떠나고 있습니다."

왕거인도 한숨을 토하며 복잡한 심정을 그대로 드러냈다.

"우리가 한번 마음을 먹고 비행을 해 봅시다. 토함산에서 출발하여 태백산 줄기를 거슬러 올라가 설악산, 금강산, 백산을 보고 나면 아마 해답이 나올 것이오."

치원이 나서 이들을 위로했다. 그때 월성에서 나온 전령이 최치원을 급하게 찾았다.

태수께서는 급히 월성으로 납시라는 여왕마마의 어명 교지를 전달했다.

교지를 받아본 치원의 가슴에는 커다란 바위가 내려앉고 있었다.

충서의 고을 부성군(현 서산시)

　어명을 받고 서라벌로 가기 전에 이곳 관리들에게 치안 유지를 특별히 당부하면서 견훤부대가 쳐들어올 때는 수비에만 치중하고 공격은 가급적 하지 말라고 강조하였다. 오랜만에 월성에 들어간 최치원은 자색 관복 위에 진성여왕이 하사한 금패를 걸고 있었다.

　임지인 태산군으로 떠난 지 일 년 반이 지난 시점이었기에 치원을 만난 여왕은 가슴이 부풀어 올랐다. 치원이 문을 열고 들어오는 것을 보자마자 총총히 달려가 그의 손을 덥석 잡았다. 그것은 사실 군왕이 신하를 맞이하는 태도를 떠나 멀리서 돌아온 지아비를 향해 끓어오르는 연정을 참지 못하고 달려드는 형상이었다.

　치원은 당황스러운 나머지 여왕 앞에 무릎을 꿇고 정중히 예를 올렸으나 여왕은 고개를 저으며 치원을 일으켜 세웠다. 그리고는 곧바로 그의 품에 안겨 얼굴을 파묻었다.

　"너무나 보고 싶었소, 태수. 그래, 월성에서 멀리 떨어져 있으니 그렇게 자유롭고 좋습디까?"

여왕은 더욱 힘껏 치원을 끌어안으며 촉촉한 눈으로 치원을 바라보았다.

"비록 몸은 멀리 떨어져 있었지만 조정을 어떻게 이끌고 계시는가를 항상 생각하였으며 여왕마마를 한시도 잊지 아니하고 마음속으로 깊이 존경하였사옵니다. 우선 옥체가 강녕하신지 늘 염려가 되었사옵고, 또 서라벌의 치안은 온전한지를 늘 걱정하였사옵나이다."

치원도 머뭇거리며 여왕의 포옹을 마음으로 받아들여 예를 갖추며 살며시 안아 주었다. 향긋한 분 내음이 코끝을 자극했다.

"그런 일상적인 얘기 말고……. 이 여왕을 그리워하지 않았느냐, 이 말이오. 하긴, 목석같은 최치원 태수가 이 여왕을 사사로이 그리워했겠소만."

여왕은 어느새 치원의 애첩이 된 것처럼 매달려 애가 타는 듯 앙탈을 부리기까지 했다.

"황공하옵니다. 신은 오로지 여왕마마의 충직한 신하일 뿐이옵니다."

여왕이 봉긋한 젖가슴을 밀착시키며 비비자 앞섶을 비집고 나온 뽀얀 속살이 반쯤 드러났다. 몽글몽글한 가슴에서 봄꽃보다 진한 향이 모락모락 올라오는 바람에 치원은 정신마저 혼미해지고 있었다. 치원이 허리를 굽혀 용안을 자세히 살펴보니 일 년 반 만에 여왕은 십 년이나 늙어 보였다. 눈자위에 피로가 가득 쌓여 있었고 웃을 때마다 눈 밑에 잔주름이 제법 많이 보였다.

"과인이 너무 늙어 보이지요? 그동안 너무 피곤했으니까. 그대처럼 과인에게 생기를 불어넣어 주는 충직한 신하도 없고, 오로지 과인에게 들려주는 소리는 어느 지방의 전쟁 소식과 반란 소식뿐이었으니까. 그래서 밤마다 술을 마시게 되고 젊은 사내들과 욕정을 불태웠으니 참으로 괴로웠었지요."

여왕은 치원의 애잔한 눈길을 의식한 듯 머리를 쓸어 올리며 배시시 웃었다. 그 모습이 어찌나 아름답던지, 사내라면 누구나 한번쯤 꼬옥 품어 보고 싶은 심정일 거라 치원은 생각했다.

"최 태수, 참으로 한스럽소. 과인이 재위한 지 삼 년 만에 농민들의 반란이 전국에서 일어나더니 이제는 무주와 전주에서 견훤이 후백제의 건국을 선포하였소. 바로 태수가 지키고 있는 태산군은 조금 있으면 엄청난 격전지가 될 것이오. 견훤이 그동안은 자신이 신라의 도독으로서 무주와 전주를 지키는 장군을 자처하다가 이제는 공공연히 후백제의 왕을 자처하고 있소. 본격적으로 후백제의 건국을 선언한 셈이오. 지금부터 과인이 하는 말을 잘 들으시오. 날이 밝으면 태산군으로 급히 돌아가 관군이 견훤을 상대로 최후의 일전을 할 수 있는 군량미만 남겨 놓고 모든 곡식을 부성군으로 옮기시오. 전쟁하는 데 걸리적거리는 노인들과 아이들은 모두 부성군으로 데려가도 좋소. 특히 젊은 아녀자들을 먼저 부성군으로 대피시키는 게 좋을 것이오."

여왕은 긴 한숨을 내쉬며 치원에게 밀명을 전하고 있었다.

"그러면 신은 어찌해야 하옵니까?"

치원이 조심스레 물었다.

"그대는 무장이 아니오. 이재 장군이 견훤과 일전을 치를 것이오. 북쪽의 궁예는 현재 철원 평야에서 중원 백성들을 동원하여 새로운 왕궁을 짓고 주색에 빠져 있으며 직언을 하고 있는 충신들과 장수들을 관심법으로 처형하기 때문에 북쪽의 민심이 좋지 아니하다고 들었습니다. 그러니 궁예를 따르는 장수가 날로 줄어든다 하오. 그런데 그의 휘하에는 백전백승한 왕건이라는 젊은 장수가 있는데 그 자가 어찌나 용맹하던지, 개성을 정벌하고 옛 고구려 땅인 평양성까지 진격하여 영토 확장을 하고 있답니다. 그러니 궁예의 무리가 당분간은 남쪽으로 움직이지 않을 태세요. 경은 일단 부성군으로 가서 두 가지 일을 완수하시오. 하나는 연전에 돌아가신 낭혜 화상朗慧和尙의 탑비를 세우는 일이고, 또 하나는 하정사로서 입당하는 일이오."

여왕은 그간의 국내 정세를 치원에게 낱낱이 전했다.

"지금은 전란 중이옵니다. 낭혜 화상과 같은 높은 스님을 기리는 것도 중요하지만 백성들이 헐벗고 굶주리며 몹시 방황하고 있는데, 그와 같이 큰 불사를 하는 것은 시의에 맞지 않는 일인 것 같사옵니다."

치원이 허리를 굽히며 단호하게 말했다.

"그동안 과인이 젊은 사내들과 향락에 빠져 지내느라 국사를 제대로 돌보지 못했소. 지금 이 나라가 어지러운 것도 다 과인이 정사를 제대로 못 편 탓이라 생각하오. 그래서 지극정성으로 불사를 일으켜 이 전란을 서둘러 끝내고자 하는 마음이 더욱 간절하기 때문이오. 이런 과인의 뜻을 잘 헤아려 주기 바라오. 업을 많이 지은 사람일수록 불사에 진력한다는 것은 이미 다 아는 일이 아니오? 또 달리 생각하면 선덕대왕께서도 통일신라를 이루기 위해 앞이 보이지 않을 때 학식이 높은 고승의 말씀을 듣고 황룡사 창건과 같은 대작불사에 진력하지 않았습니까? 과인도 덕이 높으셨던 낭혜 화상의 비를 세워 내 과오를 씻고 공덕을 쌓아 이 신라의 안정을 꾀하고자 하는 것이오.”

여왕은 촉촉한 눈으로 치원을 바라보며 간절히 원하고 있었다.

“그렇다면 소신이 당에 하정사로 가는 일은 어떤 의미가 있사옵니까?”

여왕의 깊은 마음을 이해한 치원은 다정스런 눈빛으로 그녀의 얼굴을 무심히 바라보았다.

“캬~ 시원타. 왜 과인이 그대를 당에 보내고자 하느냐? 그거야 당의 속내를 그 누구보다도 잘 알고 있는 그대가 헤아릴 수 있는 일이 아니겠소?”

어느새 여왕의 손에는 술잔이 들려 있었다. 단숨에 독주를 다 비운 듯 여왕의 얼굴이 불콰해지고 있었다. 그러면서도 눈치를 살핀 후 내관까지 보이지 않는 것을 확인하고는 치원의 귀에 대고 조용히 말했다.

“당의 형편을 잘 살펴보고 오시오. 지금 우리 신라는 풍전등화요. 그 옛날 백제와 고구려의 힘이 강할 때 우리 신라는 어찌하였소? 선대 김춘추 공께서 당나라와 군사협력을 위해서 밀사로 다녀온 후 바다 건너 당에 사신을 보내 당나라 군대의 도움을 받아 백제와 고구려를 멸망시키고 통일 나라를 새롭게 만들지 않았소?"

여왕은 다시 주위를 휘휘 둘러보며 술잔을 들었다.

"소신의 생각으로는 불가능한 일이라고 여겨지옵니다. 지금 당은 소종조에 이르러 겨우 내정 통치 기반을 마련하고 숨고르기를 하고 있습니다만, 국정을 핑계대고 또한 백성을 위한다는 명분을 내세워 절도사나 군벌이 일어나 언제 황위를 찬탈할지 모르는 상황입니다. 이런 상황에서 대군을 신라에 보내 주는 것은 거의 불가능한 일이라고 사료되옵니다."

치원은 힘없이 고개를 흔들었다.

"그러니까 경이 달려가 보라는 거 아니오? 당나라 관직에 계실 때 지혜로운 격문 하나로 황소를 황위에서 스스로 물러나게 하여 전쟁을 승리로 이끌어냈던 경이 아닙니까? 그러므로 경의 부탁에 대하여 당나라에서도 거절하지 못 할 것입니다."

여왕은 다소 짜증스러운 듯 갑자기 소리를 버럭 질렀다. 늘 부드럽던 여왕의 얼굴에 갑자기 노기가 서리자 치원은 순간 당황을 했다.

"난 능력있는 오라버니를 믿소. 이 서라벌을 생각하고 이 여왕, 아니 외로운 누이동생을 생각한다면 꼭 그 일을 성사시키리라 믿소."

여왕은 다시 그윽한 눈빛으로 치원을 바라보았다. 치원은 힘없이 고개를 끄덕이며 여왕에게 미소지으며 어전을 나왔다.

치원은 서라벌 집으로 돌아가는 길에 미탄사에 들렀다. 오랜만에 주지 스님과 왕거인을 만나고, 이백여 명에 이르는 그의 병사들을 둘러보았다. 일 년 반 사이에 그들은 모두 눈이 번득이는 용맹스러운 정병으로 거듭나 있었다.

'필시 그대들의 충성심이 헛되지 않을 날이 오리라.'

치원은 병사들의 얼굴을 하나하나 살펴보며 굳은 결의를 다졌다. 그리고 집으로 돌아온 치원은 오랫동안 쌓아 두었던 책 중에서 낭혜 화상에 관한 자료를 살펴보았다.

낭혜 화상(800~888)은 진골 출신이었다. 법명은 무염無染으로, 원각국사의 10대손이고 무열왕의 9세손이다. 그의 조부인 주천은 한찬(신라 관리의 여섯 째 등급의 벼슬) 벼슬을 지냈는데, 아버지 범청 때에 조정을 향해 너무 급진적인 상소를 자주 올리다가 득난得難이라고 불리는 육두품으로 강등되고 말았다.

이런 가정의 배경을 가진 낭혜는 일찍이 당나라로 유학을 떠났다. 출신이 진골이라는 것 빼고는 거의 최치원과 비슷한 길을 걸었던 것이다. 최치원이 장안의 남쪽에 있는 종남산에 들어간 것처럼 그도 의상대사가 십수년 간 정진하여 화엄도를 성취한 종남산 지상사至相寺에 머물며 불도에 정진했다. 그리고 화엄승이 되었다.

당나라 보철 화상 같은 고승들도 낭혜 화상을 최고의 스님으로 존경했다. 대사가 문성왕 7년(845)에 왕성으로 돌아와 불도에 정진하고 있을 때, 헌강왕은 그를 국사로 삼았다. 그러나 오직 임금만을 위하여 불법을 전하는 일이 몸에 맞지 않다고 생각한 낭혜는 한밤중에 몰래 궁궐을 빠져나가 상주의 심묘사深妙寺에서 머물렀다.

그러나 헌강왕은 몸이 좋지 않을 때마다 국사를 청하여 불법을 듣고 나서야 편안히 잠들 수 있었다. 그 후로는 시간이 있을 때마다 헌강왕은 국사를 왕궁으로 불러서 자주 불법을 청했는데, 그때마다 대사는 이렇게 대답했다.

"산속에 있는 이 중에게 무슨 신묘한 묘법이 있다고 자꾸 청하십니까? 통치의 길은 아주 가까이에 있는 육경에 이미 들어 있지 않습니까? 시간이 나시는 대로 시경, 서경, 역경, 예기, 악기, 춘추와 같은 경서를 자주 읽으십시오. 만백성을 이끌어야 할 대왕은 어려운 불경보다는 세상의 도를 가르쳐 주는 육경을 많이 읽어야 합니다. 유가에서 가르쳐 주는 인간의 도리를 먼저 깨우치십시오. 그리고 이 신라를 강하게 부흥시키려면 '능관인能官人'이라는 이 세 글자를 실천해야 합니다. 즉, 유능한 인재를 발굴하여 공평히 등용해야 할 것입니다."

이렇게 왕에게 직언을 불사하던 낭혜 화상은 나이 여든아홉이 되던 해에 이르러 입적을 했다. 보령의 성주사에서 행장을 정결하게 차려입고 아침 햇살을 받으며 조용히 명상을 하다가 나는 새처럼 홀연히 떠난 것이다.

'참으로 많은 옛 선사가 나라와 백성들을 위해 몸과 마음을 바쳤도다.'

최치원은 낭혜 화상에 관한 자료를 정리하면서 미처 깨닫지 못했던 선사들의 위대한 흔적을 발견할 수 있었다.

'지금 내가 나라와 백성을 위해 추구하는 사상이나 세상을 개혁하고자 하는 의지와 비교해 볼 때 어찌 이리도 많이 닮았을까.'

그러면서 치원은 이보다 더 발전적인 새로운 사상을 만들어 모든 백성이 쉽게 실천할 수 있도록 미지의 꿈을 현실화해야겠다는 것을 깨닫고 지극한 도는 문자를 떠나(至道離文字) 원래 눈 앞에(元來在目前) 있다고 하였다.

이튿날 치원은 행장을 급히 챙겨 새로운 임지인 부성군富城郡(지금의 서산)으로 떠날 차비를 했다. 그때 낭혜 화상을 비롯한 옛 선사들에 관한 참고 자료만 해도 무려 세 수레나 되었다.

최치원이 태산군을 떠나 부성군으로 간다는 소식이 백성들 사이에 퍼지자, 그곳 백성들은 마치 부모를 잃은 아이들처럼 거리로 쏟아져 나와 울부짖으며 안타까워했다.

최치원이 태산군 태수로 부임한 뒤 그가 가르쳐준 풍류지도와 인생지도 그리고 실학의 배움을 통해서 얻은 충효 정의 정신을 자손 후대까지 이어지게 할 것이라고 백성들 스스로 다짐하였다. 소통과 포용 실학의 실천 방법을 배운 백성들은 서로 뜻을 모아 공덕비를 세우기도 했다.

"태수님, 저희들을 버리고 떠나시더라도 마음을 이곳에 두고 가시기 바랍니다."

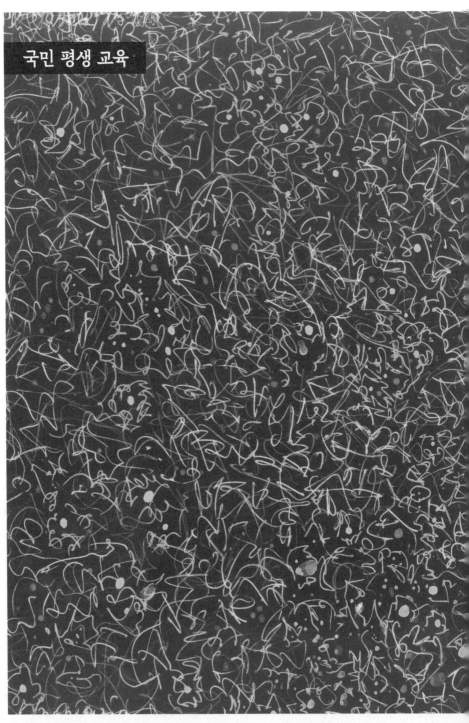

국민 평생 교육

국민 평생 교육의 중요성을 형상화한 이미지. 최치원은 서라벌을 떠나 태산군 태수로 부임하자마자 관저 일부를 명륜당이라 이름 붙이고, 누구나 그곳에서 평등하게 공부할 수 있도록 배려했다.

최치원이 태산군을 떠나 부성군으로 향할 때 무려 삼천 명의 가장들이 가솔들을 이끌고 따라 나섰다. 최치원도 어쩔 수 없어 그들을 이끌고 새로운 임지로 떠났다. 그곳에 가서 그들을 위한 막사를 지어 편안하게 생활할 수 있도록 했던 것이다.

일찍이 최치원의 덕망을 입에서 입으로 충분히 전해들은 부성군의 관리들은 백성들과 함께 삼십 리 밖까지 마중을 나와 기다리고 있었다. 부성군에 도착한 최치원은 제일 먼저 옛 백제의 절로 알려진 보원사普願寺를 찾았다.

사실 그 절은 그때까지 버려진 절이나 다름없었다. 백제 때까지는 이름을 날리는 절이었지만 통일신라 이후에는 절 자체가 많이 낡아 찾는 이가 거의 없었고, 절을 지키는 주지도 학식이 그다지 높지 않아 그 절에 대한 유래조차 모르고 있었다.

'부임하자마자 보원사를 찾은 이유가 뭐래?'

관리들은 물론 백성들조차도 치원이 보원사를 찾은 이유를 잘 몰라 저마다 수군거렸다. 백두대간 중원에서 서해로 뻗어 내려가는 지산 중 높지는 아니하지만 서해의 아름다운 일몰을 보기 위하여 인근 백성들이 즐겨 찾는 가야산 명산이 부성군에 소재하고 있었다.

가야산 정상에 오르면 넓은 서해가 아름답게 보이고 정상 능선을 타고 내려오는 골짜기 중심부분에는 서라벌 인근에 있는 합천군 가야산 옥류봉 계곡과 같이 산수가 아름다운 곳이라고 비유하면서 깨달음이 높은 선승들이 수행했던 보원사가 있고, 의상대사의 화엄종사상 의상조사 법승게 이백열 자를 승계한 많은 스님이 이곳에서 화엄에 관한 공부를 계속함으로 인하여 폐사나 다름없는 절이지만 학식이 높은 스님들 사이에서는 화엄종 사찰로는 당나라의 지방사를 포함하여 화엄십사華嚴十寺 중의 하나라고 일컬었다.

그중에서도 최치원이 주목한 것은 그 절의 입구에 있는 마애여래삼존상이었다. 그때까지만 해도 사람들은 골짜기 안에 그런 마애불이 숨겨져 있다는 것조차 알지 못하고 있었다. 치원은 손수 물걸레를 들고 그 마애불을 닦았고, 부임 첫 행사로 그 마애불 아래에서 법회를 열었다.

삼존마애불상 한가운데에 여래 입상이 있고, 오른편에 보살 입상이 있고, 왼편에 반가사유상이 아로새겨져 있었다. 여래 입상은 풍만한 얼굴에 은행 같은 눈, 둥글고 긴 눈썹, 얇고 넓은 코를 하고 있으며 온화한 미소를 머금고 있었다. 가사가 발등까지 덮였는데, 발밑에는 연꽃이 아로새겨져 있었다. 보살 입상은 머리에 산 모양의 관을 썼고 윗몸은 벗었으며 두 손을 앞에 모아 구슬을 잡고 있었다.

반가사유상도 산 모양의 관을 썼고 윗몸을 벗었는데, 목에 간단한 목걸이를 걸치고 있었다. 최치원이 그 신묘하게 조각되어 있는 마애여래삼존상에 예를 마치고 나자, 그 마애상은 갑자기 찬란한 빛을 발하며 골짜기 전체를 환하게 비추었다.

사람들은 그 신기한 모습을 보며 그동안 그 바위 앞을 무심히

부석사(충청남도 서산군) 출처. 문화재청

지나쳤던 자신들의 무지함과 몽매함을 새삼스럽게 뉘우쳤다. 관리
들마저 고을 문화유적에 대해 소홀했던 점을 부끄러워하며 고개
를 제대로 쳐들지 못했다.

"최 태수, 여기에 아로새겨지신 삼존상들의 미소가 어찌 이리도
아름답소. 역사적으로 볼 때 나는 내 조상이 백제인이라 그런지
몰라도 이 미소야말로 바로 백제의 옛 미소라 생각하오."

아픈 몸을 이끌고 아들의 임지로 따라왔던 반야 부인은 황급히
일어나 마애여래삼존상 아래에 부복하여 백팔 배를 올렸다.

"어머님, 저도 그리 생각합니다. 이 마애불들의 미소야말로 바
로 옛 백제인의 미소입니다."

치원이 다시 삼존상을 유심히 살펴보고 부처의 아름다운 미소는

사람들에게 무한대의 기운을 채워주는 것임을 깨달았다. 그러면서 치원은 먼 하늘을 바라보며 깊은 시름에 잠겼다. 이곳에 그리 오래 머물지 못하리라는 것을 삼존상을 통하여 가슴으로 느끼고 있었다.

북쪽의 궁예와 왕건의 세력이 날이 갈수록 왕성해지고 있고, 머지않아 그 세력이 남하할 것을 알고 있었다. 그런 정황을 남쪽에 자리 잡고 있는 견훤의 세력이 모를 리가 없었다. 그래서 치원은 태산군에서 했던 것처럼 부서진 성을 다시 손보고 장병들을 모아 훈련시키는 일에 열중했다.

하루는 변복을 하고 서해의 석양이 붉은 단풍잎처럼 아름답게 비치는 도비산 자락에 있는 부석사를 찾아갔다. 그곳에서 본 넓은 서해는 석양빛에 반사되어 은빛처럼 영롱하였다. 치원은 주지인 월명스님을 만난 자리에서 목민관으로서 앞으로 각지에서 일어날 반란과 전쟁에 대처하기 위해 비밀리에 승병을 많이 양성하여 나라의 위기를 극복하는데 승병들이 앞장서 줄 것을 간곡히 당부했다.

"그 옛날 의상대사가 국태민안을 위해 소백산 중턱에 부석사를 세웠지요. 그로부터 일 년 후, 이 서해안에도 관세음보살 기도처로 부석사를 지어 왕실 번창과 통일신라가 하루속히 이루어지기를 기원했다 합니다."

월명스님이 치원에게 부석사의 유래에 관해 차분히 말해 주었다. 월명스님은 국선도와 화랑도 무예를 신라의 자긍심이라 여기며, 부처님의 가르침 하나하나를 글로 적어 내려온 팔만대장경을 알기 쉽게 가르쳐 주고 있다는 소문이 전파되어 이 말을 전해들은

운거루(부석사)

많은 백성들이 스님의 법문을 듣기 위해 부석사로 몰려들고 있었다. 그래서 치원도 시간이 날 때마다 부석사를 찾아가 불심이 높은 월명스님과 시간 가는 줄 모르게 담소를 나누며 즐거운 나날을 보냈다.

'나 역시 외롭게 떠 있는 붉은 구름처럼 바람에 의해 언젠가 사라질 수밖에 없는 존재구나. 아무런 흔적도 남기지 않고 사라지는 게 저 구름인 것을…… 나도 언젠가는 저 구름과 같이 사라져 후세 사람들로부터 기억될 수 있을지.'

해가 뉘엿뉘엿 넘어갈 때 부석사를 내려와서 치원은 바닷가에 앉아 먼 바다를 응시했다. 구름을 붉게 물들이며 바다 위에 떠 있는 석양을 물끄러미 바라보며 깊은 상념에 잠겼다.

안양루(부석사)

그후 부석사를 또다시 찾아와서 서해를 한눈에 가장 아름답게 바라다보았던 그 자리를 깨달음을 생각하는 사유장소로 정했다. 스님들의 명상수행처로 만들기 위해서 주지스님에게 이곳은 풍수지리적으로 명당 중의 명당이라고 보고하고 운거루雲居樓를 세워주었다.

지친 백성들이 이곳에 와서 잠시나마 마음을 달랠 수 있도록 하기 위해서 지어준 것이다. 또 조금 떨어진 곳에 안양루安養樓를 지어 하늘 아래서 백성들이 가장 평화롭고 모자람이 없이 풍요롭게 잘 살 수 있기를 기원했다.

어느덧 또 한 해가 지나고 정월이 되었다. 치원은 서둘러 입궐하라는 진성여왕의 명을 받고 월성으로 향했다.

"오라버니, 내 모습을 좀 찬찬히 살펴보세요. 나는 이미 병이 들었어요. 밤만 되면 악몽에 시달리고 식은땀이 온몸을 적십니다. 하루 종일 고열에 시달리고요. 자, 보세요. 내 어깨를……. 그리고 내 머릿속을요."

꽤 오랜만에 치원을 만난 여왕은 대뜸 옷을 벗어젖히며 탐욕스러운 몸을 드러냈다. 여왕의 어깨에는 반점이 심하게 생겼는가 하면 앞가슴과 둔부 주위에도 여러 반점들이 퍼져 있었다.

"아, 마마……. 수은 증세가 나타나고 있사옵니다. 제 내자를 보내 드릴 터이니 서둘러 치료를 받으시옵소서."

여왕의 반점이 생긴 자리에 자주 손이 가는 것을 바라보던 치원은 맥없이 주저앉아 눈시울을 붉혔다.

"부인께서 와 주시면 좋겠지만, 지금 둘째가 한창 재롱을 피우고 있잖아요. 재롱 피우는 아기 옆에 있고 싶지, 고열에 시달리는 여왕 곁에 있고 싶겠어요?"

여왕은 여전히 최치원의 손을 잡은 채 애달픈 눈빛을 보내고 있었다.

"고기를 삼가셔야 하옵니다. 아무리 잡숫고 싶다 하더라도 참으시고 야채와 솔잎을 드세요. 그리고 술을 입에 대시면 안됩니다. 음식을 조절하여 건강을 지키시기 바랍니다. 뿐만 아니라 젊은 소년들을 잠자리에서 멀리 하세요."

치원은 애통한 심정으로 여왕에게 아뢰었다.

"과인에게 비구니처럼 살라는 말인데 과인은 고기 없이는 단

한 끼도 밥을 못 먹는 사람이오. 또 사내를 껴안지 않고는 도저히 잠을 청할 수 없는 형편이라오. 어쩌면 좋겠소?”

여왕은 고개를 들어 성벽 너머로 멀리 보이는 토함산을 바라보았다. 그 눈빛이 어찌나 서글퍼 보이는지, 치원은 안타까운 마음에 눈물을 주르르 흘렸다.

“마마, 마마의 옥체는 이 서라벌의 옥체이며, 더 나아가 만백성의 옥체이옵니다.”

치원은 무릎으로 기어가 여왕의 손을 꼬옥 움켜쥐었다.

“자, 이제 그만 하시오. 해가 바뀌어 정월이 되었는데, 소종 황제께 예를 올려야 하지 않겠소? 경이 하정사賀正使로 가 주셔야겠소. 황제의 나라에서 자금어대를 하사받아 당나라 사신으로 있는 관리가 아니십니까? 머나먼 여행길이 고달프고 때론 위험할 수 있지만, 과인이 누구를 보내겠어요? 최치원 태수밖에 더 있겠소? 황실에 도착하여 봉물을 잘 바치시고, 황제의 얼굴을 살피신 후 단 만 명이라도 좋으니 당의 지원군을 보내 주실 수 있는지 아뢰어 보시오.”

여왕은 모든 것을 포기한 심정으로 치원에게 간절히 말하고 있었다. 치원은 그런 여왕의 얼굴을 바라보며 얼마 전에 보았던 아름다운 석양을 마음속에 떠올렸다. 붉은 꼬리를 내리며 물속으로 떨어지는 석양은 흔적을 남겨 두지 않듯이 여왕의 모습도 보는 이로 하여금 서글픈 눈물을 자아내게 했다.

소림사의 무영검

여왕의 명을 받고 하정사 일행을 이끌고 당나라로 향했다. 최치원이 이끄는 하정사의 행렬이 소백산맥을 넘고 차령산맥을 돌아 맥도 방향으로 향했다.

"병사들은 절대로 경계를 늦추지 말 것이며, 특히 봉물을 잘 지켜야 할 것이야."

차령산맥을 지나며 치원은 무언가 으슥한 기운을 느꼈다. 그래서 병사들에게 일러 혹시 모를 도적떼들과 반란군의 기습에 철저히 대비할 것을 일러두었다. 그때 희뿌연 먼지를 일으키며 먼 평야를 가로질러 말을 타고 질주하며 달려오는 무리들이 있었다.

"저 무리는 대체 무엇이더냐?"

치원이 앞서 가던 호위무사에게 물었다.

"잘은 모르겠으나 흔한 도둑떼인 것 같습니다."

그러면서 이백여 명에 이르는 호위무사들은 일제히 칼을 뽑아 들었다.

"자, 행렬을 멈추고 전투태세를 갖추어라! 죽을 각오하고 최선을 다해 싸워라. 서로를 엄호하면서 한 사람이 적 열 명씩만 책임진다면 승리할 수 있다."

그러자 병사들이 흩어지며 전열을 갖추고 전투 태세를 취하였다. 하정사 행렬을 향해 달려오고 있는 도둑떼는 말을 다루는 솜씨가 보통이 아니었다. 아주 빠르고 번개 같은 솜씨로 달려오며 붉은 깃발을 휘날리고 있었다. 그때 시찰을 위해 선발대로 나섰던 병사들이 깃발을 높이 들고 흔들며 소리쳤다.

"적고적이다! 적고적이 다가오고 있다!"

적고적이라는 말을 들은 병사들은 전의를 상실한 채 제각각 흩어져 골짜기의 바위나 나무 뒤에 숨어 버렸다. 그 순간 치원은 칼을 빼들고 언덕 위로 날아올라 갔다. 적고적의 병사들은 삽시간에 다가와 장창으로 병사들을 단숨에 제압하여 물리치고 있었다.

그때 맨 앞에서 적토마를 타고 달려온 여인이 봉물을 지키는 병사들을 향해 장창을 한번 휘두르자 한여름의 잡초처럼 맥없이 모두 쓰러졌다. 그러면서 봉물에는 온통 병사들의 피로 얼룩이 졌다.

"이놈들! 어디서 온 놈들이냐! 이것은 당나라 황제 폐하에게 바칠 봉물이다! 사사로운 물건이 아니다. 국가 간의 예물이니 만큼 털끝만큼도 손을 대서는 안 될 것이다!"

최치원이 언덕에 서서 크게 소리쳤다.

"아하, 봉물이라? 오늘은 아주 큰 물건을 만지게 생겼구나. 그렇다면 이 봉물을 운송하는 자의 직위와 직책은 무엇인고?"

적고적 두목은 아예 머리를 돌리면서 아주 태연히 언덕 위에 있는 치원을 쳐다보며 말했다. 최치원은 도둑떼를 상대로 자신의 신분을 함부로 밝힐 수 없어 난감해했다. 그때 골짜기에 숨어 있던 병사들이 봉물을 중심으로 호위대장인 무이 장군의 양옆으로 다시 뭉쳐 전열을 가다듬고 있었다.

"자, 그대는 도둑 떼의 우두머리인가, 적고적의 괴수인가? 그렇다면 이 봉물은 다치게 하지 말고 나와 일대일 무술로 겨루어 승부를 결정함이 어떠한가?"

치원이 순식간에 언덕에서 내려와 호위무사 대장 앞에 나타났다. 즉시 관복을 벗고 장도를 비껴든 채 적고적의 두목에게 일전을 선포하자 무이 장군은 치원의 안위가 걱정되어 서둘러 그 앞을 또다시 가로막았다. 그러나 치원은 웃음으로 화답하며 무이 장군을 옆으로 비키게 했다.

"아, 듣던 중 반가운 소리군. 그대가 봉물을 책임진 하정사인 모양인데 그럼 나하고 한번 겨루어 보세. 만일 그대가 패하면 이 봉물은 모두 내가 가져가겠네."

말 위에 앉아 있던 적고적의 두목도 큰 소리로 맞받아쳤다. 그리고는 말에서 풀썩 뛰어내린 뒤 머리에 둘렀던 붉은 수건을 풀었다. 그러자 반백이 섞인 아름다운 머리카락이 바람결에 휘날렸다.

"내 칼을 받아 보시오!"

적고적 두목이 먼저 요란한 기합을 넣더니 순식간에 달려들어 치원에게 칼날을 휘둘렀다. 치원은 날렵하게 날아오르면서 적의 칼날을 쉽게 피했다. 그러면서 적고적의 풍만한 가슴을 향해 날렵한 동작으로 칼날을 들이밀었다. 칼과 칼이 부딪치며 이백 합 이상을 겨루었지만 도통 승부가 나지 않았다.

"아니, 이것은 서라벌 애송이들이 쓰는 검법이 아니구나? 이것은 다분히 당나라에서 익힌 솜씨인데……."

적고적의 우두머리가 잠시 숨을 고르며 치원을 노려보았다.

"알긴 아는군. 그대가 쓰는 검법도 서라벌의 운검법이 아닐세. 당나라 소림사의 무영검법인데."

치원은 적고적 우두머리의 검법이 예사롭지 않다는 것을 느끼고 있었다. 상대방 검법을 서로서로 알아차린 두 사람은 바람과 구름을 타고 다시 공중으로 날아올랐다. 그러더니 능선과 능선을 발로 툭툭 차며 단숨에 병사들이 볼 수 없는 산 정상으로 올라갔다. 그 모습을 지켜보던 군졸들은 그만 넋을 놓고 말았다.

"왕비마마, 힘껏 싸워 이기소서! 적장에게 본때를 보여 주소서!"

붉은 바지를 입고 붉은 깃발을 든 적고적의 군사들은 지금까지 한 번도 볼 수 없었던 두목의 칼솜씨를 지켜보며 이구동성으로 소리쳤다. 그때 어디에선가 먹구름이 다가와 산 정상에 있는 두 사람을 가리더니 이내 회오리바람이 휘몰아쳤다. 두 사람은 다른 병사들의 시야에서 멀어지며 흔적을 감추었다.

"보리야, 네가 어찌 다시 적고적이 되었느냐? 내가 황제 폐하께 말씀드려 선량한 양민으로 살아가도록 방면하여 주었거늘!"

아무도 보는 이가 없자 치원은 칼을 내려놓고 다정스레 물었다.

"오라버니, 많이 변하셨군요. 하기야 세월이 많이 흘렀으니."

그제야 여인도 칼을 거두고 치원을 향해 옅은 미소를 지어 보였다. 그녀는 다름 아닌, 치원이 늘 가슴 한편에 품고 있던 보리였다.

"보리야, 당나라 황소의 난 때 너를 본 후 신라로 돌아와서도 네소식이 늘 궁금했단다. 살아 있다는 소리만 풍문으로 간간이 들릴 뿐이었는데……. 그런데 네가 어찌하여 견훤의 부인이 되어 적고적의 두목이 되었느냐?"

"오라버니, 그동안 세상이 많이 바뀌었습니다. 사실 지금 무주(현재 광주)에 있는 우리의 힘만으로도 서라벌은 단 하루 만에 점령할 수 있습니다. 그러나 문제는 북쪽에 있는 궁예와 왕건의 세력입니다. 그래서 우리는 일단 궁예와 왕건을 굴복시킨 후에 서라벌을 자연스럽게 받아들이려고 합니다. 오라버니께서도 골품제 때문에 중앙정치 무대에서 지방의 태수로 좌천된 것이 아닙니까. 그러므로 우리 후백제의 국사로 들어오셔서 큰 일을 맡아 주실 것을 간곡히 청하옵니다."

"지금 내가 알고자 하는 것은 신라장수 밑에서 하녀 생활하고 있던 너를 나와 종리권선사의 지시로 신라에서 당나라 종남산으로 데려와서 자오곡을 거쳐 소림사로 갔다 황소의 난 이후 양민으로 살아가도록 신신당부를 하였음에도 불구하고 네가 어떻게 견훤의 왕비가 되었느냐는 것이다. 우리가 마지막으로 만난 때는 네가 황소군의 선봉장으로 적고적을 지휘하다가 생포되었을 때다.

생포된 너를 황제 폐하께 이러한 사실을 말씀드려 선량한 양민으로 방면하였고 그때 너와 함께 소림사에서 지냈던 무성이라는 장수도 함께 신라로 돌아간 것으로 아는데…… 오늘날 다시 네가 당나라 적고적을 이 고국 땅에 재건하고 그것도 모자라 신라장수로 있다가 반군의 지방 토호세력 우두머리가 된 견훤의 부인이 된 연고는 무엇 때문이냐?"

"오라버니, 자초지종의 말씀을 드리자면 많고 많은 사연 때문에 길고 깁니다. 요점만 간략하게 말씀드린다면 저는 신라로 돌아와 선량한 양민으로 살아가고자 무척 노력했습니다. 그리고 옛집이 있던 언덕 위의 서당 터에도 갔었는데 집은 불에 타 사라져 흔적도 찾을 수 없었습니다. 신라 백성들은 여전히 장군과 토호들에게 시달리고 농민들은 자식들을 내다 팔 만큼 헐벗고 굶주림에 시달렸습니다. 저는 이러한 현상을 관찰하면서 새로운 정의감이 마음속 깊은 곳에서 솟구치어 도저히 가만히 있을 수가 없었습니다. 핍박받는 농민들과 함께 일어설 수밖에 없었습니다. 바로 그때 견훤장군이 저에게 사람을 보내와 억울한 백성을 위해 큰 일을 같이 도모해 보자고 저를 설득했습니다."

보리의 말을 듣던 치원이 말했다.

"자! 어쨌든 내가 너를 소림사로 보내놓고 처음으로 만난 때가 황소의 난이 절정에 이를 무렵 당나라 고궁이 아니더냐? 폭도들이 고궁의 보물을 약탈하는 것을 막기 위해 내가 고궁으로 달려갔을 때 네가 나타나서 크게 도와주었던 기억이 아직도 생생하구나."

그동안 보리에게 많은 변화가 있었던 것만큼은 분명한 사실이었다. 하지만 치원은 그것을 소상히 알 수가 없어 마냥 마음속으로 답답하기만 했다. 치원을 더욱 곤혹스럽게 만드는 것은, 보리가 견훤의 부인이 된 이상 둘 중 하나가 무너질 때까지 서로 원수로서 창칼을 맞대고 싸우거나 원수지간으로 지내야 한다는 서글픈 현실이었다. 보리는 치원을 다정스럽게 바라보며 무어라 중얼거렸다.

'한때나마 저를 친동생보다도 더 끔찍이 사랑해주었고 돌보아주신 오라버니를 여인의 가녀린 마음으로 연모했어요. 그렇게 연정을 품었던 오라버니가 내 곁에 없다는 걸 느끼는 순간, 저는 오라버니를 향한 그리움이 마음속에서 북받쳐 오르는 것을 억지로 참으며 긴긴 세월을 보냈답니다. 부디, 몸 성히 행복하소서……'

보리는 늘 가슴속에 품고 있던 연정을 차마 입 밖으로 쏟아낼 수가 없어 속으로 생각하며 낮은 목소리로 말했다.

"오라버니, 지난날을 회상하며 감상에 빠지기에는 너무나도 많은 세월이 흘렀어요. 그리고 지금 오라버니와 저는 가는 길이 정반대로 다르답니다. 오라버니는 당에 들어가 하정사로서 맡은 바 책무를 성실히 수행하는 것이고, 나는 여기저기 다니면서 궁예와 왕건의 군사들과 싸워 이기기 위한 군량미와 보급품을 충분히 모아야 합니다. 주어진 의무가 서로 다르므로 자, 이쯤에서 서로 헤어지는 게 좋을 것 같아요."

보리는 다시 머리에 붉은 수건을 두르면서 뒤돌아섰다. 그러면서 칼을 들어 자신의 어깨를 슬쩍 베었다. 그러자 어깨에서 시뻘건

피가 등줄기를 타고 흘렀다.

"오라버니, 마지막으로 한마디만 더 해드린다면 궁예의 부하들이 곳곳에 잠복해 있어 육지로 가면 위험에 처해 질 수 있습니다. 그들로부터 언제 어느 때 또다시 봉변을 당할지 알 수 없으니, 육로를 포기하고 바닷길로 접어드는 것이 안전하다고 생각되오며 제 말을 조금이라도 신뢰한다면 참고하시기 바랍니다. 서해의 섬들 중 영종도나 용유도를 택해서 이동하면 당나라에 빠르게 당도할 수 있으며, 신변의 안전을 꾀할 수 있을 것입니다. 또한 당나라 가는 길에 천기를 잘 살펴보신 후 항해 길을 잡으시고, 하정사로서의 맡은 바 소임을 무사히 마치고 되돌아와서 훗날 다시 뵙기를 학수고대하겠습니다."

보리는 치원의 칼에 베어 어깨를 많이 다친 것처럼 힘겨워하며 계곡 아래로 내려갔다.

"오늘은 내가 패했으니 이만 물러가자."

보리가 패배를 선언하자 부하 장수와 병사들이 어깨가 축 처진 채 발길을 돌려 바람처럼 사라졌다. 그렇게 보리를 따라 일사불란하게 움직이는 적고적의 병사들을 바라보며 치원은 가슴이 아렸다.

치원은 보리가 남기고 간 마지막 말 한마디를 머릿속으로 되뇌었다. 아직도 변함없는 보리의 진심 어린 따스한 손길이 자신을 감싸고 있다는 생각을 하니 당나라로 가는 먼 길이 그리 길게만 여겨지지 않았다. 치원은 시야에서 멀리 사라져 가는 보리를 향해 가만히 고개를 숙였다.

치원은 보리의 말대로 육로를 포기하고 수로를 이용해 영종도에 무사히 잘 도착했다. 풍랑이 심하여 천기를 살펴보니 영종도에서 열흘 이상 머문 뒤 다시 출발해야 할 것 같았다. 그러면서 치원은 적고적에 맞서 싸우다가 부상을 당한 병사들을 직접 치료해 주기 위하여 배가 도착한 바다 옆에서 가까운 을왕산乙旺山 기슭 아늑한 곳에 며칠간 머물기로 하였다.

치원은 산과 들에서 약초를 구해와 부하들을 직접 치료해 주었다. 또 일행의 건강 상태를 두루 확인하고는 당을 향하여 출항 후 바다 한가운데에서 일어날 뱃멀미에 대비해 속을 안정시킬 수 있는 약초를 챙기느라 여념이 없었다. 치원은 충분한 휴식을 취할 겨를도 없이 제물을 정성스레 준비해 천신에게 제를 올렸다.

'우리 일행이 아무런 탈 없이 당나라에 무사히 도착할 수 있게 도와주소서'라고 기도했다.

얼마 후, 하정사 일행은 서해를 안전하게 건너 당에 무사히 도착할 수 있었다. 당 황제를 만나 진성여왕이 보내 준 봉물을 바치면서 자신이 하정사의 소임을 맡은 것에 대해 정중히 아뢰었다.

"신라 대도독 진성여왕이 짐을 잊지 않고 새해를 맞아 봉물을 보내 준 것은 고맙게 생각하오. 그러나 하정사는 잘 들으시오. 그대가 일찍이 황소의 난을 맞아 큰 공을 세움으로써 우리 황실이 이처럼 건재할 수 있도록 노력해 준 것은 가상하고 기특한 일이나, 지금 짐에게 신라를 도와 달라고 한 것은 가납嘉納하기가 매우 어렵소. 원군 일만 명이라니……. 지금은 단 일천 명도 움직일 수 있는 상황이 아니오. 우리 당나라에서도 치안 유지와 내란 억제를 위해서 많은 병력을 다른 곳으로 이동시킬 수 없는 실정이오. 이제 신라에서 어떤 일이 벌어지든 우리가 더 이상 관여할 수가 없게 되었소. 그대도 들어서 알겠지만, 지금 우리 대당도 상황이 여러 가지로 어지럽고 시끄럽소. 강남은 강남대로 시끄럽고 북쪽은 북쪽대로 어지럽소. 그래서 우리 절도사들은 이 황실에 충성하는 일만으로도 하루하루가 벅찬 형편이오. 이런 구체적인 내용까지 짐이 그대에게 말할 내용은 아니나 그대가 우리 선대로부터 사랑을 받고 자금어대까지 하사받은 것을 생각하여 설명해 주는 말이오. 지금 짐에게 봉물을 가지고 오는 하정사가 그대 한 사람뿐이 아니라는 것이오. 일찍이 발해는 백산에서 큰 재난이 일어났음에도 불구하고 그 어려움 속에서도 애써 봉물을 보내 왔고, 궁예라는 자는 그대의 나라 북쪽에서 난을 일으켜 지금은 스스로 대도독을 자처하며 봉물을 보내 왔소. 뿐만 아니라 그대의 나라 서남쪽의 무주에서도 견훤이라는 자가 후백제왕이라 자처하며 봉물을 보내 왔소. 내가 먼 길을 달려온 그대에게 옛정을 생각하여 한마디를 더 하겠소. 하루 빨리 돌아가서 그대의 왕에게 전하시오. 신라 스스로 힘을 길러 여러 곳에서 나라를 세운 자를 하루 빨리 제압할 수 있기를 바란다고 전해주시오."

당 황제가 이처럼 완강히 거절하자, 더 이상 희망의 불빛이 보이지 않는다는 것을 느낀 치원은 견딜 수 없는 열패감과 부끄러운 마

음을 달래며 황제 폐하께서 보잘 것 없는 소인에게 세세하게 말씀
해 주신 은혜에 감사하다는 정중한 예를 올리고 황궁을 빠져 나와
신라로 발길을 돌렸다.

치원은 돌아오는 길에 뜨거운 눈물을 하염없이 흘리며 힘 없는
나라의 서러움에 못 이겨 처절한 몸부림을 쳤다.

신라로 돌아온 치원은 당나라에서 겪었던 수모를 일일이 왕에
게 보고하지는 않았지만 당나라 역시 평온하지 못함을 여왕에게
아뢰고 궁궐을 나와서 하정사 시절 있었던 것을 잊기 위해 태수의
직무에만 전념했다.

치원은 전쟁 중에 부모를 잃은 아이들과 지아비를 잃은 아녀자
들을 한곳에 모아 먹이고 입히는 일에 진력했고, 자식을 잃고 오
갈 데 없는 노인들을 위한 공간을 마련해 봉양하고, 몸이 아파 고
통을 호소하는 병자들을 돌보는 일에 몰두했다. 그리고 틈나는 대
로 성주사로 내려가 낭혜 화상의 비를 세우는 일에 온 힘을 기울
였다.

성주산 계곡에 고즈넉이 자리한 성주사는 수도승이 삼백 명에
이르고 승군이 팔백 명이나 되었다. 아침저녁이면 쌀 씻은 뜨물이
성주천을 따라 십 리나 흘러간다는 말은 결코 헛소문이 아니었다.

치원은 이러한 난세에 지나친 불사를 하는 진성여왕이 못내 안
타까웠다. 그러나 자신의 과오를 깨닫고 부처님에게라도 의지해
난국을 헤쳐 나가려는 여왕의 간절한 소망을 외면할 수 없었다.

진성여왕 재위 6년이 되는 이른 봄, 최치원은 마침내 그 비를 완

성했다. 다행스럽게도 때마침 당나라로 유학을 떠났던 치원의 사촌 동생인 언위가 하늘의 별따기만큼 어려운 빈공과 과거시험에 합격하고 돌아왔다. 치원은 반가운 마음에 돌아온 언위를 불러 나라의 주요 업적 중 하나인 비문 제작의 총 지위를 맡김과 동시에 비문의 글씨를 쓰게 했다.

비가 완성된 후 보름 정도의 시간이 흐르자 서라벌에서 연통이 왔다. 반야 부인이 사람을 보내 호몽이 셋째 아이를 순산했다는 것을 알려 주었다. 치원은 하던 일을 잠시 멈추고 서라벌을 향해 허리를 굽히며 호몽의 순산을 기쁜 마음으로 받아들였다.

진성여왕의 명을 받아 당나라의 하정사로 떠날 때 호몽의 배가 제법 불러 있는 것을 보았다. 그런 호몽을 연로한 어머니에게 맡겨 두고 먼 길을 떠나는 것이 내심 마음에 걸렸었다. 또 신라로 돌아와서도 태수의 소임에 전념하느라 미처 챙겨 주지 못한 것을 안타까워하던 터에 이처럼 기쁜 소식을 들으니 치원은 그간의 모든 시름이 말끔히 사라지는 것을 느꼈다.

치원은 백제 불교의 극치를 자랑했던 아름다운 미소를 생각하며 딸의 이름을 은미殷微라고 지어 주었다. 치원은 하루하루 힘겨운 나날을 보내면서도 아들 은함과 딸 은피와 은미를 생각하며 마음의 위안을 삼았다.

그로부터 세월이 한참 흘렀다. 최치원은 여왕의 부름을 받고 다시 서라벌로 향했다. 월성에 들어가며 치원은 무거운 마음을 추스렸다. 여왕의 용안은 그새 더욱 형편없이 변해 있었다.

"오라버니, 이제 지방에는 가지 말고 왕실에 머무르면서 제 곁을 좀 지켜 주시오."

긴 시간이 흘러 치원을 본 여왕은 기력이 떨어져 몸조차 제대로 가누지 못한 채 뜨거운 눈물을 하염없이 흘릴 뿐이었다.

"무엇이 그토록 마마를 불안하게 하는 것이옵니까? 소신이 마마의 불안한 마음의 병을 치료해 드리겠나이다."

치원이 여왕에게 가까이 다가가 두 손을 그러쥐었다.

"처정관동행 심소심락법……. 마마, 숨을 쉬는 순간순간 한시도 이 글자를 마음에서 내려놓지 말고 주문을 외우듯이 이 말을 계속 하시면 두려움과 불안한 마음이 사라지게 되어 옥체를 평안히 할 수 있을 것이옵니다."

그러면서 치원은 입을 다물어 윗 이가 살짝 보이게 하면서 아랫입술 끝부분을 살짝 깨무는 모습의 미소를 지어 보였다.

"소신처럼 입 모양을 이렇게 하면서 늘 웃으셔야 합니다. 이 모습이 심소심락법을 실천하는 모습이옵니다. 스스로 마음을 정지시키고, 항상 미소를 지어 웃게 되면 마음속에 있던 망상들이 없어져 무상 공허하게 되어 분별하기 이전의 본래 마음자리로 돌아가게 되는 것이옵니다. 그리 하면 만병이 치료되므로 심소심락법은 만병통치약이 되니, 호흡할 때마다 명심하고 주문을 외우듯이 실천하소서."

치원은 여왕의 손을 꼬옥 쥐고는 다시 한 번 시범을 보여 주었다. 여왕은 치원의 입 모양새를 보고 모처럼 환하게 웃었다. 그러면서 자신도 치원과 똑같이 입을 다물고는 입술 끝부분을 쫑긋 올리며 미소를 지어 보였다.

'처정관동행 심소심락법……'

그 모습을 곁에서 지켜본 치원은 매우 흡족해하며 고개를 끄덕였다. 그렇게 서로 마주보며 실컷 웃고 난 뒤 치원은 여왕에게 성주사에 있는 낭혜 화상의 비문을 전했다.

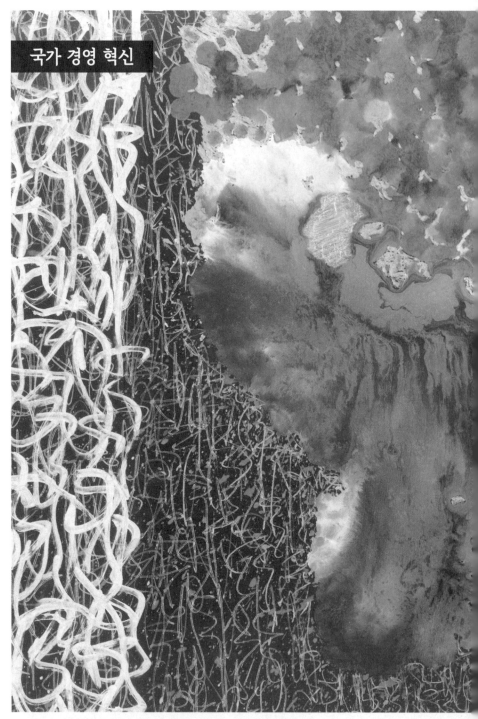

국가 경영 혁신

국가경영 혁신의 중요성을 형상화한 이미지. 최치원은 진성여왕에게 과거제도의 도입과 노비제도의 개혁 등을 골자
로 한 '시무십조'를 건의하며 꺼져 가는 통일신라의 불씨를 되살리려 노력했다.

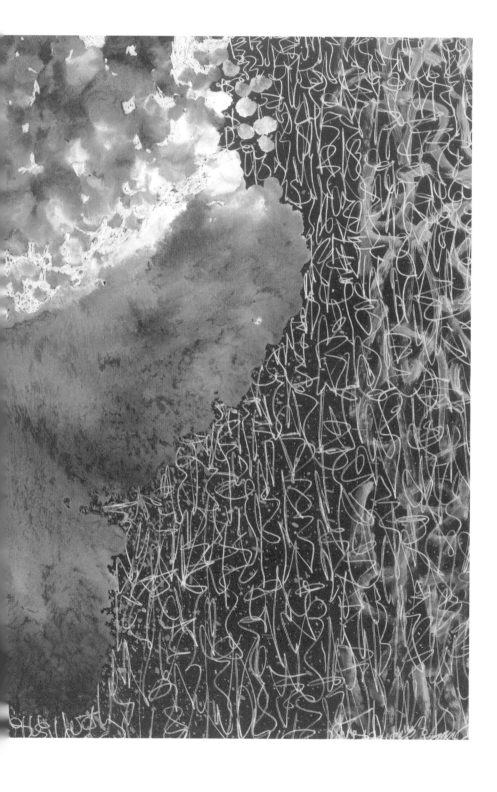

시무십조 時務十條

이른 아침부터 치원의 집에는 사람들로 북적였다. 사람들은 저마다 형편에 맞게 곡식, 생선, 고기 등을 수레나 손에 가득 들고 왔다. 최치원이 서라벌로 돌아왔다는 소문이 퍼지자, 서라벌 사람들 모두 그동안 치원의 행적을 치하하기 위해 몰려든 것이다.

치원은 그동안 부성군 태수로 있으면서 후백제 군대와의 싸움을 피하고 백성들을 안전하게 보호했다. 영종도 서해 용왕님께 기도드리면서 무사히 어려운 뱃길을 더듬어 당나라에 하정사로 다녀왔고, 성주사에 낭혜화상비를 세웠다. 그러자 여왕은 치원에게 월성으로 돌아와 자신을 보필하며 쉴 것을 권했다.

사실 치원도 젊은 나이에 외지의 태수로 나가 이런저런 일을 하다 보니 체력이 많이 소모되고, 그 어렵다는 '진감비', '숭복비', '낭혜비'에 매달려 힘을 쏟고 나니 잠시라도 쉬고 싶다는 마음이 간절하던 터였다.

그래서 여왕의 뜻을 받들어 서라벌로 돌아온 것이다. 특히나 치원은 서라벌에 머물며 어머니를 모시고 그동안 자식으로서 못다 했던 효도를 한없이 해 보고 싶었다. 그렇게 해서 서라벌로 돌아오자, 치원에게 인사를 하러 오는 백성들은 그냥 오지 않고 저마다 형편대로 다양한 물건을 들고 와 마당에 가득 쌓아 놓았다.

그 많은 물건을 어찌 처리할까를 고민하던 치원은 문득 미탄사가 머리에 떠올랐다. 외지로 나가며 자신이 맡기고 간 이백 명의 젊은이들이 그동안 미탄사에서 축낸 양식도 적지 않았을 거라는 생각이 들었다. 자꾸만 마음에 걸렸던 터라 백성들이 주고 간 양식들을 모두 시주하기로 했다.

시주를 위해 미탄사를 찾아간 치원은 넓은 공터에 천막을 치고 커다란 가마솥을 걸었다. 여기저기 걸린 가마솥에서는 밥과 국이 끓으며 맛있는 냄새가 진동하여 혀끝을 자극하고 있었다. 치원은 미탄사 근처에 머물고 있는 노인들과 걸인들을 불러 그 음식을 대접했다.

"미탄사 근처에만 가면 하루 종일 밥을 먹고 즐겁게 놀 수 있대."

이러한 소문은 밥을 끓이는 구수한 냄새보다 더 빠르고 멀리 퍼져 나갔다. 이윽고 서라벌의 젊은이들이 모두 미탄사 앞 광장에 모여 밤마다 흥겨운 축제를 벌였다. 어떻게 알았는지 처용 내외도 찾아와 아예 가설무대를 만들어 밤마다 춤을 추자, 젊은이들은 그 처용 내외의 춤에 맞춰 밤새도록 먹고 마시며 흥겹게 놀았다. 얼마 후에는 궁에서 피루즈 왕자와 아령 옹주도 나와 젊은이들과 어울리며 즐거운 시간을 보냈다.

뿐만 아니라 감포와 개운포에 들어와 있던 왜인들도 악단을 끌고 들어와 밤새워 흥을 북돋아 주었다. 그리고 대진사의 경교 신자들 중에서 젊고 아리따운 여인들이 합창단을 만들어 경교 찬미가를 불러 주었다. 이를 계기로 경교에 대해 소상히 알게 된 서라벌의 많은 젊은이들이 경교 합창단에 가입하고자 줄을 섰다.

마르코 수도사와 밀리엄 수녀가 벽에 흰 천을 걸고 밤마다 그림자극을 공연했으니 경교에 대한 서라벌 사람들의 관심은 나날이 높아졌다.

그런데 얼마 후 미탄사 광장에 커다란 방문이 붙었다.

신라는 당에 비하면 커다란 고목에 붙어 있는 매미와 같은 나라다. 그런데 이런 작은 나라에서 우리의 젊은이들이 세계의 젊은이들과 어깨를 겨루어 당당히 장원 급제를 하거나 우수한 성적으로 합격한 인재들이 있다.

그 첫째가 문장과 도술에 능한 최치원이요, 둘째가 도술로 당에서 인정받은 최승우이며, 셋째는 필체가 훌륭한 최언위이다. 이 세 천재는 모두 어린 나이에 당으로 건너가 최승우를 제외하고 모두 십 년을 넘기지 않고 빈공과에 합격했다. 일찍이 없었던 경사 중의 경사다. 이제 서라벌에는 최치원, 최승우, 최언위에 이르는 삼최시대가 활짝 열려야 한다.

마땅히 국가에서는 이 세 천재들을 받아들이고 그들의 시대를 왕실에서 열어 주어야 한다. 다만 최치원 태수는 그동안 한림학사의 본분을 훌륭히 수행했고 태산군, 부성군에 나아가 백성들을 위해 몸소 민생 안정을 도모하며 실학사상을 기본으로 삼아 근무하는 곳마다 선정을 베풀었다.

살아 있는 태수의 선정과 공덕을 높이 평가하며 후세에 길이 남겨 놓기 위해 백성들이 합심하여 선정비를 세웠다. 두 고을에서는 어린이와 노인 그리고 젊은이들이 해야 할 일이 무엇인가를 깨닫고, 더 이상 이론이나 이념논쟁, 즉 현실사회에 방황하지 않으며 자기 자신들의 꿈과 희망을 실천하려는 의지로 삶의 기쁨을 만끽하고 즐거워하고 있다.

이제 당에서 갓 돌아온 최언위와 행정경험이 풍부한 최치원과 최승우 두 천재를 더하여 삼최시대를 열어가자. 가자 월성으로! 가서 여왕마마께 이 사실을 고하고 우리 신라를 통일 초기의 하나된 신라와 같이 다시 부강한 일등 국가로 만들기 위하여 함께 노력하자. 지금 변방에서 스스로 장군이니 대도독이니 하는 도둑의 무리가 기승을 부리고 있다. 심지어 스스로 왕을 자처하는가 하면 왕이라고 자처하는 자가 백성을 위한다고 거짓 주장을 하고 있다. 반역의 무리들이다. 그들도 우리 삼최의 학문과

공덕을 존중하고 여왕마마의 성은을 햇볕처럼 받아들여
개과천선하여 새로운 세상을 열기 바란다.

서라벌 젊은이들은 모두 그 방문을 보았다. 그때 마침 최승우와
최언위가 치원의 집에 들러 지난날을 회고하며 모처럼 담소를 나
누고 있었다.

백성들은 대나무와 굴참나무로 가마 세 개와 들것을 만들어 치
원의 집으로 향했다. 쳐들어가듯 치원의 집에 도착한 젊은이들은
다짜고짜 세 명의 최씨를 가마에 태웠다. 제일 앞에 최치원, 두 번
째 가마에는 최승우, 그리고 마지막 가마에 최언위를 태웠다. 들것
에는 음식물과 지필묵을 실었다. 그리고는 조금의 망설임도 없이
월성을 향해 달렸다.

최치원을 비롯한 최승우와 최언위는 느닷없이 벌어진 상황에
놀라 무어라 말도 못하고 젊은이들이 시키는 대로 가마에 올라 타
게 되었다. 젊은이들이 이끄는 가마는 월성으로 향했던 것이다.

이윽고 삼최가 탄 가마가 월성 앞에 도착했다. 성문을 지키던
금군들조차 어찌 할 바를 몰라 허둥대며 성문을 열지 못한 채 넋
을 놓고 있었다. 그때 성루에서 웬 여인의 카랑카랑한 목소리가
하늘을 찔렀다.

"성문을 열어 주거라! 그 대신 삼최만 들어오너라."

부호 부인이 말했다. 그녀는 성루에 서서 삼최를 노려보며 아
주 못마땅하다는 표정을 지었다. 그러자 가마를 메고 왔던 젊은이

들은 월성의 금군들을 자극하지 않고 조용히 물러나 성문 곁에서 불을 지폈다.

사실 그 가마를 메고 온 젊은 사내들은 미탄사의 승군이라고 할 수 있는 왕거인의 부하들이었다. 모두들 화랑 출신의 미탄사 승려들에게 왕거인이 눈짓을 하자 그 말에 따른 것이다.

왕거인은 이전에도 조정대신과 탐관오리들의 부정부패를 보고 울분을 참지 못해 격문을 써서 백성들에게 알린 사실을 다시 한번 환기시키고자 무너져 가는 서라벌 왕실을 책임지고 재건할 수 있는 인물은 당에서 과거에 합격해 많은 행정경험을 한 최치원과 최언위, 공명정대한 최승우를 중심으로 개혁해야 한다고 주장하였다.

여왕은 옥좌에 앉아 있었고 부호 부인은 바로 그 곁에 자리를 잡고 앉았다. 평소 여왕을 가까이에서 모시는 세 명의 사내들인 관일, 파랑, 승냥이 여왕의 뒤편에 섰고 부호 부인을 섬기는 또 다른 화랑 다섯 명은 그녀의 곁에 여인처럼 다소곳이 앉아 있었다.

최치원, 최승우, 최언위가 여왕 앞에 엎드려 절을 올렸다. 그러나 치원을 바라보는 여왕의 눈빛이 여느 때와 달리 사뭇 긴장된 모습이었다.

"그대들이 당에 들어가 급제하고 돌아온 것은 우리 신라의 자랑거리이자 영광이오만, 우리 신라는 그대들이 아는 것처럼 보통 나라가 아니라 신의 나라요. 상대에서는 성골만이 이 나라를 지배해 왔고, 중대에 이르러 진골이 왕통을 이어 왔소. 이처럼 성골과 진골이 옥좌를 지켜 온 그 전통을 어찌할 수야 없지 않겠소? 그럼 여기에 어떤 개혁을 가하여 이 나라를 새롭게 할지 좋은 의견이 있으면 세 천재들이 기탄없이 말씀해 주시기 바라오."

부호 부인은 쌀쌀하게 말을 이어가며 삼최를 마음속으로는 비웃고 있었다. 옥좌에 앉아 있는 여왕마저 이들이 못마땅하다는 듯 냉소만 보내고 있었다.

하지만 난데없이 벌어진 일에 대해 미처 정신을 가다듬을 겨를이 없었던 삼최는 그저 서로 묵묵히 바라볼 뿐 누구 하나 선뜻 나서지 못하고 있었다.

"소신은 오랫동안 당에 머물며 최 한림학사와 함께 종남산에서 도를 닦은 바 있고, 비교적 오랫동안 황소의 난을 비롯한 당의 전장을 누볐습니다. 황소의 난이 일어나 금방 어찌 될 것 같았던 저 당나라 황제가 세상을 뜨자, 다시 소종 황제께서 보위에 오르시어 평상심을 찾고 있지 않사옵니까? 그 이유는 대신들이 모두 자신의 맡은 바 임무를 철저히 잘 해 나갈 뿐만 아니라, 각 지방의 절도사들도 한결같이 자신의 직무에 충실하기 때문입니다. 그런데 오늘날 우리 서라벌은 어떠하옵니까? 첫째, 왕실의 권위가 땅에 떨어지고 있습니다. 우리 여왕마마께서는 상대등이 살아 계실 동안은 비교적 정사에 진력하시고 상대등과 함께 바른 정치를 하셨다고 하겠으나, 그 후에는 국정 운영의 방향을 잃은 채 불안에 떨고 계십니다. 국정은 반드시 상대등 이하 여러 조정 대신이 합리적으로 정책을 결정하여 일사불란하게 추진해 나가야 되는데, 소신이 보기에 지금은 전혀 그렇지가 못한 듯하옵니다."

성질이 급한 최승우가 먼저 나서서 마음속 이야기를 모두 꺼냈다.

"그렇지가 못하다니?"

부호 부인 역시 성질이 급해 미간을 찌푸리며 최승우의 말머리를 잘랐다.

"유모, 젊은이들의 뜻을 잠시 더 계속해서 들어 봅시다."

여왕이 애써 미소를 지으며 부호 부인을 제지했다.

"민심은 천심이라 했고, 발 없는 말이 천 리를 간다 했사옵니다. 백성들이 아무것도 모르는 것 같지만, 이 궁궐 내에 일어나고 있는 일들 하나하나가 입소문을 통해 퍼져 나가 신라의 모든 백성이 다 알고 있습니다. 소신이 직언을 드리자면 현재 부호 부인과 부호 부인을 둘러싸고 있는 다섯 명 이상의 신하들이 국가와 백성의 이익은 전혀 생각하지 않고 오직 사익만을 챙기면서 국정을 농단하고 있사옵니다. 뿐만 아니라 여왕마마를 보좌하고 있는 세 사람의 총신들도 역시 월권 행위를 서슴치 않고 있습니다. 각 포구의 이권을 독점하는가 하면, 왕경에서 특히 당나라로 들어가는 서해의 각 포구로 이어지는 도로나 건축물에 대한 이권을 장악하고 있습니다. 또한 각종 허가권을 독점하여 소금이나 철광석 같은 국가 중요 필수품을 매점매석하며 이득을 챙기고 있습니다. 여왕마마, 당나라에서 황소의 난이 왜 일어났는지 아시옵니까? 바로 이 소금과 철에 관한 독점권을 특정인이 좌지우지했기 때문이옵니다."

얼굴을 붉히며 여왕에게 직언을 퍼붓는 최승우의 목소리는 그 어떤 광풍보다도 세차게 몰아쳤다.

"최승우 진사, 여왕마마 앞에서 그 무슨 과격한 언사인가? 곁에 있는 최언위에게도 발언할 수 있는 기회를 주게."

여왕의 표정이 굳어지는 것을 알아차린 치원이 서둘러 최승우의 입을 가로막았다.

"최승우 진사가 아뢴 바와 같이 국가의 이권을 특정인들이 독점하고 부와 특혜를 특정인들만이 지배하여 혜택을 보는 것은 분명히 잘못된 일이옵니다. 그러나 그것보다 더 시급한 것은 인사의 문제입니다. 당에서는 옛 한나라 고조 때부터 황실에서는 왕권만을 내 놓고는 재상직부터는 천하의 인재를 과감히 등용하였사옵니다. 그러나 이 좁은 신라에서는 골품제라는 미명하에 상대등이나 육등급 이상의 관직을 진골들만이 독점하고 있으니, 이 얼마나 불공평한 인재등용이라 하겠사옵니까? 그래서 오늘, 우리 삼최는 젊은 이들에게 인질과 다름 없이 이끌려 오면서 잠시 동안 협의하여 여왕마마에게 올리고자 하는 상소문을 준비하여 가져왔습니다. 그 상소문을 여왕마마에게 정식으로 올릴 것이옵니다."

최승우와 달리 최언위는 자리에서 조용히 일어나 비교적 공손한 태도로 아뢰었다. 그때 대궐 밖에서 갑자기 시끄러운 소리가 어전까지 파고들었다.

"삼최의 시대를 열어 줘라! 삼최가 건의하는 국가 개혁의 밑그림을 즉각 이행하라! 여왕마마 만세! 간신들이여, 여왕마마의 총기를 흐리지 말거라!"

성문 밖에서 불을 지피며 노닥거리던 왕거인의 부하들이 큰 소리로 궁궐 안에서 들을 수 있도록 외쳤다. 그 소리를 들은 부호 부인은 얼굴이 붉으락푸르락하여 어전을 이리저리 어지럽게 오갔다. 다섯 명의 화랑 역시 부호 부인을 호위한 채 씩씩거리며 분함을 참지 못했다.

"부호 부인, 지금까지 법도에 의해 월성을 무탈하게 잘 지켜 온 부인을 저자들이 능멸하고 있습니다. 누가 이권을 독점했으며, 누가 여왕마마의 총기를 흐렸단 말입니까?"

결국 화랑 하나가 매우 못마땅한 얼굴을 드러내며 금세라도 뛰쳐나가 왕거인 부하들의 목을 칼로 베어 버릴 듯 몸을 부르르 떨었다.

"최치원 태수, 준비해 온 상소문이 있으면 가까이 와서 짐에게 전해 주시오."

사태가 점점 심각해지고 있음을 간파한 여왕이 조용히 입을 열었다. 최치원이 자리에서 일어나 여왕에게 공손하게 삼배를 올린 뒤, 가슴 깊은 곳에 품고 왔던 붉은 비단에 적힌 상소문을 올렸다. 여왕은 내시령內視令(신라 왕실의 비서실 직책)에게 일러 최치원이 올린 상소문을 큰 소리로 읽도록 했다.

먼저 올리고자 하는 말씀은, 왕도를 굳건하게 지키기 위해서는 그 무엇보다도 중요한 것은 인사의 형평성에 있습니다. 인재를 널리 구하시어 귀하게 쓰는 것이 국가 융성의 지름길일 것입니다.

일찍이 한나라에는 명신인 한신韓信, 조참曹參, 장량張良을 비롯해 위·진시대의 왕도王導, 손작孫綽, 공유孔愉 등이 있습니다. 이들은 대체로 재상의 직위에 올랐으며 또한 제후에 봉해진 일도 있습니다. 모두 오로지 자신이 가지고 있는 학문이나 무예의 능력을 발휘하여 고위직에 오를 수 있었습니다.

허나, 이들에 대해 좀 더 심도 있게 세세히 살펴보면 경이로운 점을 발견할 수 있습니다. 그것은 바로 그들이 황족 출신이 아니라는 점입니다. 더구나 덕망이 있는 명문가의 출신도 아니고, 오로지 국가에 대한 충성심 그리고 뛰어난 학문과 무예에 의하여 발탁되었다는 공통점이 있는 것입니다.

특히 한신은 비천한 가문에서 태어나 오로지 칼 하나에 의지하고 황실에 대한 충성심으로 백성들을 자기 몸처럼 아껴 잘 보살펴 줌으로써 자기가 태어나서부터 생활해 왔던 나라의 제후가 되었습니다. 또 조참은 지방의 옥사를 관리하던 말단 옥리獄吏에 불과했으나, 유방이 거병하자 기꺼이 그를 따라 나서 몸 구석구석에 칠십 군데의 상처를 입고도 끝까지 싸워 살아남은 까닭에 재상이 되었습니다.

또한 장량은 명문가 출신으로 훌륭한 가문을 가지고 있었으나, 한때는 시황제를 습격하여 역적의 신세가 되어 숨어 살기도 했습니다. 그러면서 백성들을 자기 형제처럼 잘 보살펴 주며 의를 위해서 싸우다가, 한나라 고조인 유방의 전략가이자 장자방이 되어 공신의 반열에 오르고 이어 재상에 올랐습니다.

그러나 새로운 한나라가 세워진 이후 간신들은 한나라의 몇 백년대계를 이어가기 위하여 전쟁터에서 항우 왕을 죽이고 전공을 가장 많이 세웠던 한신 제후를 그대로 살려둔다면 다음 황제 계승이 어려워질 수 있다고 황제에게 은밀히 간청하였습니다.

황제는 간신들의 말만 믿고 한신 제후를 황궁에 혼자 입궁하도록 지시하였습니다. 한신 제후의 책사는 황궁에 절대로 혼자 가지 말라고 간곡히 권유하였지만 한신 제후는 유방 황제와 전쟁터에서 동고동락하면서 지켜본 황제를 너무나 신뢰하였기에 부하 책사의 말을 믿지 아니하고 황궁에 혼자 들어갔다가 비참한 죽음을 맞게 됐습니다. 이러한 고사를 보더라도 간신배들을 중요 보직에 앉혀서는 절대로 아니 될 것입니다.

진나라 왕도 역시 보잘것 없는 가문의 출신이었으나 나라에 공을 세워 재상이 되었고, 손작은 주로 학문과 불도에 뜻을 두었으나 국가의 부름을 받아 재상의 자리에 올랐습니다. 또한 공유는 미천한 집안의 출신이었으나, 승상의 군사가 되어 적을 토벌한 공로를 인정받아 조정 대신의 반열에 오르게 된 것입니다.

이처럼 재상이나 대신이 되는 데에는 그 출신이 무엇이냐, 하는 것을 당에서는 전혀 문제 삼고 있지 않습니다. 오로지 국가에 대한 충성심과 국가가 위급한 경우에 이르렀을 때 어떤 공을 세웠느냐, 하는 기여도에 의해 재상이나 왕사도 될 수 있고 대신도 될 수 있는 것입니다.

그렇다면 전시가 아닌 평상시에는 어떻게 인재를 구할 수 있겠습니까? 그것은 공개 경쟁 과거제도를 통해서만이 가능할 수 있습니다. 현재 당에서는 심지어 서역이나 동방에서 온 외국인에까지 과거의 문을 열고 널리 인재를 구하고 있습니다. 따라서 신 등은 이 모든 문제를 열 가지로 정리하여 시무십조時務十條를 올리는 바입니다.

"지금부터 내시령은 시무십조를 정확하게 읽으라. 그 내용을 부호 부인과 화랑들도 정신 차려 듣도록 하시오! 엄중한 국사를 논하고 집행해 가고자 하는 중차대한 시기에 주위를 산만하게 하고 경솔히 듣는 자는 과인이 용서치 않을 것이오."

내시령의 낭독이 길어지자 부호 부인은 짜증을 내고, 화랑들 역시 하품을 하며 자세를 흩트리고 있었다. 이 모습을 본 여왕이 뜻밖에도 호령하며 최치원이 올린 시무십조에 대해 관심을 기울였다.

그러자 그토록 기세등등하던 부호 부인도 긴장하고, 화랑들도 옷깃을 여미고는 똑바로 서 있었다. 내시령은 다시 목청을 가다듬어 최치원이 올린 시무십조를 더 큰 소리로 또다시 읽기 시작했다.

첫째, 왕권을 강화해야 한다.

그동안 삼대에 이르러 대왕마마들이 일찍 붕어하시고, 그 뒤를 이어 어린 나이에 보위에 오르신 관계로 상대등께서 부득이 섭정을 해 오셨다. 그러나 이제는 대왕마마께서도 보위에 오르신 지 5년이 넘었고, 그 경륜 역시 뛰어나시어 대왕마마 주변을 정리할 필요가 있다. 이제 그 누구도 대왕마마의 왕권을 참칭해서는 안될 것이며, 또한 월권을 하여 불필요한 이득을 챙겨서도 안될 것이다. 따라서 모든 국가 정책의 근원은 옥좌가 되어야 할 것이며, 그 어떤 사사로운 인연으로도 왕권에 도전해서는 안될 것이다. 즉 왕권이 바로 서야 국가가 바로 설 수 있는 것이다.

둘째, 과거제도를 즉각 실시해야 한다.

현재 당의 황실에서는 천 년 이전부터 과거제도를 실시하여 신분을 묻지 않고 과거에 합격한 자를 등용하고 있다. 백성들이 가지고 있는 능력과 국가에 대한 충성심 하나로 대신이 될 수 있으며 또 재상의 자리에도 오를 수 있다. 하여 우리 신라도 이제는 골품제도를 폐지하면서 진골의 영역은 일부 남겨두되, 과거로 발탁된 인재가 재상이 될 수 있는 길을 열어 놓아야 할 것이다.

셋째, 하급 귀족들의 충성심을 존중해야 한다.

우리 신라의 역사에서 보았듯이 육두품은 득난이며, 진골에서도 강등이 되어 육두품, 오두품이 되는 경우가 있었다. 따라서 육두품과 오두품의 직위를 보장하고 육두품과 오두품의 경우에도 국가에 큰 공을 세워 능력 있는 자는 상대등이 될 수 있는 길을 열어 놓아야 할 것이다.

넷째, 장군의 칭호를 엄격히 해야 한다.

현재 서라벌에 있다가 지방으로 내려간 군벌들 중에 사병의 수가 천 명을 넘으면, 스스로 장군이라 칭하고 지방 토호들과 결탁하여 신분 상승을 꾀하는 자들이 많다. 장군의 칭호는 반드시 왕권에 의하여 주어져야 한다.

다섯째, 지방 토호의 발호를 금해야 한다.

현재 서라벌에 있다가 지방으로 내려간 벼슬아치 중에 땅을 많이 소유할 뿐만 아니라 소, 말, 돼지 같은 가축을 많이 키우는 자들이 있다. 이들은 자신이 가진 재물을 이용하여 현지의 장군들과 결탁하여 지방의 토호로서 행세하고 있다. 이렇게 지방 토호가 발호하게 되면 왕권의 신성함을 저해하고, 또 비리가 발생할 여지가 많으므로 지방 토호의 발호를 법으로 엄격히 금해야 한다.

여섯째, 조세제도를 대대적으로 고쳐야 한다.

지금 농민들과 천민들은 소출과 노역에 의해 엄격하게 조세를 내고 있다. 그러나 정작 조세를 많이 내야 할 장군들과 지방 토호들은 소출과 수입을 숨겨 엄청난 조세를 포탈하고 있다. 나라에서는 수입과 재산 또는 소득증가분을 정확히 관리하여 법이 정한대로 조세를 공정하게 거두어들임과 동시에 원천적으로 조세가 국가와 백성들을 위하여 정확히 관리 사용할 수 있도록 투명한 조세제도를 정착시켜야 한다.

일곱째, 사병의 수를 제한해야 한다.

현재 재력과 힘만 가지고 있으면 천 명 이상도 거느릴 수 있는 사병제도는 위험천만한 것이다. 이것은 왕권에 대한 도전이 될 수 있음은 물론 반역을 일으킬 수 있는 물리적 기반이 될 수 있다. 사병의 수를 오백 명 이하로 줄이고, 이에 대해 중앙에서 철저히 관리하고 통제해 나가야 한다.

여덟째, 토지 소유의 상한제를 정해야 한다.

현재 장군이나 지방 토호는 기왕에 가지고 있던 토지 외에 전승이나 국가적인 공로에 의해 계속 봉토를 늘리고 있다. 따라서 한 사람이 만 보 이상은 가질 수 없도록 토지의 소유 상한선을 정해야 한다.

아홉째, 노비 소유의 상한제를 정해야 한다.

현재 지방의 장군이나 토호들은 자신들이 가지고 있는 곡식이나 가축을 가난한 이들과 천민들에게 빌려 주었다가, 그들이 기일 내 미처 갚지 못할 때에는 그들의 어린 자식들마저 함부로 잡아들여 노비로 삼고 있다. 이것은 천륜을 어기는 것이며, 또한 신의 나라인 신라의 위상을 현격히 저하시키는 비열한 짓이다. 따라서 노비 소유의 상한선을 백 명 이하로 급속히 줄여야 한다. 또한, 노비를 사사로이 사고파는 행위를 금지시켜야 한다.

노비도 인간이다. 인간이 인간을 사고파는 일은 천륜에 어긋나며 인륜에 어긋나는 일이다. 어버이와 자식을 인위적으로 떼어 놓고, 돈이나 재물을 갚지 못한다는 이유로 인간이 인간을 사고파는 것은 신의 나라에서 도저히 있을 수 없는 일이다. 이에 따라 노비를 사고파는 모든 행위를 나라법으로 엄격히 금해야 한다.

열째, 사람 간의 재산 거래에 대해서는 형벌을 주지 말고 재물로 반드시 변제시키는 제도를 만들어야 한다.

사람과 사람 간의 재산 거래는 상호간 이익을 추구하기 위해서 재산을 빌려주거나 쌍방 투자하는 것이다. 투자 또는 빌려주는 자는 우월적 지위에 있으므로 스스로가 투자를 제안한 사람이나 빌려쓰려고 한 사람의 신용과 재산 상태를 면밀히 관찰하고 검토한 뒤에 담보나 차용증을 필히 확보한 다음 본인 판단하에 재산을 빌려주거나 투자하는 제도를 시행해야 한다. 신용으로 해주었거나 담보증서를 받고 해준 주된 책임은 투자자 또는 빌려준 자에게 모두 존재하고 있다. 그러므로 채권확보 등을 본인 스스로 판단 결정한 사실에 대하여 약자 입장에 처해 있는 투자받은 자나 빌려 쓴 사람에게 국가가 신체적 형벌을 주는 것은 공평하지 못한 것이다. 왜냐하면 국가 공권력을 가진 자 마음대로 진실과 거짓으로 구분 결정하는 것은 신이 아닌 이상 정확히 구분할 수 없다. 신체적 형벌을 주지 아니해야 하므로 채권자와 공권력 집행자 사이의 음성적인 부조리를 사전에 예방할 수 있다. 그러므로 직권남용도 행사할 수 없다. 백성들 스스로가 채권 확보를 하기 위하여 법률 전문 지식인이나 현자들로부터 교육을 받거나 도움을 받아 해결하게 되므로 고발·고소 등이 없어지게 된다.

국민이 국가에 낸 세금으로 채권자 또는 투자자 개인 재산을 보호해 주는 것은 가진 자를 보호하고 약자를 더욱 못살게 하는 부익부빈익빈富益富貧益貧을 유발시키는 잘못 만들어진 사법제도이다. 그러므로 고발·고소 처리에 소비되는 나라 세금을 다른 곳에 효율적으로 사용할 수 있다.

그러나 빌려 쓴 자 또는 투자받은 자의 재산 상태를 공권력 집행자가 철저히 조사하여 원상회복시켜 주던지 재산은닉과 같은 범죄 행위에 대하여 무거운 형벌을 주는 사법행정개혁이 반드시 뒷받침되어야 한다.

하신이 20세 젊은 나이에 당나라 양주 율수현 현위로 근무할 당시 쌍녀자매 영혼에게 시문을 지어주면서 대화한 행정경험담 하나를 말씀드리겠습니다.

"쌍녀자매는 선비인 아버지의 재물거래 때문에 황소 장군(당나라 희종 황제 때 황궁을 잠시 점령한 자)의 노비가 되었다가 술집에 팔려 노예 생활을 하던 중, 도저히 견딜 수 없어 스스로 강물에 뛰어들어 목숨을 끊었습니다. 쌍녀자매 영혼이 하신에게 재물거래에 대하여 법률적 검토를 해서 백성들의 억울함이 없도록 사회개혁을 반드시 해달라는 간청을 하기에 재물거래로 발생한 부조리를 조사를 통해서 발견했습니다. 채권자 등이 형벌집행자에게 뇌물을 주어 죄 없는 선량한 사람들이 억울한 형벌을 받게 됨으로 인하여 가정파탄이 되는 경우를 보았습니다. 또한 형집행자의 판단 잘못으로 죄 없는 자가 신체적 구속을 받는 경우도 많았습니다. 하신은 이러한 형벌제도가 잘못되었다고 판단하고 개혁을 단행해야 지금 시대는 물론 다음 시대까지 계속 이어져 백성과 국가가 서로서로 이롭게 되므로 백성이 국가에 더욱더 충성하게 될 것입니다. 또한 장래 자유롭고 평등한 사회 선진국가의 사법제도는 사법권을 행사하는 조직과 별도의 감시 조직을 신설하여 상호간 견제기능 속에 운영되어야 나라 질서가 정의로워질 것입니다. 사법 관리들의 부정부패로 인하여 사법정의가 왜곡되면 국민정신이 반국가주의로 이반되게 됩니다. 그러므로 나라는 바르게 운영될 수 없고 결국 패망의 길로 가게 됩니다. 사법관리의 부정부패를 감시하는 사법특별 기구의 장은 요순시대의 왕위 계승을 민주적인 선출방식으로 선출했던 것과 같이 선거에 의하여 선출되어야 합니다. 그러므로 임금은 물론 고위 관리들의 부정부패를 백성들의 힘으로 특별 수사할 수 있습니다. 이러한 특별기구가 상설되어 운영되고 있으면 고위 관료들이 스스로 사전에 몸조심을 하게 되므로 부정부패가 현저하게 예방되고 백성들의 억울함이 감소될 것입니다. 백성들이 나라로부터 억울하게 처벌받지 아니하면 나라의 사회정의가 실현되어 백성들은 열심히 일하게 되므로 국가는 더욱더 부강하게 되며 발전하게 될 것입니다."

마지막 조문과 최치원의 행정경험담을 경청하던 여왕은 하염없이 굵은 눈물을 뚝뚝 흘렸다.

"최치원 태수, 그동안 눈을 감고 백성들의 아픔을 외면한 채 부끄럽게 살았던 과인을 용서하시오. 그래요, 왕은 만백성의 어버이입니다. 그런데 과인은 백성들이 짐승을 사고 팔고 거래하는 것처럼 자식을 사고 파는 것을 막지 못했어요. 이 모든 게 부덕한 과인의 탓입니다. 중앙 및 지방의 토호와 장군들이 백성들을 쥐어짜고 있는데도, 그것을 막을 힘이 과인에게는 없었답니다. 아니, 날이면 날마다 쾌락만을 쫓느라 막을 생각조차 안 했던 것이지요."

여왕은 주먹으로 가슴을 세차게 두드리는 것도 모자라 용포의 앞섶을 쥐어뜯으며 울부짖었다. 이를 지켜보던 삼최는 차마 고개를 제대로 들지 못했다. 여왕의 호곡에 맞추어 자리에 있던 모두가 함께 뜨거운 눈물을 흘릴 뿐이었다. 이런 상황이 영 못마땅한 부호 부인은 화랑들에게 눈짓을 하여 황급히 어전을 빠져나갔다.

"그대들이 올린 시무십조를 과인은 기꺼이 가납하겠소. 내 기꺼이 이를 받아들여 실행하리다. 이 서라벌에 새로운 하늘이 열리도록 노력하겠소. 그러니 이제부터는 경들이 내 곁에 머물며 적극 도와주시오."

궁녀가 가지고 들어온 물로 용안을 깨끗이 씻은 여왕은 그제야 정신을 가다듬고 어의를 단정히 했다.

"성은이 망극하옵니다."

여왕이 자신들의 충언을 그대로 받아들이자, 세 사람은 허리를 굽혀 예를 갖추었다.

"오늘로서 시무책 십여 조를 가납하고, 과인은 최치원 태수에게 아찬(阿湌)의 직을 수여하는 바노라. 경도 알다시피 아찬의 직위는 그동안 진골 출신들이 맡아 왔던 육등급의 직책이오. 이제 그대가 맡아 직무를 공정히 수행하여 주시오. 뿐만 아니라 지금부터는 천령군天嶺郡(지금의 함양) 태수를 맡아 패역무도한 견훤을 막아 주시오. 그러기 위해서 군사를 동원할 수 있는 방로태감防虜太監의 자리를 겸직해 주세요."

치원은 여왕의 빠르고도 적절한 결단력에 탄복하며, 다시 일어
나 공손하게 절을 올렸다.

"그대는 앞으로 월성에 남아 집사성시랑서서원학사執事省侍郞瑞
書院學士를 맡아 주시오."

여왕은 이어 나이가 어린 최언위에게도 조정 내 중요한 직위를
내렸다.

"도술과 무술이 뛰어난 최승우 진사는 당분간 천령군으로 내려
가 최치원 방로태감이 무사할 수 있도록 곁에서 잘 도와주시오."

여왕은 최치원과 최언위에게는 벼슬을 내렸지만, 최승우에게는
달리 직책을 내리지 않고 최치원을 보좌하여 적극 도우라고만 했다.

백성 위한 대관림大館林(현 함양군)

　최치원은 천령군 태수로 부임하자마자 천령군 백성들에게 풍류
도 실천사상을 교육시킬 교육장을 신축하고 학사루라고 이름지었
다. 그리고 고을 곳곳을 방문하여 백성의 민심부터 일일이 파악했
다. 그러면서 풍수지리에 능한 치원은 일천 미터가 넘는 백운산과
대봉산의 지형을 소상히 살폈다. 천령군은 이름 그대로, 어디를 쳐
다보나 산마루가 하늘에 닿을 듯했다.

　그러나 막상 천령고개를 넘어 평지로 들어가면 의외로 드넓은
평야가 펼쳐진 곳도 있었다. 평야에서 나는 소출만 잘 나눌 수 있
다면 이곳의 백성들이 푸짐하고 배부르게 먹고 지낼 수 있는 땅의
기운을 받고 있는 기름진 곳이었다.

　다만 그 평야의 중심을 가로지르는 뇌천(지금의 함양)이 해마다 범
람하고 가물어서 농사가 제대로 되지 않았다. 그런데다가 가혹한
조세 때문에 농민들은 땟국이 줄줄 흐르는 옷을 입고 허리가 휘
도록 일을 하는 탓에 모두 피골이 상접해 있었다.

경호강(경상남도 산청군 생초면 어서리 978-1)

'하절기에는 폭우로 인한 수량이 너무 많이 늘겠구나. 그 물이 범람하면 농작물의 피해가 심각하겠구나. 그렇게 되면 식량 부족으로 백성들의 살림살이가 무척 어려워지겠다'고 판단하였다.

홍수 피해를 걱정한 치원은 관리들에게 일러 연도별 백성들의 피해 수치를 파악해 오라고 지시했다. 그리고 홍수에 대한 대책을 세워 물 흐름을 바꿈으로 인하여 새로운 농지가 늘어날 수 있는지 여부를 검토하느라 깊은 고민에 빠졌다. 몇 날을 고민한 후 그렇다면 수로를 새롭게 만들어야지…….

드디어 치산치수에 대한 특별 조직을 편성하기에 이르렀다. 이어 각 고을의 수령들에게 필요 인력을 지원해 줄 것을 당부했다. 이러한 계획에 반대하는 수령도 일부 있었으나, 대부분 수령들은 치원의 성정을 구전을 통해서 이미 알고 있는 터라 유능한 인재를 뽑아 곧바로 치원에게 보냈기에 치산치수 사업을 진행하기에 별다른 어려움은 없었다.

이 특별 조직을 효율적으로 운영함으로써 최단 시일 내에 사업을 완성시킬 수 있음을 직관한 치원은 하급 실무 관료들이 파악해 온 자료를 참고로 하여 직접 세부 계획을 설계했다. 특히 산음 현감은 최치원에게 찾아와서 자신이 그동안 간직해 온 문서를 펴 놓고 상당히 근거가 있는 내용을 말해 주었다.

"저는 그동안 현감으로 부임한 이후 지난 칠 년 동안 천령군으로부터 흘러 들어오는 경호강(현재 경남 산청군 생초면 강정리. 지리산과 덕유산에서 흘러오는 물의 합수지점)의 많은 수량 때문에 해마다 범람함으로 인하여 산음고을의 농사를 망쳤던 사실들을 기록해 왔습니다. 그래서 나름대로 뇌천을 손 볼 수 있는 방안을 마련해 보았습니다."

치원은 산음 현감의 통계자료에 의한 치밀한 행정력을 높이 사서 산음 현감과 공방을 중심으로 몇 사람의 특별한 치수전문가를 모으고 그 전문가들이 자신의 명을 받아 부근에 있는 백운산과 대봉산의 지형에 맞춰 치수사업을 해 나가도록 일을 추진해 나갔다. 치원은 수시로 그 치산치수 사업 전문가들을 따로 모으고 대책회의를 진행하였다. 그 자리에는 꼭 최승우 진사를 참석하도록 하였고 최승우가 앞장서서 일의 맥을 잡아가도록 독려하였다.

치원은 이들의 능력과 경험을 참고해서 해당 전문 분야에 배치하고, 철저히 안전교육을 시켜 대업에 지장이 없도록 했다. 다행스럽게도 치원의 곁에는 최승우가 항상 붙어 잘 보필해준 덕분에 모든 일이 차질없이 순조롭게 진행되었다.

공사를 시작하기 전에 모든 계획이 차질 없이 진행되기를 하느님께 제를 올렸다. 우주 만물의 기가 아주 강한 새벽 3시에 천지신명과 북두칠성을 향해 제를 올리며 모든 백성을 굽어 살피옵소서. 그리고 치산치수가 백성들을 살리고, 후대에 이르러서도 백성들이 만복을 누리게 하소서.'

천지신명과 북두칠성님께 기원했다. 다음 날부터 치원은 이웃과 경계에 있는 후백제의 견훤 군대를 막아내기 위해 병사들에 대한 군사훈련도 매일매일 일정한 시간에 맞추어 추진하였다.

"그러면 뇌천의 흐름만 제대로 고치면 되겠구나?"

치원은 별일 아니라는 듯 각 고을의 현감들을 향해 친절하게 말했다.

"그게 말처럼 그리 쉽지 않습니다. 이 군에 부임해 오는 태수님들은 모두 나름대로 뇌천을 손 봤습니다만, 물길이 잡히지 않음은 물론 오히려 많은 비가 오면 화가 더 심했습니다."

열두 고을의 현감들이 약속이나 한 듯 치원의 말에 신뢰를 하지 못한다는 뜻으로 고개를 돌렸다.

"그래요? 그렇다면 손을 잘못 본 것이야. 아예 물길을 바꾸면 되지 않소? 지금의 물길을 막아 서쪽으로 돌리고, 그 옆에 제방을 쌓은 다음 새로운 숲을 조성하면 되지 않겠소?"

그러면서 치원은 부임하자마자 현장 답사를 통해 비밀리에 마련한 세부 계획을 그들에게 소상히 알려 주었다.

"사실, 이런 거대한 토목공사는 우리 신라에서 일찍이 없었고 새로운 사업의 공사인 듯합니다. 태수님과 제가 당에서 봤던 진나라 황제의 어원御苑이 있는 상림이라면 몰라도 우리 신라의 국력, 아니 이 궁벽한 천령군의 형편으로는 감당하기 매우 어려운 공사가 될 것입니다."

곁에서 보좌하고 있던 최승우가 걱정스러운 표정을 지으며 말했다.

"물론 그런 면이 다소 있지요. 장안 서쪽에 있는 그 진나라의 상림과 하림은 누가 조성했소? 바로 진시황께서 공사를 시작하셨고, 한나라의 무제께서 확장 공사를 하셨지요. 그 숲의 총길이는 삼백 리에 이르고, 그 안에 서른여섯 개나 되는 동산이 있소. 그렇다면 우리는 그 오십 분의 일만 되는 규모, 아니 이곳의 사정에 맞게 삼십 분의 일 정도로 일을 추진해 나가면 될 것입니다."

얼굴에 미소를 가득 띤 치원이 고개를 끄덕이며 말했다.

"그렇다면 숲 조성에 소요될 그 엄청난 나무는 다 어디서 구한단 말입니까?"

최승우 또한 치원의 치산치수 사업에 적극 찬동을 하고 있었으나, 그에 따르는 문제점이 곳곳에 산재해 있었으므로 내심 걱정스러워서 문제점을 다시 한 번 검토하시면 좋겠다는 건의를 했다.

그러자 치원은 가만히 일어서더니 명륜당(지금의 학사루) 난간으로

천령군 학사루(경상남도 함양군 함양읍) 출처. 문화재청

향했다. 엉겁결에 최승우도 그를 따라 난간에 섰다. 이곳은 치원이
천령군 태수로 부임하자마자 백성들 학문 교육장으로 지어 백성들
에게 교육을 시키는 곳이다. 치원이 와서 저 멀리 보이는 산을 손
가락으로 가리키면서 말했다.

"바로 저기에 하늘이 우리에게 내려 준 엄청난 나무가 식재植栽
를 기다리고 있지 않습니까?"

치원은 씨익 웃으며 서쪽으로 울울창창하게 서 있는 두류산 줄
기(지금의 지리산)의 많은 나무를 가리켰다.

"식재를 하신다고요? 그러니까 저 두류산에 있는 나무들을 이
평지로 옮겨심자, 이겁니까?"

최치원의 빈틈없는 세부 계획에 최승우는 입을 다물지 못했다.

"이제야 겨우 문제를 풀었구려. 바로 그거야. 우리 천령군이 가지고 있는 가장 풍성한 자연의 재료를 우리가 똘똘 뭉쳐 응용하면 되는 것이지. 저 앞을 한번 보시게. 저 앞에 있는 뇌천에 얼마나 많은 돌이 있는가? 해마다 높은 산에서 홍수로 인하여 떠내려온 돌이 쌓여서 버려진 돌이 지천으로 깔려 있네. 문제는 우리의 의지란 말이야. 어떻게 백성을 하나로 단결시키느냐가 이 문제를 해결하는 관건이 될 것일세."

그제야 치원은 파안대소하며 최승우를 물끄러미 바라보았다. 최치원은 지체 없이 방문을 써 붙였다.

> 황감하옵게도, 대왕마마께서는 육두품 출신인 최치원을 아찬 벼슬에 임명하셨다. 진골 출신이 아닌 자를 높은 벼슬아치로 임명하신 이런 과남하옵신 처사는 분명 최치원 하나의 출세나 개인의 부귀영화를 누리라고 결단하신 점은 결코 아닐 것이다.

이는 오히려 육두품 출신인 최치원이 분골쇄신하여 신라 왕실에 더욱더 충성하라고 아찬 관직을 수여하면서 태수로 임명한 것이다. 그러므로 현지 백성과 하나가 되어 충의가 새롭게 일어나 부족함 없이 잘사는 고을을 만들라고 한 셈이다.

즉 지방 태수들이 꿈꾸어 온 세상을 말한다. 이를 몸소 실천한 사람으로 요임금이 있었다. 요임금은 천하를 혈통이 아닌 능력 있는 순임금에게 물려주려고 하는데 이를 반대한 신하 공공과 곤 두 명을 죽인 이유는 임금이 나라의 이익을 위해서 하는 일에 항명하는 것은 법을 따르지 않는 것이라고 했다.

그러므로 신하는 반드시 법을 지켜야 한다는 준법정신을 백성들에게 가르친 것이다. 그런 요순시대 사람들은 임금이 누구인지 지방 수령이 누구인지 모르고 아주 평화롭고 자유스럽게 생활했다. 이곳 천령군을 요순시대와 같이 소신의 실학사상을 이곳에 실현해 보라는 대왕마마의 깊은 뜻이 담겨져 있다고 하였다.

> 아찬의 벼슬을 수여받은 방로태감 겸 천령군 태수인 이 최치원은 이제 대왕마마의 뜻에 조금이라도 보답하고자 한다. 다만, 이런 일을 하기 위해 죄 없는 백성들의 고혈을 짜고, 가뜩이나 먹지 못하여 힘이 없는 우리 천령군의 농민들을 다시 한 번 괴롭히며 노역에 시달리게 하는 우를 범하지는 않을 것이다.
> 이 천령군 태수 최치원은 백성에게 말한 것은 필히 지키겠다고 약속하겠다. 땀 흘리며 일하는 모든 백성에게 반드시 공평하게 시상할 것이다. 우리 천령군 중심부에는 해마다 물에 잠겨 토사에 휩쓸려 나가고, 또 버려진 방대한 땅이 있다. 이 땅을 찾게 되면 그 땅을 본 공사에 참여한 백성들에게 가구 수만큼 공평하고 정확히 분배해 줄 것이다.

또 매일 공사에 참여하는 남녀노소는 관원에게 정확하게 신고하여 삼시 세 끼 밥을 풍성히 먹은 후에 노역에 참여할 수 있도록 할 것이다.

다만, 일하고 싶지만 나이가 들었거나 아픈 사람들은 그냥 일하는 모습을 보고 곁에 있기만 해도 일한 것과 똑같은 혜택을 줄 것이다. 아울러 아픈 사람의 질병은 관군의 의료진이 책임지고 치료해줄 것이다.

이 거대한 공사가 어느 한 개인의 치적으로 돌아갈 것이 아니라 바로 천령군의 모든 백성의 치적이 되어야 한다. 이는 그대들의 농토를 새롭게 얻는 일이며, 나중에 조성되는 대관림은 이곳 백성의 건강을 지켜주는 자연림 휴식처가 될 뿐만 아니라 이웃 백성까지도 찾아오게 할 수 있다. 후세에도 유능한 태수가 이곳으로 부임하여 실학사상의 뿌리를 공부하고 애국애민여 이국이민시 사상과 정신을 널리 실천할 것이다. 그리고 이 공사는 구역별로 시행하여 공사실명제를 실행해야 한다. 이 모든 것은 그대들의 자손만대까지 혜택을 누리는 훌륭한 놀이터가 될 것임을 분명히 천명하노라.

천령군의 거리 곳곳에 이러한 방문이 나붙자, 백성들은 모두 반색을 하며 스스로 노역에 참여했다. 누가 먼저랄 것도 없이 팔을 걷어붙이고 나와 땀을 흘리며 해가 지는지도 모르게 흙을 나르고 돌을 쌓았다.

"어하럿차~ 어하럿차~ 어하라 상사디야~"

백성들은 모두 새롭게 얻게 될 농토를 생각하며 하루하루 힘든 줄 모르고 흥겹고 즐겁게 일했다.

"여왕마마 만세! 방로태감 겸 태수 최치원 아찬 어른은 천세! 그리고 신나게 일하는 우리 천령 백성들 백세! 어하럿차~ 어하럿차~ 어하라 상사디야~"

열두 고을에서 차출된 천령군의 장정이 대략 이천사백여 명에 이르렀다. 모두 자진해서 노역에 참여했던 터라 흥겨운 분위기 속에서 뇌천의 물길을 단숨에 끊었다.

수천 년 동안 천령군의 들판을 구렁이처럼 칭칭 감고 흐르는 물길 때문에 홍수 때는 물길이 범람하여 새롭게 흘러감에 따라 농지 대부분이 유실되어 농사를 제대로 지을 수가 없었다.

농민들을 괴롭혔던 그 뇌천의 목을 단숨에 잘라 큰 물길은 제방 밖으로 흐르게 하고 농수로를 새롭게 만들면서 수량을 조절할 수 있는 수문도 만든 것이다. 또한 농수로 물길은 순리대로 반듯하게 펴서 평야의 중심지로 순순히 흘러가도록 새롭게 만들게 하였다. 그러므로 수로를 통해서 흘러가는 물길은 아주 평온하게 흘러갔다.

한편 두류산으로 달려간 장정들은 집채만 한 나무를 캐어 나르기 시작했다. 자연의 식물도 음·양의 생명이 존재하고 있으므로 양나무는 양나무끼리 음나무는 음나무끼리 서로서로 궁합이 맞는 나무들끼리 심어야 오래 갈 수 있다는 것을 알려주면서 더불어 나무 뿌리는 조상에 해당되고 나무 기둥 본체는 내가 되며 줄기와 가지 열매들은 후손이 된다는 것을 실학사상으로 백성에게 교육시켜 참고하도록 하였다. 나를 나무라 생각하며 정성을 다하여 심으라고 했다.

소나무와 느티나무는 마을 가까운 곳에 심고 은행나무, 밤나무, 이팝나무, 굴참나무, 떡갈나무, 서나무, 윤노리나무, 층층나무는 숲 가운데에 질서정연하게 배치했다. 치원은 이처럼 세세한 부분까지도 계산하고 있었던 것이다.

최치원 태수는 관복도 벗어 던지고 농민들과 똑같이 편한 황토색 작업복으로 갈아입은 후 그들과 어울리며 땀을 흘리는가 하면, 새참 때는 그들과 함께 막걸리를 마시며 즐거운 한때를 보냈다.

그러다 보니 관아의 비복들도 신이 나서 함께 참여하게 되었다.

그러나 군복을 입고 있는 장수들이나 관아의 벼슬아치들은 열심히 일하는 백성의 모습을 바라보면서 어찌할 줄을 몰라 발만 동동 굴렀다. 치원은 이들에게 별다른 말을 하지 않았지만, 치산치수 사업에 스스로 참여해 주기를 마음속으로 학수고대했다. 그러니 장수들과 벼슬아치들은 더욱 속만 타들어갔다.

당에서 진사가 되어 천하의 수재로 이름난 최승우도 황토색 작업복을 입고 누구보다도 열심히 땀을 흘렸다. 특히 산음 현감은 현장을 직접 방문해 치원을 적극 도와 굵은 땀방울을 흘렸다. 최승우의 훌륭한 용모에 감탄한 아녀자들은 그의 곁을 떠나지 않고 기다리다가 두류산에서 캐온 나무들이 도착하면 미리 파 놓은 구덩이에 심었다.

이처럼 일이 손쉽고 재미있게 진행되자, 하릴없이 병장기를 매만지던 장수들과 애먼 턱수염을 만지작거리던 벼슬아치들도 슬금슬금 일하는 사람들의 눈치를 살피며 황토색 작업복으로 갈아입고 일에 끼어들었다.

"태수님, 저희들도 일을 하면 이 다음에 땅을 얻을 수가 있겠습니까?"

그들은 멋쩍은 듯 고개를 숙이고는 치원에게 물었다.

"암, 그렇고 말고. 이미 방문에서 천명했듯이 땀을 흘린 만큼 얻을 것이야. 하지만 이미 땅을 많이 가진 사람은 좀 적게 얻을 수밖에 없다는 것을 명심해야 할 것이네."

치원은 한마음 한뜻으로 뭉친 이들을 향해 환하게 웃어 주었다. 소문은 삽시간에 퍼져 나가, 인근 고을에서도 남녀노소가 천령군으로 달려 왔다.

"저희들에게도 일거리를 맡겨 주십시오. 저희들에게도 맛있고 따뜻한 밥을 먹게 해 주시고, 땅을 얻을 수 있는 기회를 주십시오."

천령군의 드넓은 벌판에서 두류산 골짜기에 이르기까지 모두 축제의 한마당이 되었다. 한쪽에서는 나무를 캐고 또 한쪽에서는 나무를 우마차에 실어 나르느라 정신이 없었다. 건장한 사내들은 웃통을 벗고 등짐으로 날랐는데, 외간 사내의 우람한 몸집을 보며

함양 상림숲(경상남도 함양군 함양읍 교산리 1047-1) 출처, 문화재청

때 아닌 눈요기를 하는 아녀자들은 "어서요, 어서요."를 연발하며 사내의 소중한 물건을 움켜쥐듯 조심스럽게 나무를 받아 곱게 심었다.

마침내 두 해 겨울을 넘기고 삼 년 째가 되는 가을에 공사는 모두 완성되었고 이 숲을 상림(경남 함양군 함양읍 소재)과 하림으로 이름 지었다. 구부러졌던 뇌천이 반듯하게 되어 든든한 제방으로 둘러싸인 길이는 일십 리에 이르렀고, 제방 뒤로 조성된 인공 수림의 길이 역시 일십 리(4km)에 이르러 시야에서 아주 멀리 보였다.

백성도 이 모습을 지켜보며 그동안 자신들이 고생해 가며 이루어 놓은 결과물에 탄복을 했다. 그러던 중 중추절을 앞둔 어느 날, 서라벌에서 기별이 왔다. 월성에 앉아 이 기쁜 소식을 전해들은 여왕이 직접 천령군으로 행차하여 현장을 확인하겠다는 전갈이었다. 이곳 백성은 여왕이 행차한다는 소식에 눈물을 흘리며 월성을 향해 절을 하기도 했다.

백성들 모두 하나가 되어 흥겨운 마음으로 반길 준비를 하였으며 인근의 모든 태수, 현령, 관리, 장수가 부러운 마음으로 그 행사를 기다리게 되었다.

뇌천이 바로 흘러 홍수가 나지 않았고, 가을바람을 맞은 황금 들판에는 눈부시도록 잘 익어 고개 숙인 벼이삭들이 저마다 자유스럽게 물결치고 있었다. 최치원 태수는 들녘의 풍요로움을 한껏 느끼며 인근 태수들과 함께 천령까지 마중을 나가 여왕의 연을 기다렸다. 중추절이라 그런지 마음마저 더욱 풍성해지는 느낌이었다.

취타대를 앞세우고 군기를 자랑하는 여왕의 행렬은 십여 리에 이르렀다. 그 행렬을 호위하는 무사대의 외곽 부대는 왕거인이 지휘하는 미탄사 승군들이 맡았다.

그때 무주에서 스스로 왕이라 자처하고 있던 견훤은 두류산 너머에서 조용히 숨을 고를 뿐, 섣불리 움직이지 않았다. 최치원이 땀을 흘려 옥토를 이루고 백성들과 함께 여왕을 모시고 축제를 맞이하려고 하는 때에, 분위기를 흐려 민심마저 잃고 싶지가 않았기 때문이다.

진성여왕의 어연이 멀리 보이자, 모두 엎드려 여왕의 향기에 취했다.

"대왕마마! 천수를 하시옵소서, 만수를 하시옵소서. 저 고운 항아 같은 여왕님께서 이 궁벽한 산골마을에 납시다니……."

산골 백성들은 생전 처음 여왕의 행렬을 보고는 눈물을 흘리며 반겼다. 최치원이 달려 나가자 이윽고 여왕의 연은 멈추었다.

"과인이 경에게 아찬이라는 높은 벼슬은 내려 주었소만, 그 높은 직위에 맞지 않게 이 궁벽한 산골에 임지를 정하여 고생을 시켜 미안하오."

여왕이 연에서 내려 치원의 손을 잡아 주었다.

"망극하신 말씀이옵니다. 소신은 이곳에서 지난 세월 동안 농군처럼 신나게 일도 해 보았고 소신의 처는 이곳에서도 득남을 하였습니다."

치원 내외는 땅에 엎드려 큰절을 올렸다. 여왕은 미소를 지으면서 치원 아내를 부러워하는 모습으로 쳐다보며 말했다.

"그리고 보니 부인께서는 치원 아찬이 가는 곳마다 따라가 자녀 하나씩을 낳았구려. 서라벌에서 얻은 아들이 있었고, 태산군에서는 아들이었든가, 딸이었든가?"

여왕은 호몽이 지아비와 아들과 딸을 두고 가족이 함께 살아가는 모습이 매우 자랑스러워 보였다.

"태산군에서도 딸이었고, 부성군에서도 딸이었습니다. 이곳 천령군이 저희에게는 복된 땅인 것 같사옵니다. 이곳에 와서 두 번째 아들을 얻었습니다."

호몽이 낯을 붉히며 대답했다.

"내 가기 전에 그 막내아들에게 이름을 내려 주지."

여왕이 환하게 웃으며 말했다. 그러자 취악대가 다시 울리고 무희들이 춤을 추었다. 여왕의 연이 다시 움직이기 시작하자, 그 주위로 인근 태수들과 백성들의 행렬이 삼십 리 넘게 이어지며 온 산길을 덮었다. 그야말로 꽃밭이 따로 없었으며, 향기로운 그 내음이 신라 전역으로 퍼져 나갔다.

최치원은 여왕의 연을 자신의 마음이 서려 있는 명륜당으로 안내했다. 백성들은 천령군이 생긴 이래 최초로 새로 세운 명륜당에서 대왕을 모시고 큰 잔치를 벌이게 된 것이 마치 꿈만 같았다.

"천령군 같이 궁벽한 산골 마을에서 온 백성이 여왕마마를 모시고 현지에서 잔치를 벌이는 것은 신라 개국 이후 최초의 일일 거야."

들뜬 백성들은 모두 한 가족처럼 모여 아담한 명륜당을 곱게 단장하고, 그 위아래에 아름다운 등불을 분주히 다는가 하면 넓은 터를 다져 백성들이 즐겁게 운동할 수 있는 무대도 만들었다.

월성에서 온 무희들이 악대의 화려한 연주에 맞추어 백성들을 위해 춤을 추었다. 또 여왕의 행렬에 합류해 천령군까지 온 경교의 성가대도 싱그러운 목소리로 노래를 해 백성들의 마음을 녹이고 있었다.

"하늘에서 내려온 선녀들이 춤을 추는 것 같아."

"저런 것을 두고 선녀무, 즉 선녀들의 춤이라고 하는 것이지. 여자로 태어나 나도 저런 화려한 옷을 입고 춤 한번 추어 봤으면……."

"아니, 저 여자들은 사람이 아니고 꾀꼬리란 말인가. 어쩌면 저리 고운 소리를 낼까?"

"그러니까 왕도 사람들이고, 임금님 앞에서 춤추고 노래하는 귀인들이 아니겠나? 우리 같은 시골 무지렁이들이 저런 춤을 구경하고 저런 노래를 들을 수 있는 것은 오로지 우리의 태수님, 즉 육두품으로서는 최초로 아찬 어른이 되신 저 분 덕이 아니겠어?"

백성들은 난생 처음 보는 광경에 입을 다물지 못한 채 넋을 놓고 말았다.

그러면서 모든 공을 최치원에게 돌리며, 태수의 치정에 감읍했다. 잔치는 무르익어 어둠이 내리고 횃불이 타오르자 흥겨움이 절정을 이루었다. 왕경에서 달려온 피루즈 왕자 내외가 술에 취해 괴상한 서역 춤을 선보였고, 처용 내외도 허리와 엉덩이를 마음껏 휘두르며 새로운 처용무를 선보였다.

"천령군의 백성들이여! 그동안 참으로 애 많이 썼소. 이곳 대관림에는 봄이 오면 꽃들이 땅에 가득하고 가을이 지나가면 단풍잎들이 하늘에 날리게 될 것입니다. 자연순환 이치와 같이 이곳 백성들 여러분이 주인공입니다. 누구든 나와서 춤추고 싶은 사람은 피루즈 왕자 내외와 처용 귀인의 내외와도 춤을 출 수 있소. 이 자리는 바로 그대들을 위해 마련한 자리요. 그러니 마음껏 먹고 마시며 흥겨운 춤을 춰 보시오."

태수 최치원이 나서서 큰 소리로 말했다. 처음에는 서로 눈치를 보며 농무를 추다가 사물놀이에 앞장섰던 젊은이들이 용기 있게 나와서 피루즈 왕자와 처용 내외를 따라 요상한 춤을 추었다. 결국에는 얼굴을 붉히며 고개를 돌리던 동네 아낙들과 노인들까지 모두 몰려나와 신나게 춤을 추고 가락에 맞춰 노래도 했다.

천령군 들판을 마음껏 비추던 풍성한 가을달이 두류산 너머로 기우는 새벽까지 놀고 또 놀며 시간을 보냄으로 인하여 그동안 그늘지고 메말랐던 정이 백성들 마음에서 새롭고 향기로운 정으로 다시 일기 시작하였다. 그날 밤, 여왕은 중추절을 기념해 천령군의 모든 백성에게 특별한 선물을 하사했다.

우선 옥문을 열고 국사범을 제외한 모든 죄수를 풀어 주었다. 그리고 관기들에게도 기적에서 이름을 지울 수 있게 하고, 고향으로 돌아가고자 하는 기녀들에게 여비까지 넉넉히 줄 것이니 신고하라고 하였다.

그러나 놀랍게도 고향으로 돌아가는 기녀는 단 한 명도 없었다. 다만 자신도 뇌천에서 땅을 고르는 데 일익을 담당했으니까, 땅을 좀 더 달라고 조르는 여인들이 몇 사람 있을 뿐이었다.

여왕의 특별한 조치는 인중천지일人中天地一 깨우침에서 행한 것이라고 생각했다. 또한 최치원 태수는 천령군의 모든 땅문서를 꺼내 놓고 개인 소유가 확인되지 아니한 것은 노역에 참여한 모든 백성들에게 골고루 나누어 주었다. 또 이번에 개간하여 새로 분배하게 될 땅도 노역에 참여한 모든 백성에게 공정하게 나누어 주었다.

여왕은 또 그해 소출에 대한 조세까지 면제해 주었다. 뿐만 아니라 월성에서 가져온 곡식 오백 석을 가난한 이들에게 골고루 나누어 주었다.

그러면서 여왕은 천령군 태수로서 백성들의 안위를 보살피고 대관림을 조성하여 새로운 농토가 조성되는 것을 치하하는 의미에서 그의 어머니인 반야 부인에게 소원을 물었다.

"저 같은 늙은이에게 무슨 소원이 있겠습니까? 저는 복이 과하여 최치원 아찬과 같은 인물까지 얻었습니다. 그래서 저는 최치원 아찬을 제 자식이라 생각하지 않고 신라의 아들로 생각하고 있습니다. 다만 한 가지 소원이 있다면, 이 지방 어느 곳이나 산수는 아름답고 수려하여 좋으나 가까이에 바다가 없다는 점입니다. 지난번에 최 태수의 임지가 되었던 태산군이나 부성군에는 모두 바다가 있었는데, 안타깝게도 이곳에는 아득한 두류산 덕유산 극락산 (함양군 서상면 소재) 줄기들이 힘차게 뻗어 있을 뿐 바다가 없습니다. 그래서 말입니다만 저는 암자 중에서도 관음사觀音寺를 좋아합니다. 밀물과 썰물이 들어오고 나갈 때마다 들려오는 파도소리는 아름다운 독경소리를 듣는 것처럼 '소리를 들을 수 있는' 이른바 관음사를 좋아하는데, 이곳에는 그런 암자가 없습니다. 해조음海潮音

상연대(경상남도 함양군 백전면 백운리 78-1)

을 들을 수 있는 암자를 짓도록 허락해 주소서. 일찍이 능엄경楞嚴
經에는 사람이 잠을 자면서도 해조음에 집중을 하고 있으면 커다
란 깨달음을 얻을 수 있다고 했습니다. 그런 해조음을 들을 수 있
는 암자를 만들어 주신다면 이 늙은이의 평생소원이 풀릴 듯하옵
니다."

반야 부인은 황감하여 무릎을 꿇고 아뢰었다.

"과인이 최 태수에게 명을 내리겠습니다. 부인이 원하시는 대로
될 것입니다. 그 암자의 이름은 상연대上蓮臺(지금의 함양군 백전면 백운
산에 있음)가 될 것입니다."

여왕은 잔잔히 웃으며 반야 부인의 손을 잡았다.

"상연대라……. 이름이 무척이나 아름답습니다."

반야 부인은 여왕의 아름다운 성정에 감읍하여 눈물을 흘렸다.

"그러고 보니, 이 여왕도 이승에 와서 못 하고 가는 것이 있군요. 치원 부인이 안고 있는 아이를 보며 여느 여인들처럼 이렇게 잘 생긴 아기를 낳아 보지 못한 것입니다."

여왕은 호몽이 안고 있는 사내아이를 받아 안고 어르며 허탈하게 웃었다.

"대왕마마께서는 다음 세상에서 반드시 옥동자를 낳으실 것입니다."

반야 부인이 쓸쓸히 웃으며 여왕을 위로했다.

"대왕마마, 이 아이에게도 이름을 주소서."

호몽이 생글거리며 여왕에게 다가갔다.

"항렬이 '은殷' 자였지요? 이곳에서 최치원 태수가 대관림을 완공하였으니 은림殷林이라고 하지요. 은림아, 은림아, 장차 아버지와 같은 큰 인물이 되어라."

여왕은 아기의 이름을 짓고는 환하게 웃으며 은림의 볼에 입을 맞추었다.

"과인이 내일은 대관림을 걸어 볼 것이오. 최치원 아찬이 조성한 대관림을 내 손수 걸어 볼 거란 말이오."

여왕은 임시로 마련한 침소로 들기 전 치원을 바라보며 다정스레 웃었다. 그날따라 하늘을 나는 새소리가 무척이나 아름답게 들리고 주위 나무들까지 싱그러웠다.

이른 새벽, 왕거인이 지휘하는 이백 명의 미탄사 승군들은 잔뜩 긴장을 한 채 제각각 흩어져 대관림을 샅샅이 조사했다. 혹시 후백제 견훤의 부하들이 은밀히 잠입하여 여왕 일행을 암살할 수 있다는 것을 사전에 원천봉쇄하기 위해서 불미스러운 일에 대한 예방 차원이었다.

승군들은 인근 백 리까지 주변의 동정을 면밀히 살펴보았고, 모든 것을 아주 철저하게 점검한 후 두류산에서 엮어 온 싸리비로 여왕이 순시할 길을 아주 말끔히 쓸어 놓았다.

날이 밝아 취타대가 소리를 울리자, 여왕은 최치원과 나란히 대관림을 거닐었다. 그 뒤에는 반야 부인과 호몽을 비롯하여 치원의 아들과 딸들이 아름다운 색상의 옷을 입고 사뿐사뿐 걸었다. 은림은 호몽의 품에 안겨 잠들어 있었다. 최치원의 가족 뒤에는 피루즈 왕자 내외와 처용 내외 그리고 여왕이 특별히 초청을 하여 따라온 대진사의 밀리엄 수녀도 함께 걷고 있었다.

평소에 많이 걸어 보지 못했던 여왕은 대략 오 리쯤 걷고는 숨을 몰아쉬며 바위에 털썩 주저앉았다. 그때 어디선가 꽃뱀 한 마리가 꼬리를 흔들며 여왕에게 다가왔다.

"에구머니나! 배…… 뱀이다!"

여왕은 눈을 가리며 곁에 앉아 있는 치원에게 얼른 안겼다. 본의 아니게 여왕을 품에 안은 치원은 몹시 난처한 나머지 헛기침을 해대며 호몽의 눈치를 살폈다. 그 모습을 본 호몽은 애써 미소를 지으며 고개를 돌렸다. 승군들이 번개처럼 달려들어 꽃뱀의 꼬리를 잡아 멀리 날려 버렸다.

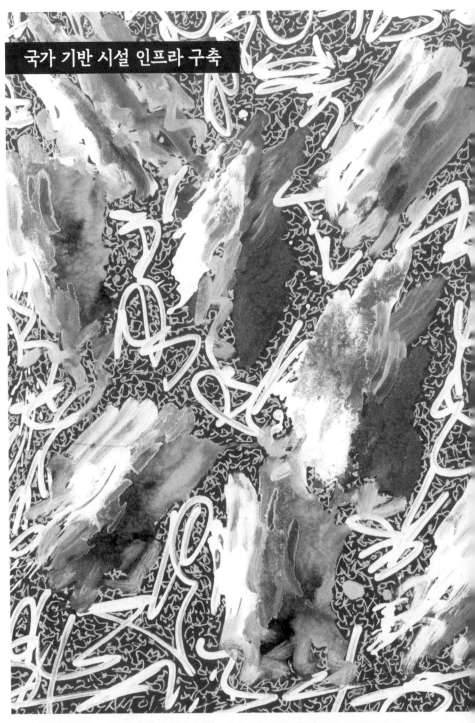

국가 기반 시설 인프라 구축

국가 기반 시설 인프라 구축의 중요성을 형상화한 이미지. 최치원은 천령군 태수로 부임하자마자
대규모 치산치수 정책을 펼치기 시작했다. 그 결과 만들어진 대역사가 지금의 함양 상림숲이다.

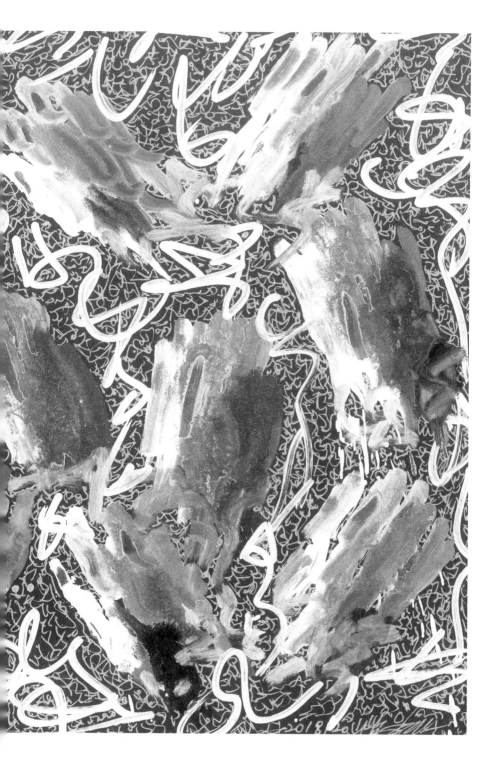

"이 아름다운 대관림에 뱀은 물론 송충이나 징그러운 개구리가 있는 것은 어울리지 않는 일이야. 무슨 방법이 없을까……."

많은 사람이 보는 앞에서 치원에게 안긴 것이 내심 멋쩍은 듯 여왕은 콧등에 솟은 땀방울을 닦으며 말했다.

"마마, 숲이 있으면 숲과 어울려 사는 파충류나 곤충, 양서류 등 그 어느 것이라도 존재할 수밖에 없사옵니다. 그것이 바로 자연의 섭리지요. 그러나 오늘 여왕마마께서 뱀과 개구리, 개미 등을 특별히 혐오하셨으니 소신이 바로 처리하겠나이다."

그러면서 치원은 종이에 무언가를 썼다. 그리고 주문을 외우면서 그 종이를 불에 태웠다. 그러자 놀랍게도 온 숲이 흔들리며 모든 곤충과 뱀, 개구리 같은 파충류나 양서류들이 빠른 속도로 어디론가 일제히 빠져 나갔다.

이별과 해후

　천령군에서의 중추절 행사를 마친 여왕이 다시 월성으로 돌아가는 것을 환송하기 위하여 최치원 태수와 백성들은 하던 일을 멈추고 모두 달려나와 삼십 리 밖까지 따라가며 여왕의 행렬을 배웅했다.

　온 세상이 여왕의 아름다운 마음의 향기로 가득하였으며 여왕의 향기에 취한 백성들은 여왕의 행렬이 보이지 않을 때까지 환호를 하며 눈물을 흘렸다.

　"그동안 고생들 많으셨소. 대왕께서도 우리가 이루어 놓은 치산치수 사업을 방문하여 직접 보시고 대단히 흡족해 하셨소이다. 이 모든 게 여기 계신 관료들과 각 고을의 수령들 덕분이오. 내 오늘 그대들을 위한 조촐한 연회 자리를 마련했으니 모처럼 여유롭게 즐기시기를 바라오."

　치원은 여왕을 배웅하고 돌아와 관료들과 각 고을 수령들을 불러 그동안 흘린 땀방울에 대한 노고를 치하하며 감사의 마음을 먼저 전했다. 오찬을 겸한 다과회에 참석한 사람들 모두 즐겁게 마시며 모처럼 흥겨운 분위기에 푹 빠져들었다. 그때 산음 현감山陰縣監이 조용히 치원의 곁으로 다가왔다.

"태수님, 오늘 천령군의 대관림을 돌아보니 놀라울 정도로 많은 발전을 이룬 것 같습니다. 우리 산음도 이곳처럼 백성들이 잘 살 수 있기를 이 소인이 걱정하고 있는 중입니다. 어떻게 해야 할지, 그 길을 좀 가르쳐 주십시오."

산음 현감은 나라 걱정을 하는 치원의 눈치를 살피며 조심스럽게 비책에 대해 물었다.

"쇠뿔은 단김에 빼라고 하였소. 지체할 게 뭐 있소? 한 번 산음 현장으로 가 봅시다. 산음의 자연과 지형을 둘러본 뒤 내 그 비책을 알려 주리다."

치원은 곧바로 일어서더니 행장을 갖추고 나서 산음 현감에게 일러 길을 잡게 했다. 산음 현감은 두류산(지금의 지리산) 북쪽에서 흘러내리는 물과 덕유산 남쪽에서 흘러내리는 물이 만나는 곳에서 잠시 발걸음을 멈추었다.

"이곳의 산과 거울같이 맑은 물(경호강이라 함. 현재 경남 산청군 생초면 강정리 및 상촌리) 흐름을 살펴보니 기름진 땅과 약초들이 생겨나고 현자들이 많이 태어나는 기운을 갖고 있어 왕이 머물 수 있는 자리요."

한참 동안 주위를 살펴본 치원이 산음 산줄기(현재 허준 동의보감 약초의 고장으로 세계문화유산에 등재되어 있음) 대자연의 아름다운 경관을

불로문(산청군 산음면)

보고 말했다.

"이 산자락의 땅 기운은 사람의 생명을 이롭게 하는 약초가 많이 자라고 있으며 특히 마시는 다茶(차) 종류의 약초 일명 불로초가 잘 살 수 있는 지기가 매우 왕성한 곳입니다."

참 살기 좋은 곳이라고 칭송하며 당에서 우리나라로 돌아오면서 지은 범해시가 생각나서 불로초에 대해서 산음 현감에게 말해 주었다. 진나라 시황제는 춘추전국을 진나라로 통일시킨 이후 이 세상 모든 일을 자기가 하고 싶은 대로 다 할 수 있다고 생각하며 통치기반을 하나하나 개혁하였다.

자신도 생로병사生老病死에서는 벗어 날 수 없음을 이미 알고 있었지만 그래도 생로병사를 벗어나 보려고 여러 현자를 황궁으로 불러 물어 보았다. 어느 현자 한 사람이 말하기를 생로병사에서 벗어나 영원히 변하지 아니하고 있는 것 중 사람에게 도움을 주고 있는 천상계 자연현상은 해, 달, 별, 바람, 번개, 구름이 있고 지상계에서 산, 돌(바위), 소나무, 물이 있다고 하면서 특히 소나무는 물이 많이 없어도 바위나 땅위에서 사계절 늘 푸르고 오래 살 수 있는 나무로서 사람의 정신과 같다고 하였다.

동물 중 사슴은 초식동물로서 공해가 없는 고산지대에서 자생하는 진귀한 풀들만을 먹고 살아가므로 때 묻지 아니한 순수한 동물이라 다른 동물들에게 일체 피해를 주지 아니한다고 하였다.

거북이는 물과 땅위를 오고 가면서 백 년 이상 살아가고 있으며 학이라는 새는 땅과 하늘을 연결하기도 하고 또한 오가기도 하면서 아주 멀리 날아다닐 수 있는 장수하는 새라고 하였다.

사람도 자연과 같이 오랫동안 불로장생할 수 있으려면 사람이 구름 타고 하늘세계를 오고 갈 수 있는 신선이 되어야 한다고 말했다. 신선이 되기 위해서는 신선들이 먹고 사는 불로초(일명 신선초)를 찾아 먹으면 불로장생할 수 있다고 말했다. 의심 많은 진시황제도 이 말을 굳게 믿고 불로초를 먹으려면 어떻게 해야 되냐고 현자에게 묻자 진에서는 불로초가 없으나 동방의 나라 방장산, 탐라산, 두류산에서만 찾을 수 있다고 말했다. 다시 이 말을 들은 진시황제는 현자에게 배와 인력은 물론 많은 자금을 주어 빨리 불로초를 구해 오라고 명하였다.

현자가 불로초를 찾으러 동방의 나라로 떠난 이후 여러 해가 지나도록 돌아오지 아니하자 진시황제는 불로초를 찾으러 떠난 바닷가로 가서 현자가 돌아오기만을 기다리다가 수행하였던 신하 환관의 손에 비참하게 돌아가셨다. 이러한 역사의 고사 하나를 예로 들면서 탐욕은 자기 몸을 병들게 하니 탐욕을 버리고 내 마음이 항상 웃고 미소지으면서 남을 위해 베풀고 배려하는 선행을 필히 실천하고 오욕을 비우라고 했다.

그리고 너와 나의 마음이 하나가 되어 서로 소통하고 융합하여 포용으로 합일合—하게 되면 항상 기쁘고 즐거움이 존재하는 상태가 되어 불로초를 먹는 것과 같다고 산음 현감에게 소상히 설명해 주었다. 그러자 산음 현감은 한껏 들뜬 표정으로 고개를 끄덕이며 가야국 김해 김씨의 왕릉(지금의 산청군 금서면 왕산)이 있는 곳으로 치원을 다시 안내했다.

치원은 가야국 왕릉이 커다란 팔단 돌무덤으로 되어 있는 모습을 보고 깜짝 놀랐다. 오래전부터 신라왕이나 가야왕, 백제왕의 무덤은 흙으로 크게 만드는 것이 내려오는 매장의 풍습인데, 이곳 왕릉은 고구려의 왕릉과 같이 돌로 무덤을 만들어 놓은 것은 매우 특이한 것이라 여겼다.

"이 왕릉에 대한 역사 기록이 현청(지금의 산청군 생초면 고읍) 내에 보관되어 있소?"

현감이 송구스럽다는 듯이 대답하였다.

"송구하옵니다만 안타깝게도 이 왕릉에 대한 역사적 기록은 남아있지 않습니다. 다만 구전으로 가야국 왕릉이라는 말이 전해

가야국 구형왕릉(경상남도 산청군 금서면)

져 내려오고 있사옵니다."

치원은 그 돌무덤의 주위를 관심 있게 꼼꼼히 살펴보았다. 그리고 말하였다.

"앞산 위에서 흘러내리는 물은 다행히 암벽이 잘 버티어 주고 있으며 비바람에도 쉽게 훼손되지 아니하는 방향으로 봉우리를 만들었고 또한 무덤 뒤편 능선은 아주 짧고 완만하여 오랜 세월이 지나가도 무너질 염려가 없는 곳에 자리를 제대로 잡아서 돌 무덤은 잘 견뎌왔고, 또 돌무덤 주위에 날짐승들의 배설물과 낙엽이 이상하게도 비켜 떨어지고 있으니 이 능의 터를 잡아준 분이 도술에 매우 능통한 분이었나 봅니다. 그분이 도술을 부려서 위 세 가지가 없는 것으로 판단됩니다. 이 사람이 천령의 대관림에도 뱀과 모기, 양서류 세 가지가 없도록 조치한 것과 아주 비슷하오. 앞으로도 천 년 이상을 더 견딜 수 있겠소."

최치원 태수가 말했다. 한참동안 곰곰이 생각한 치원은 왕릉의 역사 기록이 없다는 점이 더욱 궁금해 산음 현감에게 또다시 물었다.

"역사적 기록은 없으나, 신라 김유신 장군 선조이신 가야국 마지막 왕릉이라는 것으로 백성들 간에 입에서 입으로 전해져 내려오는 곳이라고 말하고 있습니다."

그러자 치원은 이곳이 천령의 대관림과 비슷한 곳이라는 것도 잊지 않고 현감에게 전해 주었다.

"이곳 지명이 무엇인가?"

하고 산음 현감에게 다시 물어 보았다.

"이곳 지명이……. 신라 경덕왕 이전에는 이 고을의 이름을 지품천현知品川縣이라고 하였다가, 경덕왕께서 산음으로 바꾸었는데……. 태수께서는 이곳 지명의 뜻을 혹시 아시는지요?"

산음 현감이 조심스럽게 여쭈어보았다. 치원은 한참동안 조용히 눈을 감고 생각하다가 답하였다.

"종전 지명과 현재 지명을 종합해 인과를 생각해 보았다. 알 '지知', 품격 '품品', 내 '천川', 뫼 '산山', 그늘 '음陰'을 풍수지리학적으로 풀어 볼 때 산골짜기가 높은 곳에서 흘러 내려오는 물은 좋은 약초의 나무 뿌리가 흘러 보내므로 아주 좋아 농작물 재배에 도움이 되어 모든 곡식이나 과일이 풍요롭고 맛있으며 산에는 진귀한 약초와 아름다운 나무가 많습니다. 산을 휘감고 강이 흘러가는 모양은 왕산에서 활이 시위를 떠나 강으로 날아가는 형국입니다. 이곳의 사람들은 목표를 향해 최선을 다하는 성품을 갖고 살아가고 있습니다. 그러므로 사람이 한 번 한 말은 화살이 활시위를 떠난 것과 같아 두 번 다시 되돌릴 수 없음을 선조들로부터 구전을 통해서 스스로 배우고 있습니다. 이곳에 살고 있는 어머니는 자식 키울 때 이곳 지형을 항상 가르쳐 주고 있으므로 한 사람이 말을 할 때는 세 번 이상 생각하고, 세 사람이 한 말과 같아야 되므로 말을 한 번 할 때는 진중해야 된다는 것을 가르치고 있습니다. 나라와 백성들에게 이익을 주는 아름답고 사랑스러운 말을 하라는 뜻입니다. 한 번 한 말은 흘러가는 물과 같이 주워 담을 수 없습니다. 세상 사람이 지켜야 할 도리를 가르쳐 주고 있는 것입니다. 이곳 사람들은 세 사람 이상 소통하고 융합하여 하나로 포용되어야 한다는 것을 늘 생각하고 있을 것입니다. 이곳은 음의 기운이 강하여 어머니의 희생과 도움이 성모聖母와 같아 어머니는 이 세상에서 깨우친 자라는 것을 가르치고 있습니다. 그러면서 강물이 흘러흘러 넓은 바다로 흘러가듯이 태어나서 성장하여 20세 이전에 이곳을 떠나 더 큰 세상으로 가서 살아가라는 기운이 느껴집니다. 그러므로 이곳 땅 기운을 받고 태어난 사람은 소통하여 융합과 포용력이 매우 뛰어나므로 각 분야에서 큰 뜻을 이룰 수 있을 것입니다.”

처음으로 산음에 대한 지기와 함께 그 의미를 소상히 전해 들은 산음 현감은 연신 고개를 끄덕이며 입을 다물지 못했다.

"그러면 사람은 20세 이전에 부모로부터 독립해서 자기 스스로 노력하여 살아가라는 것이 아니옵니까?"

산음 현감이 다시 반문하였다.

"그러니 다른 사람에게 의지하지 말고, 스스로 독립하여 살아가라는 것을 의미하는 것입니다."

최치원 태수가 대답하면서 한 가지 사례를 말했다.

"이곳 가야국 김유신 장군의 선조들이 이곳에서 태어나서 더 큰 세상인 신라로 이주하였지요? 그 후손인 김유신 장군은 성골과 진골들의 온갖 탄압과 질시를 모두 슬기롭게 이겨내고 가야인 후손으로 삼국통일의 대업에 가장 먼저 앞장서서 전공을 세운 빛나는 공적으로 후세에 와서 왕위작위를 받았습니다. 그걸 생각하면 이해가 쉽게 될 것입니다."

산음 현감을 바라보는 치원의 입가에는 마치 자식에게 큰 가르침을 전하는 아버지의 정성이 가득 들어 있는 모습을 보이면서 눈가에는 잔잔한 미소가 흠뻑 배어 있었다.

"태수님, 한 가지 청이 있습니다. 이 고을에는 최 태수님의 '풍류도경' 학문을 배우고자 하는 백성들이 많습니다. 그들을 천령군 학사루로 보내면 신분의 차별 없이 받아 주시고 가르쳐 주시기 바랍니다."

산음 현감은 허리를 깊이 숙이며 간청을 했다.

"내 반드시 그리 하겠소."

치원이 환하게 웃으며 허락을 하자 산음 현감도 적잖이 마음이 놓이면서 기분이 좋았고 많은 가르침을 받은 자신도 치원과 같이 고을 백성을 시간 나는 대로 가르쳐야 하겠다고 다짐했다.

어느 날 치원은 길게 하품을 하며 최승우를 불렀다.

"백성들의 헌신적인 노력 덕분에 모든 게 순조롭게 끝났으니, 우리 홀가분하게 산행을 좀 해 봅시다."

"듣던 중 반가운 소리입니다. 저도 그동안 태수를 도와 바쁘게 사느라 도통 산에 오르지 못했습니다. 제 어깨에 속세의 먼지가 너무 많이 쌓여 있습니다."

최승우가 반색을 하며 온갖 너스레를 떨었다.

"그대가 그렇게 얘기를 하면 나는 홍진 속에 아예 푹 파묻혀 있다는 말이오? 허허 참, 아무튼 공기 좋고 물 맑은 두류산 칠성계곡으로 가서 신선한 바람을 쐬고 속세의 때를 좀 벗기고 오십시다."

치원도 웃으며 농을 던지면서 진감선사의 출생과 행적에 대해 말했다. 전주군(현재 익산시 금마면)에서 돈도 없고 배경도 없는 평민 출신으로 배의 노를 젓는 직업을 갖고 있었다. 다른 사람들 보다 노를 잘 저었던 모양이다. 그래서 당나라로 가는 뱃사공으로 채용되어 당나라로 가는 배를 탈 수 있었다.

원래부터 유학생 출신은 아니었다. 당나라에 도착하여 배에서 내려 보니 나도 공부해야겠다, 출가해서 도 닦자는 결심을 굳히고 당나라 사찰로 공부하러 들어갔다. 당나라 고승들로부터 불교 경전을 전수받으면서 뛰어난 재능이 인정되어 당나라 고승들로부터 존경의 대상이 되는 선사가 되었다.

당나라 고승들로부터 존경을 받고 있었지만 고국 신라의 불교 발전을 위하여 귀국을 결심한 점은 나와 같은 공통점이 있으나 나는 진실에 맞추어, 즉 기본과 원칙에 입각하여 애국애민 사상과 교육에 전력투구했다는 자부심을 갖고 있다.

그리고 이 사람의 출생지도 인근 지역 문창현 신치(현재 전라남도 옥구군)이며 성씨도 같은 최씨다. 그래서인지 모르나 마음이 일어나 진감선사 비문에 애정이 많이 생겨 이 사람의 사상과 철학을 가미했다고 부연 설명을 했다.

두 사람은 바로 가벼운 행장을 꾸려 쌍계사 방면으로 향했다. 헌강왕의 명을 받아 제일 먼저 정성을 다해 세웠던 진감선사비를 한 번 더 살펴보기 위한 것이었다. 두 사람은 마치 한 쌍의 학처럼 아주 가볍게 몸을 움직여 쌍계사에 닿았다. 진감선사비는 여전히 우뚝 서서 중생들을 굽어 살피고 있었다.

"어떠신가? 내가 최초로 공들여 쓴 진감 대선사의 비 앞에 서니 선왕이신 헌강대왕과 정강대왕을 함께 뵙는 듯하오."

아름답고 웅장한 비석 앞에 선 치원은 갖은 고생을 하며 비문을 짓고 직접 자신의 사상과 학문정신을 은유해서 비문에 새겨 넣었던 일을 떠올리며 새로운 감회에 젖었다.

"태수님의 학문과 사상으로 서술한 글씨는 역시 깔끔하고 티 하나가 없습니다. 그리고 문장도 어찌 그리 속세를 완전히 벗어난 선경의 내용입니까? 다소 완만하고 지나치게 현학적일 것 같다는 제 편견을 깨고 정말 이 시대의 모든 사람, 아니 앞으로 천 년, 만 년까지 지난 후에 더욱더 빛을 발하게 될 것 같소. 이 땅의 후손들이 감상하고 공부하고 또 두고두고 연구해야 할 실학과 유교와 불도를 융합한 학문의 보고자료라고 생각되옵니다."

탑 주변을 빙글빙글 돌던 최승우가 깊이 탄복하며 말했다.

"사람도 참, 그러고 보니 그대도 과장을 할 줄 아는 어쩔 수 없는 속인이구려. 이 사람의 글을 그렇게 과찬하다니……."

치원이 환하게 웃었다.

"두고 보십시오. 이 글 중 도불원인道不遠人 인무이국人無異國은 비문에 그대의 사상과 철학을 적시한 것으로 천 년 후에도 빛이 날 것이며, 만 년 후에도 이 세상에 남아 융합과 포용정신의 근본 뿌리로 영원히 이어져갈 것입니다. 가만히 보니, 세월이 흐르고 흘러 후세에 갈수록 더욱더 빛날 것입니다. 참으로 기이하고 신비스러운 기운이 넘쳐나는 글이옵니다."

웃음으로 능치는 치원과 달리 최승우는 단호하게 말했다. 쌍계사의 진감선사비를 나들이객처럼 범연하게 둘러본 두 사람은 잠시 후 의신 방향으로 발길을 돌렸다. 산 너머 모암 마을을 지나 골짜기로 들어서자 널찍한 너럭바위가 나타났다.

"자, 우리 여기에서 몸도 좀 씻고, 특히 세속에서 물들었던 온갖 탐진치貪瞋癡(탐욕貪欲, 진에瞋恚, 우치愚癡, 즉 탐내어 그칠 줄 모르는 욕심, 노여움, 어리석음을 이른다. 이 세 가지 번뇌는 열반에 이르는 데 장애가 되므로 불교에서 삼독三毒이라 한다.)의 마음을 모두 이 물로 씻어 버리고 출발하세."

치원이 먼저 옷을 벗고 계곡물 웅덩이 속에 풍덩 소리를 내며 들어가자 최승우도 주저하지 않고 옷을 벗고는 이내 물속에 몸을 담갔다. 두 사람은 마치 어린아이들처럼 물장난을 하며 웃고 또 웃었다. 치원은 머리를 차가운 물에 감은 후 이번에는 맑은 물로 귀에 묻은 먼지를 씻으며 귓속까지 물을 적셔 깨끗이 씻어냈다.

세이암洗耳岩

목욕재계를 끝낸 치원이 너른 바위에 앉아 '세이암洗耳岩'이라고 썼다. 그러자 최승우가 바랑에서 끌을 꺼내어 조심스레 돌을 쪼기 시작했다. 날렵하고도 섬세한 솜씨로 돌을 쪼기 시작한 지 한참 만에 세이암이라는 글자를 선명하게 새길 수 있었다. 그때 바람 한줄기가 몰아치는가 싶더니, 날렵하게 생긴 두 사람이 계곡을 타고 사뿐이 내려왔다.

"세이암이라……. 번잡한 속세에서 더럽혀진 귀를 여기에 와서 씻고 싶었던 모양이지? 하기야, 물이 이렇게 맑으니 인간 세속의 때묻은 마음을 씻고도 싶겠지."

그들은 너럭바위에 새겨진 글씨를 보더니 크게 웃으며 바위 조금 위쪽으로 올라갔다. 그러더니 행장 속에서 바둑판을 꺼내 바둑을 두기 시작했다. 치원과 승우는 영문을 모른 채 숨을 고르며 두 사내가 펼쳐 놓은 바둑판을 물끄러미 지켜보았다.

행마가 아주 빠르고 흰 돌과 검은 돌을 주고받는 솜씨가 놀라웠다. 꼭 죽을 것 같던 대마가 절묘하게 위기를 뚫고 살아 나가는 모습이라든지, 절대로 잡힐 것 같지 않던 행마를 향해 비호같이 달려가 덮치는 모습이 참으로 신기하기만 했다.

"아니! 고병 대장군이 아니십니까? 그리고 자네는?"

그들이 바둑을 세 판쯤 두고 났을 때 최치원이 갑자기 소리를 질렀다.

"자네야말로 어지간히 눈이 어두워졌네. 손위 처남을 이제야 알아보다니."

'자네'라고 불린 사내는 검은 돌을 조용히 내려놓더니 치원을 물끄러미 쳐다보며 희미하게 웃었다.

"고운, 이게 얼마 만인가? 내가 귀국해서 아버님 상을 치를 때 그대가 오지 않았던가? 벌써 십 년의 세월이 흘렀네. 그래, 여기는 어쩐 일로?"

치원은 처 오라버니 고운을 만난 반가움이 너무나 컸던 탓에 목소리마저 떨리고 있었다.

"도통순관, 그건 아니지. 지금은 방로태감 겸 태수라지? 최 태수! 우리의 세계를 알지 않는가? 그대가 손으로 잡을 수 없다는 것을……."

치원이 고운에게 다가가 손을 덥석 잡으려고 할 때 고병 대장군이 그를 제지했다.

"대장군, 제 처남인 고운이 언제 이승을 떠났습니까?"

그제야 치원은 뜨거운 눈물을 흘렸다.

"얼마 안 돼. 고운은 필사탁의 난을 피해 삽천霅川(지금의 절강성 호주湖州)에서 저술에 전념했지. 그리고 선종宣宗, 의종懿宗, 희종僖宗 황제의 3대 실록實錄을 편찬하다가 우부원 외랑(지금의 외무부 차관급)에까지 올랐다네. 그러다가 지난 건령乾寧 원년元年(894)에 저승으로 왔지. 요즘 나하고 바둑 두는 재미로 저승 생활을 아주 잘 즐기고 있다네."

고병 대장군이 팔짱을 낀 채 치원을 바라보며 잔잔한 미소를 지었다.

"그런데 저 사람은······. 종남산에서 도를 닦던 사람이 아닌가?"

고병 대장군이 치원의 곁에 서 있던 최승우를 즉시 알아보고는 놀란 표정을 지었다. 그제야 최승우도 두 사람 밑에 엎드려 절을 올렸다. 최승우도 도를 충분히 닦은 사람이라 이 모든 상황을 겸손하게 받아들이고 있었다.

치원도 최승우와 함께 다시 한 번 그들에게 공손하게 절을 올렸다. 그런데 그때 고병 대장군과 고운은 갑자기 계곡 위로 훌쩍 날아오르더니 두 마리의 학이 되어 눈앞에서 홀연히 사라지고 말았다. 두 마리의 학이 힘찬 날갯짓을 하며 하늘로 날아오르는 순간 찬란한 빛이 계곡을 향해 가득 쏟아졌다.

환학대喚鶴臺

치원이 황급히 달려가 그들이 앉았던 바위에 '환학대'라는 글을 써 놓았다. 그러자 최승우가 다시 빠른 끌질로 바위 위에 각자를 새겼다.

"훗날 내가 시해선尸解仙(시해법으로 신선이 되어 영원히 사는 도법)을 이룬 다음 이곳에 다시 들른다면, 나도 반드시 이 바위 위에서 호몽과 함께 한 쌍의 학이 되어 날아 보겠소. 오늘 내 글씨에 각자를 잘해 줘서 고맙소."

치원이 다가가 최승우의 손을 꼭 잡았다. 두 사람은 술에 취한 듯 몽롱한 기운 속에서 다시 산을 타기 시작했다. 칠선봉, 반야봉, 장군봉, 제석봉, 삼도봉, 토끼봉, 촛대봉을 껑충껑충 뛰어넘었다. 그들은 촛대봉에 도착한 후 다시 되돌아 번개와도 같이 산을 뛰어넘어 마침내 노고단에 이르렀다. 푸른 하늘 아래 사방이 흰 구름의 바다로 둘러져 있고 아득한 산봉우리 아래에는 은빛 물결의 섬진강이 비단 물결처럼 굽실거리며 흘러가고 있었다.

"최승우 진사, 그대도 도를 닦는 사람이니까 여기가 어디인 줄은 알 것이오."

"할미당이 가까운 곳 아닙니까? 아까 우리가 되돌아왔던 촛대봉에서 조금만 더 가면 이 산의 최고봉인 천왕봉이 있는데, 그 천왕봉 가까이에 할미당이라고 하는 산신당이 있지요. 그러나 예로부터 신라의 화랑들은 바로 이곳 노고단에서 도교의 국모 신인 서술성모西述聖母께 예를 올리지 않았습니까? 그러니까 이 노고단은 바로 우리 도인들의 성지라고 할 수 있지요."

최승우의 말에 치원은 옅은 미소를 지으며 고개를 무심히 끄덕였다. 그리고 등에 지고 온 바랑에서 술잔과 술을 꺼내어 가까이에 있는 돌탑 옆에 진설했다.

"우리 함께 정중히 예나 올리고 가세. 서술성모라고도 하고 선도성모仙桃聖母라고도 하는 그분께 홍익인간의 후손으로서 예는 올리는 것이 도리 아니겠습니까?"

두 사람은 나란히 서서 삼배를 올렸다. 그리고 치원은 지필묵을 꺼내 서술성모께 바치는 축문을 썼다.

성모님이시여. 지금 신라는 풍전등화의 신세입니다.
바로 이 산의 서남쪽에 있는 무주 땅에서는 견훤이 건국을 준비하며 후백제라 국호를 정하였고, 한강 북쪽 땅에는 궁예가 또 하나의 나라를 세우고 고려라 국호를 정했습니다. 이는 신라의 주도로 이루어진 삼국통일이 삼백 년 만에 허물어지고, 새로운 시대가 펼쳐지는 역사적 비극의 순간입니다.
서술성모님이시여, 선도성모님이시여!
저희들에게 길을 보여 주십시오. 신의 나라이자 천년 왕국인 신라가 과연 천 년 사직을 유지할 수 있을지, 아니면 새로 생기는 그 어떤 나라가 해 뜨는 나라인 가장 아

름다운 해동국의 주인이 될 것인지…. 흰 운무에 갇혀 갈
곳을 알지 못하고 있는 이 노고단의 두 사내에게 길을 열
어 주소서.

최치원이 정성 들여 쓴 축문을 펼쳐 들자 최승우가 바로 불을
붙였다. 그러자 축문은 한 폭의 원삼圓衫처럼 너울너울 구름이 펼
쳐져 있는 계곡으로 나비처럼 날아갔다.

모든 의식을 마친 후 치원은 최승우와 함께 바위에 걸터앉아 오
랜만에 술잔을 기울였다. 그 술은 서라벌의 술 중에서 가장 맛이
은은하고 향긋하다는 미탄사의 사하주로서 지난번 행차 때 진성
여왕이 특별히 하사한 술이었다.

"내 일찍이 그대에게 물어보고자 하는 내용이 있었는데……."

몇 순배를 마시고 난 치원이 천천히 입을 열었다.

"하문하십시오. 말씀하시면 성심성의껏 대답해 올리겠습니다."

최승우가 술잔을 내려놓으며 고개를 숙였다.

"그러니까 내가 서라벌에 있을 때부터 풍문은 들었는데 진성여
왕 즉위 삼 년째부터 전국적으로 농민들이 난을 일으켰소. 그중에
서도 붉은 바지에 붉은 모자를 쓰고 다니던 적고적이라고 하는 도
둑의 무리가 있었지요."

잠시 머뭇거리던 치원이 천천히 이야기를 풀어 나갔다.

"그 얘기는 이미 잘 알고 있습니다."

최승우가 고개를 끄덕였다.

"그런데 그 적고적의 우두머리가 바로 중국에서 무술을 닦은 여인이라는 것이오."

"그 점 또한 알고 있습니다."

"사실은 내가 이 천령군의 태수로 오기 전에는 부성군에 있지 않았소?"

"그랬었지요."

"그때 내가 여왕마마의 명령을 받잡고 당나라에 하정사로 출발하게 되었는데 월성에서 성심성의껏 마련한 봉물을 가지고, 내가 어릴 적부터 십육 년 동안이나 정을 붙였던 당나라로 출발하게 되었는데……. 아, 어디선가 난데없이 그 붉은 바지를 입고, 붉은 수건을 쓰고, 붉은 깃발을 든 적고적 떼가 나타나더이다. 결국 어느 산모퉁이에서 그들에게 포위되고 말았소. 나는 신라의 하정사로서 봉물을 빼앗길 수 없어 사력을 다해 싸웠지. 그 두목과 산 꼭대기까지 올라가 죽음을 걸고 결투를 했는데 그런데 말이오. 그 여인이 갑자기 복면을 벗는 게 아니겠소? 그 여인은 놀랍게도 보리……. 보리가 그 적고적의 우두머리였단 말이오. 보리의 아량으로 나는 봉물을 다시 찾고, 무사히 당나라로 건너가 황제를 뵙고 오기는 했지만……."

치원은 그때의 일을 떠올리며 온몸에 소름이 돋는 것을 느꼈다. 아무리 생각해도 보리가 견훤의 부인이 되었다는 사실이 도무지 믿기지 않았던 때문이다.

"그 얘기라면 제가 좀 압니다. 그 옛날 우리가 서라벌로 달려가 죽음을 무릅쓰고 구해온 불쌍하고 가련한 그 소녀와는 황소의 난이 끝나갈 무렵 황궁의 보물 창고를 지키기 위해 달려갔을 때 우연히 만나고 헤어지기도 했었죠. 그런데……."

최승우는 멀리 하늘을 보며 잠시 말을 끊었다.

"알고 계셨다니 참, 속히 얘기해 보시오."

치원이 답답하다는 듯 눈을 부릅떴다.

"그 후 얼마 안 되어 신라에서 견훤이라는 청년이 당으로 건너왔습니다. 처음에는 자오곡 계곡에서 만났고, 거기에서 도를 닦은 후 자신은 무예를 더 공부해야 한다고 하면서 소림사로 갔지요. 바로 그 소림사에서 견훤은 보리 처자의 수하가 되었습니다. 보리는 소림사에서 방장으로 계셨던 만귀스님의 양아들, 젊은 무성스님으로부터 무예를 전수받았고 나중에 들어온 견훤 청년에게 무술을 전수하여 주었지요. 전수를 마친 견훤은 곧장 신라로 돌아왔지요. 그리고 당나라 황소의 난 전쟁 도중 전범으로 생포되었을 때 최치원 도통순관이 신라 출신 보리를 황제에게 간곡한 청을 드려 방면시키는 조건으로 신라로 되돌아갈 수 있도록 청원했기 때문에 목숨을 건져 당을 무사히 떠날 수 있었고 우리 신라에 돌아와서는 암암리에 견훤과 뜻을 같이 하면서 혁명을 함께 시작한 것입니다. 최치원 태수님, 이제 사태의 전후를 아시겠소?"

최승우의 말을 듣고 난 후 최치원은 무거운 쇠망치로 뒷머리를 얻어맞은 느낌이었다.

"결국 견훤은 보리 처자와 뜻을 함께 하였는데 둘은 각자 고국에 돌아와 백성들을 쥐어짜는 진골들과 지방 토호들은 물론, 백성들을 괴롭히는 장수들에게 맞서 싸우기 위해 의병을 모아 정의로운 나라를 만들기 위해 부패한 신라와 맞싸우게 된 것입니다. 이러한 사실을 전해 들은 저는 그때부터 후백제의 왕비가 되신 보리부인을 매우 존경하고 있습니다."

어디서 그렇게 소상히 들었는지, 보리에 대해 모든 것을 다 알고 있는 최승우를 바라보는 치원의 눈빛이 흔들리고 있었다.

"그렇다면 그대는 신라 왕실에 반기를 들고 있는 견훤에게도 호의를 가지고 있는가? 더 솔직하게 말한다면 우리 신라의 정통성을 부정하며, 그 반역도들과 은밀히 소통하면서 뜻을 함께하고 있다는 말인가?"

치원이 술잔을 내던지며 큰 소리로 물었다. 그러자 최승우는 술잔을 천천히 내려놓고 자리에서 일어서더니 최치원을 향해 큰절을 올렸다.

"신라국의 방로태감이시며 천령군 태수이신 최치원 어르신이시여! 지금 이 순간부터 어르신과 저는 정교 사상 면에서 태도를 분명히 해야 할 것 같습니다. 태수께서 천령군을 지키시며 이 땅의 방로태감으로 계시는 한 저는 더 이상 어르신 곁에 머물러 있을 수가 없을 것 같습니다. 저는 이미 보리 왕비와 뜻을 같이하고 있고, 스스로 후백제의 왕이라 자처하고 있는 견훤 장군과도 뜻을 같이하고 있습니다. 좀 더 깊은 속내를 말씀드린다면, 견훤 장군과 보리 왕비는 물론, 저 또한 오랜 조상이 백제 사람입니다. 그동안 삼백 년 동안 저희들은 우리 조상들의 뿌리를 숨긴 채 서라벌의 그늘에서 살아왔을 뿐입니다. 훗날 어르신과 제가 불편한 상황 속에서 서로 적대적으로 만나지 않기를 바랄 뿐이며, 저 역시 후삼국 평화통일에 앞장 서겠습니다. 도움이 필요할 시는 언제든지 하명하여 주시고 백성을 이롭게 하는데 이 한 몸 기꺼이 바치겠습니다.”

말을 마친 최승우는 도인답게 북두칠성을 향해 예를 올렸다. 그리고 나서 좌우곡보를 하며 주문을 외치며 구름 속으로 힘껏 몸을 던졌다. 그러더니 그중에 가장 넓은 구름을 잡아타고는 바람과 함께 섬진강을 따라 유유히 사라졌다. 그 모습을 지켜본 최치원은 혼잣말로 우리는 하나인데 둘로 서로 나누어지는 세상이 한스럽구나. 최승우의 앞날에 아무런 일도 없이 무탈히 잘 지내기를 기도드렸다.

“어서 오시오. 기다리고 있었소이다.”

최치원이 최승우를 떠나보내고 반야봉에 올랐을 때 백발을 휘날리는 한 노인이 바위 위에서 가부좌를 틀고 앉아 큰 소리로 말했다.

“뉘시온지? 저를 아시는지요?”

치원은 노인 곁으로 다가가며 물었다.

“허어……. 우리는 이미 구면인데, 그대는 이 노승을 까맣게 잊고 있었구면. 나로 말하자면, 무주 희향현(지금의 전남 광양 지역)에 있는 백계산 자락의 옥룡사에서 올라온 도선道詵이라 하오. 그대가 당에서 막 돌아왔을 때 선왕이신 헌강대왕 생시에 몇 번 월성궁에서 얼굴을 마주친 일이 있었는데 기억하시는지요.”

그 노승은 수염뿐만 아니라 눈썹까지 모두 백발인 탓에 말을 할 때마다 마치 앙상한 가지에서 눈발이 떨어지는 듯했다.

“아이고, 도선국사님. 미처 알아보지 못한 소인의 불찰을 용서하소서. 국사님을 이런 데서 뵙게 될지 제가 어찌 꿈속에서나 알았겠습니까?”

그제야 치원은 땅에 무릎을 꿇고 큰절을 올렸다.

“국사라니? 나는 아직도 산천을 헤매는 땡중에 지나지 않소. 헌강대왕께서는 이 땡초를 좋아해서 자꾸 궁에 머물러 달라고 당부하셨지만, 나는 그런 궁중 같은 곳에는 좀이 쑤셔서 있지 못하는 땡중이라오. 그저 이 골짜기 저 골짜기 계곡을 헤매며 자연과 함께하는 재미가 제일 좋고, 이 봉우리 저 봉우리를 유람하면서 산에 오르는 맛이 제일이지. 어흠……. 그나저나 아까 노고단에서 꽤 낯이 익은 젊은이가 구름을 잡아타고 저 섬진강을 따라 날아가던데 함께 온 지인을 잃어서 어쩌나. 그 사람이 아마도 세상 사람들이 흔히 말하는 삼최 중에 둘째인 최승우였지? 그래, 내 눈썰미가 틀리지 않다면 최승우가 틀림이 없어. 고산에서 구름을 잡아타고 갈 만한 도인은 우리 신라에서 최치원 태수를 빼고는 아마 최승우뿐일 터.”

노승은 껄껄 웃으며 치원을 바라보았다.

“그렇습니다, 도선국사님. 저하고 오랫동안 당나라에서 함께 도를 닦았고, 얼마 전에 당에서 빈공과에 합격하기도 했던 최승우가 맞습니다."

"그 사람 무주 방향으로 날아가는 걸 보니, 아마도 견훤한테 가는 모양인데 그것 참, 선택을 잘못한 것 같은데……. 어쨌든 최치원 태수는 왜 견훤에게 가는 최승우를 잡지 않았소?"

"쇠퇴해 가는 신라를 누가 돕고자 하겠습니까? 지금은 인재들이 신라 땅으로부터 떠나는 때라 여겨집니다. 서라벌에 있어 봐야 학자나 도인의 뜻을 펼 수도 없고, 벼슬을 얻어 봐야 자신의 뜻을 이룰 수도 없지 않습니까? 그러니 저도 더 이상 그 사람을 같이 일하자고 잡을 수 없었습니다."

치원은 한순간에 오랜 벗을 잃은 슬픔으로 마음이 산산이 부서지고 있었다.

"지리다도파도파……. 지리다도파도파라……."

도선국사는 눈을 살며시 감은 채 중얼거렸다.

"국사께서도 그 비기를 알고 계시는군요?"

치원은 놀라고 말았다.

"그대는 이 비기가 어디서 나온 건지 아시오? 지리다도파도파……. 우수한 인재들과 뜻있는 선비들이 떠나고 나면 도읍이, 즉 서라벌이 황폐해지고 말 것이다. 사실 이 비기는 절반의 문구에 지나지 않소. 그 뒤에 따라오는 여덟 자가 있지. 지금 내 입으로 말할 수는 없고……. 그대가 한번 알아내 보시오. 그대는 영민하여 빛나는 예지력을 갖추고 있는 신라 최고의 지성이자, 동방의 나라에서 인정한 해동 최고의 지성인이 아니오? 소승이 그 비기를 얻을 만한 장소를 알려 주리다."

도선국사는 또 알 수 없는 표정을 지으며 크게 웃었다.

"자, 어서 서두릅시다. 내 나이 이제 그대보다 삼십 년이나 앞서 있어 이미 칠십을 헤아리고 있다오. 그대의 빠른 발과 구름 잡아타는 솜씨는 따를 수는 없겠지만, 계곡을 건너고 봉우리를 짚는 솜씨만은 아직도 살아 있으니 내 걱정은 말고 어서 따르시오."

도선국사는 말을 끝내자마자 자리에서 벌떡 일어났다.

"혹시 행선지를 알 수 있겠는지요?"

치원이 허리를 구부리며 정중하게 물었다.

"산등성이를 타고 달리면 그리 멀지는 않을 거요. 가야산 해인사라고 들어 보았소? 앞으로 신라의 운명을 가를 곳은 오직 한 곳, 바로 그 해인사라는 절이오. 거기 가서 보면 왜 해인사가 신라의 국운을 가르게 될지, 그 이유를 알게 될 것이오."

국사는 싱겁게 웃으며 긴 수염을 한 번 쓰다듬었다. 두 사람은 산행을 시작하며 아버지와 아들처럼 혹은 큰형님과 막내아우처럼 다정스럽게 이야기를 나누었다.

그러다가 힘이 들면 산봉우리 어딘가에 멈추어 서서는 도선국사가 싸가지고 온 송홧가루를 나누어 먹었고, 최치원이 바랑 안에 준비해 가지고 온 솔잎차도 나누어 마셨다.

"내 일찍이 최 태수가 신라 최고의 지성인이라는 것을 여러 지인으로부터 들어서 알고 있었지만, 그대는 어찌 유불선과 다른 사상까지 전부 깨우쳤는지 또 내가 그동안 갈고 닦아 온 음양지리설陰陽地理說과 풍수상지법風水相地法까지 모두 터득할 수 있었단 말이오? 혹시 이 방면에 관한 책을 읽어 본 일이 있소?"

어느 고갯마루에 앉아 쉬며 도선국사가 불쑥 치원에게 물었다.

"저는 그동안 과거를 보고 벼슬을 얻기 위하여 고대 선지식이나 성인들이 남겨 놓은 유가의 책 만 권 정도를 읽었고, 불가의 책들은 당나라 종남산에서 고승들을 만나며 어깨너머로 본 일이 있습니다. 그리고 도교에 관한 책은 제가 어려서 화랑도를 좋아하였고, 종남산에서 종리권이라는 선사를 만나 읽을 만큼 읽었습니다. 그러나 풍수에 관한 책은 딱 한 권 읽은 일이 있습니다."

치원이 고개를 숙이며 겸손하게 대답했다.

"그게 어떤 책이오?"

도선국사는 그 책의 내용이 무척 궁금했던 것이다.

"당나라 희종 황제 원년에 제가 빈공과에 장원 급제를 하자, 희종 황제께서는 저와 당나라에 있는 처의 오라버니 고운이라는 또 다른 장원 급제자에게 각각 한 권씩의 비기를 하사해 주셨습니다. 그것은 진晉나라 사람인 곽박郭璞이 지었다고 하는 곽박장서郭璞葬書라는 책이었습니다."

"뭐? 곽박장서라고? 정말 희종 황제께서 그런 비기를 그대에게 주었단 말이오?"

깜짝 놀란 국사가 비명을 지르듯 큰 소리로 물었다.

"황공하옵게도 황제께서는 그 책을 주시며, '이 책은 수천 년 전부터 전해져 내려오는 진귀한 비기이니 조심해서 보라'고 하셨습니다. 그러나 제 처남이기도 한 고운은 이제 이승을 떠나고 말았습니다."

잠시 고운을 떠올린 치원은 다시 마음 한구석이 칼에 베인 듯 쓰라렸다.

"당의 황제니까 그런 비기를 수재들에게 전해 주지, 우리같이 좁은 땅에서는 그 누구도 손에 넣을 수 없는 진귀한 비기란 말이오. 나도 그 책에 얽힌 얘기를 알고 있소만 일찍이 당의 현종玄宗께서 풍수를 좋아하셔서 국가의 큰일을 결정하거나 큰 공사를 시작하기 전에는 반드시 풍수관인 홍사泓師에게 물었는데, 홍사는 황제의 명을 받으면 반드시 자기가 가지고 있는 비기를 혼자만 보고 대답을 했다 하오. 그래서 답답해진 현종 황제께서는 홍사에게 간곡하게 청했지요. '여보게, 홍사 풍수관. 나에게도 그 책을 한 권 전해 줄 수 있겠나?' 그랬더니 그 풍수관은 무엄하게도 황제에게 이렇게 말했다는 것이오. '이 책은 이 세상에서 가장 귀한 책입니다. 절대로 남에게 보여서는 안 되는 비보서秘寶書입니다. 하오나, 신이 어찌 황제의 명을 거역할 수 있겠습니까? 이 책을 필사하여 올리겠사오니, 절대로 다른 사람에게는 보여 주지 마십시오.' 뭐, 이러면서 책을 올렸다는 얘기지요. 그래서 황제께서는 그 책을 비단 보자기에 싸서 아무도 모르게 장롱 깊이 넣고 혼자만 보셨다

하오. 그래서 사람들은 그 책을 금낭경錦囊經이라고도 한다오. 아무튼 그대가 금낭경을 보았다면, 나는 앞으로 그대에게 내 비밀을 다 말할 수 있을 것 같소."

국사는 다시 치원을 올려다보며 선지식 못지않은 그의 박식에 다시 한 번 놀랐다.

"국사께서 가시고자 하는 곳이 가야산 해인사라고 하셨는데, 이 몸이 한 가지 청을 올리고자 합니다. 제가 태수로 있는 천령군이 바로 지척에 있으니, 함께 산 아래로 내려가시어 하룻밤이라도 편히 쉬어 가시는 게 어떠신지요? 그러면서 제가 보관하고 있는 비서를 읽고 풍수지리대로 설계해서 공사를 마친 대관림과 치수의 흔적에 잘못된 것이 있나 없나를 국사님께서 다시 한 번 잘 살펴봐 주십시오. 제 좁은 소견으로 물길을 바꾸고 단군 이래 처음으로 인공 숲인 대관림이라는 숲을 조성하였습니다. 도선국사님께서 한 번 살펴보시고 과연 그것이 풍수학적으로 안전하게 조성되었는지, 또 수천 년 이후까지 잘 보전되어 백성들에게 피해가 일어나지 아니할 것인지를 잘 판단하여 주시옵소서."

사실 치원은 그동안 대관림의 치수 공사를 끝내고 내심 마음 한쪽 구석이 복잡했다. 치밀하게 계획을 세워 공사를 진행하여 완공했지만, 그것이 풍수지리학적으로 세상 이치에 맞아 세월이 수없이 지난 후에도 변함없이 물길이 바로 흐를 수 있을 것인지는 치원으로서도 미래에 일어날 수 있는 현상에 대해서는 불안하기만 했기 때문이다.

그래서 도선국사를 천령군으로 초청해 제 삼자의 시각에서 면밀히 검토받아 잘못된 것이 있으면 즉각 수정하고 보완하여 먼 훗날까지 백성에게 피해가 없도록 하고 싶었던 것이다.

"뭐. 그거야 어렵지 않지. 내 그럼, 그대가 당나라에서 풍수지리를 공부한 것과 내 스스로 깨우친 대우주 자연의 이치를 융합하여 지은 도선비기에 어긋나지 않고 합당한지를 한번 살펴보도록 하지."

흔쾌히 허락한 국사는 아무런 말도 없이 앞장서서 걸었다.

그렇게 한참을 걸어 또 어느 고갯마루에 이르자 도선국사는 갑자기 발길을 멈추더니 치원을 쳐다보고는 배시시 웃었다.

"아이고, 목도 컬컬하고 속도 출출하구려. 그곳에 가면 배불리 먹을 음식과 컬컬한 목을 달랠 수 있는 술도 있소? 이왕이면 내 객사에 미인도 한 명 보내 주시오."

그러더니 국사는 다시 발걸음을 재촉했다. 그런데 기이하게도 조금 전과는 달리 보폭이 더욱 넓어졌고, 똑같은 거리를 가는데도 속도가 무척 빨라졌다. 그 모습을 보고 빙그레 웃던 치원도 속도를 더해 국사의 뒤를 바짝 쫓아갔다.

해인사 가는 길

치원은 도선국사와 천령군 관사에 도착해서 저녁 식사를 함께 하였다. 저녁상을 물리고 나자, 관아 악공들이 들어와 흥겨운 음악을 연주하는가 싶더니 이내 아리따운 무희들이 몰려와 가락에 맞춰 춤을 추었다.

도선국사는 비스듬히 누워 배를 두드리며 여인들의 화려한 자태에 흠뻑 취한 듯 입을 다물지 못하더니, 갑자기 몰려오는 여독 탓에 자리에 앉은 채 이내 코를 골았다. 그러자 치원은 서둘러 악공과 무희들을 물리고는 곧바로 마음씨 착한 관기를 불러 국사의 잠자리를 보살피도록 했다.

방바닥이 따뜻하고 다리를 주무르는 관기의 손길이 나긋나긋해서인지 국사는 잠결에도 빙긋 웃으며 내뱉는 콧김 숨소리는 천장이 떠나갈듯이 시끄럽게 들렸다. 다음 날 아침, 국사는 아주 기분 좋은 얼굴로 잠자리를 털고 나왔다. 문 앞에서 치원을 마주한 국사는 간밤의 일이 생각나 괜스레 얼굴을 붉히며 치원의 얼굴을 제대로 쳐다보지 못했다. 치원도 국사가 무안해할까 봐 간밤의 잠자리에 관해 일부러 모르는 척했다.

"태수, 그대가 조성해 놓은 강의 흐름과 대관림 숲을 보러 가세!"

국사는 아침식사로 제공한 밥 한 그릇 등을 금세 다 비우고는 먼저 행장을 갖추고 앞장 섰다. 그러자 치원으로부터 이미 지시를 받아 알고 있던 부하 관리들이 그날의 행차 계획대로 함께 따라 나섰다.

"아니야, 아니야, 태수만 앞장을 서게. 난 태수하고 단 둘이서 긴밀한 얘기를 하고 싶어."

그 말을 들은 다른 관리들이 머쓱해져서 모두 물러났다.

"음, 치수 공사를 참 잘했구만. 냇물이 사행蛇行을 하게 되면 구렁이가 먹이를 감듯이 해마다 곡식을 먹어 치우는 법이야. 음, 아주 좋아. 뱀의 목을 아주 잘 잘랐어. 사행천을 아주 잘 바로잡아 용천으로 만들었구만. 태수는 어디서 이런 치수 방법을 배웠는가?"

들판을 가로지르는 뇌천가에 이르자 국사는 아주 만족한 웃음을 지었다.

"소관은 일찍이 당에서 급제를 했고, 약관에 강남의 율수현 현위가 되었습니다. 율수현은 강남과 운하가 만나는 지역이라, 당나라 사람들이 어떻게 물길을 만들고 다루는가 하는 법을 연구하면서 배우게 되었지요. 그 뒤 회남으로 가 군무에 종사했는데, 그 회남 역시 운하가 지나는 지역이었습니다."

치원은 도선국사의 느닷없는 칭찬에 몸 둘 바를 몰랐다.

"옳거니, 옳거니, 제대로 배웠어. 이 물길의 흐름을 바로잡고 강 폭을 넓게 잡아 제방을 조성한 치수 공사는 수천 년이 지나더라도 절대로 범람하지 않을 것이고, 이 넓은 평야를 충분히 옥토로 가꾸어 줄 거야. 거 참, 신라에서 처음으로 인공 숲과 평야를 조성한 걸작이로고."

국사는 치원이 조성한 대관림을 바라보며 입이 마르도록 칭찬을 하며 이번에는 인공림이 총총한 대관림 숲속으로 들어갔다.

"그래, 이 나무들은 두류산에서 옮겨 온 거라고?"

"그렇습니다. 남자들은 캐 오고 여자들은 심었습니다."

"캬, 좋다. 마땅히 그렇게 해야 되는 거야. 나무는 양이니까 사내놈들이 제 남근을 다루듯이 쑥쑥 뽑아 오는 것이 당연한 일이고, 구덩이는 음이니까 아낙네들이 널찍한 가랑이를 벌려 놓고 남근을 받아들이는 것이지."

국사는 야릇한 표정을 짓고는 큰 소리로 웃으며 뒷짐을 진 채 숲 속을 유유히 걸었다. 그러면서 조성되어 있는 나무들을 자세히 살펴보며 정연하게 심겨 있는 양수와 음수 나무끼리 서로서로 사랑하는 모양으로 배열되어 있는 모습에 무척 탄복했다.

"아니, 그런데 이 울울창창한 숲 속에서 어찌 구렁이가 꿈틀대는 소리가 들리지 않고 개구리, 도마뱀, 두꺼비들이 뛰어다니는 소리도 들리지 않는고?"

최치원이 풍류도를 통하여 백성들에게 인생지도 및 처세지도를 가르침으로 모든 것은 자신이
만드는 창조의 길에서 이루어진다는 것을 회화하여 작품화하였음.

국사는 조용한 숲 속에 바람 소리와 날짐승 새소리만이 크게 들리는 게 이상했던 것이다.

"아, 그게……. 제가 좀 성급한 도술로 특단의 조치를 취했습니다. 지난 가을, 여왕마마께서 행차를 하시어 이 숲 속을 걸으셨는데, 그때 한참 독이 오른 독사 한 마리가 대왕마마의 행차를 가로막는 탓에 제가 주문을 써서 이 숲 속에서 파충류와 곤충들을 모두 없앴습니다."

치원은 멋쩍은 듯 뒷머리를 긁적이며 조심스럽게 말했다.

"거 참, 태수의 도술이 좀 과했구만. 원래 이런 숲 속에는 숲이 울창하면 울창한 대로 사람을 무는 동물도 있고, 슬슬 기어 다니는 놈들도 있고, 땅굴을 파는 놈들도 있고, 기어 다니며 꿈틀대는 것들이 있어야 서로 돕고 상생하는 법이거늘. 그것을 태수가 도술로 없앴으니 앞으로 이 숲 속에는 사람들이 지나칠 정도로 많이 모이게 될 것일세. 그러면 인근에는 마을도 생기고 길도 생기고 지나치게 소란스러워질 거야. 아마도 앞으로 수백 년 후에는 이 숲의 절반은 떨어져 나갈 터 사람들은 이 손실된 숲을 하림이라고 부르게 될 것이네. 남아 있는 절반의 숲만을 사람들이 상림上林이라고 부르겠지."

처음에는 장난기를 가득 머금던 국사의 얼굴에 차츰 검은 그림자가 빛을 드리우면서 치산치수 경위에 대하여 말해 달라고 요구했다.

"대관림을 설계하기 전에 소직이 산과 산의 지형을 자세히 살펴보았습니다. 가만히 보니 백운산과 대봉산이 덕유산 줄기에서 뻗어 내려온 것을 알아냈지요. 그 산 아래로 흘러내린 자락의 지기와 방장산 서쪽 줄기에서 뻗어 내려 삼봉산 아래로 이어진 이곳 천령의 지기가 서로 다른 점을 발견했습니다. 그래서 백운산과 대봉산 아래로 이어진 곳에 위치한 곳을 상림이라 이름 붙이고, 삼봉산 줄기 종착 지점에 위치한 곳을 하림이라 이름 지었습니다. 상림의 지기는 평온하여 훗날까지 변함이 없겠으나, 하림의 지기는 지하 깊은 곳에서 서서히 솟아올라 오는 뜨거운 지기 때문에 수백 년이 지나면 스스로 붕괴되어 사라지게 될 것입니다. 또 나무들은 죽어 없어지겠으나, 그곳은 만물이 잘 자라는 옥토로 변하게 될 것입니다.”

치원은 자신이 치밀하게 세웠던 계획을 도선국사에게 전하며 땅의 지기에 대해서도 소상히 설명을 하였다.

“거 참, 우연의 일치라고 보기엔 참으로 허망하네. 이 하림이 수백 년 후 없어질 것이라니 내 앞서 그대에게 그럴 것이라고는 일러 주었지만, 상세하게 설명은 못 했네. 미안허이.”

경직된 얼굴로 치원의 말을 신중히 경청한 도선국사는 눙치며 큰 소리로 한바탕 웃었다.

“그대는 이 노승보다 풍수지리에 있어 한 수 위일세. 이 노승이 앞으로는 그대를 풍수천기학문의 스승이라 불러야 되겠소.”

도선국사는 다시 한 번 크게 웃었다.

‘그대는 모든 것을 다 갖추어 이 세상에 태어난 하늘이 내린 천

재 중의 천재로고…….'

국사는 길을 걸으며 치원에게 들릴 듯 말 듯한 소리로 중얼거렸다.

'왕건이라는 자……. 그는 새로운 나라를 건설하게 될 왕재 중의 왕재지. 그런 자가 새로운 나라에 대한 기본 설계를 함에 있어 그대의 학문과 지혜를 얻는다면, 그 나라는 대략 오백 년간 오래도록 번창할 것이야.'

혼잣말을 하던 국사는 반드시 왕건을 다시 찾아가리라 마음먹었다. 그에게 일러 오고초려를 해서라도 최치원을 반드시 왕사로 받들어야 할 것이라고 왕건에게 꼭 당부하리라고 마음속에 다짐했다.

"태수, 가져온 솔잎주나 한 잔 나누어 마시세."

한참이나 앞서 걷던 국사는 숨을 몰아쉬며 바위에 걸터앉았다. 그러자 치원이 바랑에서 황급히 솔잎주를 꺼내 국사에게 올렸다. 치원이 건네주는 술을 받아 마신 국사는 그제야 숨을 돌리고는 천진난만하게 웃으며 숲을 향해 시선을 던졌다.

"아, 시원하다. 내가 태수를 저 험한 두류산 반야봉에서 기다렸던 것은 사실상 할 말이 있어서였네."

손수 솔잎주 한 잔을 더 따라 마신 국사가 천천히 입을 열었다.

"말씀을 하시지요."

치원이 고개를 숙였다.

"태수는 이미 이 나라의 국운을 잘 알고 있을 것일세. 우리 신라의 국운을 되살리고자 경문왕께서 혁신과 개혁으로 백성과 함께소통하여 하나로 되고자 무척 노력하였으나, 뜻을 이루지 못하고 단명함으로 인하여 사실상 지난 헌강왕대로 끝이 났다네. 재위 2년을 못 채운 정강왕은 보위를 따뜻하게 데울 사이도 없이 저승으로 떠나셨고, 지금 옥좌에 오르신 여왕마마는 천방지축일세. 태수가 누구보다도 가까이서 지켜보아 알겠지만, 그분은 한없이 선량하고 덕이 있으신 분이지. 하지만 하늘의 복을 타고 나시지는 못했네. 재위 2년이 되어 해무리가 다섯 겹이나 지고, 서라벌 변방에서 돌이 스스로 굴러다님은 물론 계속 흉년이 들었네. 한마디로 국운이 기울었다는 뜻이지."

국사는 눈을 지그시 감은 채 조용히 말을 이어갔다.

"여왕마마의 행동이 너무 너더분하다 얘기들을 하고, 너무 열락에 빠져 국사를 돌보지 않는다고 하네. 치원 그대는 그 점에 대해 어찌 생각하는가?"

치원이 목소리를 낮추어 조심스럽게 말했다.

"아니? 여왕이 음분하여 색을 즐긴다고요? 아닙니다. 그것은 나뭇가지만 보고 숲은 보지 못하는 소인배들의 지적이지요. 아, 삼국통일의 기틀을 다지신 선덕여왕은 어떠하셨습니까? 아주 대놓고 숙부 용춘과 살았고 그리고 요녀 미실의 아들 비담을 상대등에 임명하여 남편으로 삼았고 그 외에도 흠반과 을제와 같은 곁서방을 두지 않았습니까? 그것으로도 모자라 밤이면 밤마다 화랑들을 불러들였지요. 거 뭐, 대왕마마가 남자 몇 명 거느리는 것이 무슨 흠이 되겠습니까? 여왕이 힘이 넘쳐 남자들을 많이 거느리면 오히려 백성들의 복이 되는 것이지. 안 그렇습니까, 국사님? 여왕이 힘이 세어 남자를 많이 거느린다는 것은 그만큼 국사도 잘 돌보고 하실 일도 거뜬히 해내실 수 있다는 얘기가 아니겠습니까? 그랬으니까 삼국통일의 기초를 마련한 덕분에 김춘추가 통일 위업도 이루셨지요."

치원이 말을 끝내자 도선국사가 말했다.

"허나, 문제는 지금 신라의 지기地氣가 쇠하였다는 게야."

국사는 타는 속을 달래려는 심사로 아예 술병을 들고 벌컥벌컥 들이켰다.

"자장율사가 태수처럼 당나라에서 유학하고 있을 때, 어느 신인神人이 자장의 안색을 살피고 물었다는 거야. '자네 나라에 무슨 근심이 있는가?' 그러자 자장이 이렇게 대답을 했지. '우리 신라는 북으로 말갈이 하루도 빼놓지 않고 침범하고, 동남에서는 왜국이 해안을 넘보며, 위로는 고구려 그리고 서에서는 백제가 국경선을 넘보고 있습니다. 여왕마마는 이 일로 근심에 싸여 계시고, 황제께서도 여왕이라고 탐탁지 않게 보고 계시니 참으로 안타깝습니다.' 참으로 안타까운 일이지요."

국사는 다시 술병을 입에 대고는 목을 뒤로 젖혔다.

"그 말을 들은 신인이 뭐라고 했겠나? 아마 태수도 잘 알고 있을 텐데."

"빨리 고국으로 돌아가 황룡사 9층탑을 지으라고 했었지요."

"바로 그거야! 한 나라의 국운도 황룡사 9층탑 하나를 다시 세우고 삼국통일의 기틀을 잡았다 이거야. 풍수지리가 왜 그토록 중요한가를 이제 알겠는가? 그 이치를 바로 지덕비보地德裨補라고 하는 거야. 땅이 흉하면 그것을 보충하기 위해 탑을 세우든가, 비를 세우든가, 절을 세워야 하는데……. 그런데 지금 신라는 어떤가? 누가 죽었다 하면 비를 세우고, 왕족이 세상을 떠났다 하면 그를 기리는 원찰願剎(복을 비는 절)을 세우며 전국 방방곡곡을 아주 쑥대밭으로 만들고 있다 이거야. 바로 이 점이 신라의 지기를 쇠하게 만드는 걸세. 뭐, 그렇다고 해서 최 태수가 세운 진감비나 숭복비, 낭혜비를 두고 하는 말은 아닐세. 그래도 내가 볼 때 근자에 가장 잘한 지덕비보는 그대가 직접 글을 지어 깊은 뜻을 비문에 담아 둔 세 개의 비뿐이라고 생각하네. 그리고 오늘 내가 이곳 천령 땅에 와서 저 앞에 흐르는 뇌천과 이 대관림을 보니 최치원 태수야말로 신라 왕조 이후에 나타날 새 나라의 설계자가 될 수 있다고 확신하네."

국사는 무릎을 탁 치며 큰 소리로 말했다.

"옛 속담에 발 없는 말이 천 리를 간다고 했습니다. 말씀을 아껴 주십시오. 혹시라도……."

치원은 황급히 일어나 주위의 사방을 휘휘 둘러보았다.

"자네는 다 좋은데, 그 문약함이 한 가지 병이야. 그 식자우환 같은 태도로는 이 신라를 살려 낼 수도 없고, 앞으로 나타날 새로운 왕국의 청사진도 그릴 수가 없네. 좀 더 대담하게 처신하도록 하게. 이렇게 떠들어 대는 노승이 위험스럽게 보인다거나 천박하게 보인다면, 내 그대에게 누를 끼치지 않고 바로 이 자리에서 떠나가 줌세. 내 나이 벌써 고희를 넘겼네. 이제 죽음을 앞둔 마당에 내가 무슨 복을 더 누리기 위해 이런 말을 지껄인다고 생각하나?"

국사는 껄껄 웃으면서 치원의 어깨를 두드렸다.

"그러고 보니, 제 소견이 너무 짧았습니다. 다만 이 세상이 하도 험하고 험해서요. 남겨진 말씀은 해인사까지 산행을 하시면서 소인에게 말씀해주시오면 고맙겠습니다."

치원은 흘러내린 진땀을 닦으며 목이 바작바작 타는 것을 느꼈다.

이튿날 아침, 도선국사와 치원은 간편한 복장을 하고 나섰다.

두류산 기슭을 타고 해인사까지 가야 하므로 다리에는 감발(발목을 보호하기 위해 천으로 잘 싸매는 것)을 치고 옷은 누비옷으로 단단히 차렸다. 그리고 바랑에는 산에서 마실 약술과 선식 그리고 지필묵을 가득 준비했다.

"황공하오나, 국사께서는 어찌하여 출가하셨으며 또 어찌 풍수의 대가가 되셨는지요?"

능선 몇 고개를 넘었을 때 치원은 숨을 헐떡이며 국사에게 다가가 사사로운 질문을 했다.

"우리 조상은 백제 사람들이고 고향은 무주에서 가까운 영암일세. 그러고보니 나의 어머니 성도 자네와 같은 최씨일세. 어려서부터 세상사가 부질없어 보이고, 인간의 생로병사가 너무나 애처로워 출가하였지. 그런데 이상하게도 산천을 누비며 기도 생활을 할 때 땅이나 골짜기에 선처와 역처, 순한 곳과 거스르는 곳이 있다는 것을 알게 되었네. 내가 구족계具足戒를 받은 천도사에서는 늘 몸이 아팠었는데, 땅굴을 파고 힘들게 살았던 운봉산에서는 오히려 기운이 펄펄 나는 거야. 도대체 왜 이러는 것이냐. 매일매일 산에 올라와 보고, 땅을 걸으면서 디뎌 보고, 나무와 식물들을 만져 보고, 구름과 바람을 쐬며 밤하늘의 달과 별을 보면서 우주 대자연이 사람의 스승이라는 것을 스스로 알면서부터 내 자신도 서서히 깨닫게 되었네. 이 광막한 우주와 그 속에 있는 작은 이 세상, 그리고 우리가 즐기고 있는 이 땅이 홀로 되어 있는 것이 아니라 모두 하나의 고리로 연결되어 있다는 것을……. 그리고 하늘은 땅과 바람과 물, 구름과 별과 달들 서로간에 하나로 되어 이야기를 하고 있다는 것을 깨닫게 되었지. 바로 그게 풍수야. 나도 한때는 당에 가서 공부를 하였고, 자네가 공부를 하였다는 종남산에 들어가 자오곡을 누비기도 하였네. 물론 자네가 스승으로 삼고 있는 종리권선사도 만나 뵈었지. 그런데 나한테는 풍수에 능한 일행一行이라는 스님과 인연이 맞았어. 그래서 그 어른을 스승으로 삼아 경사經史와 역상歷象을 배우고 음양오행을 터득했지. 그 어른은 율장律藏(부처가 제정한 계율)에도 능하지만, 무엇보다도 자신만이 독자적으로 터득한 밀교密敎를 가지고 계셨어. 나는 그 밀교에 빠지게 되었는데, 바로 그게 내가 터득한 음양오행의 정수라고 봐야겠지. 나도 모르게 사람을 만나게 되고, 사람을 만나면 그 사람이 어떻게 될 것이라는 장래 운명까지도 알게 되었다네."

국사는 긴 말을 하면서도 조금도 지치지 않았다.

"그렇다면 제 운명에 대해서도 말씀해 주실 수 있겠습니까?"

최치원이 스승님을 대하듯 정색을 하고 청했다.

"이보시게, 태수. 그대가 저 꽃을 보고 시 한 수 읊어 주면 나도 그대에 대해 비밀스러운 말을 해줄 수 있지."

국사는 빙글빙글 웃으며 계곡에 외롭게 피어 있는 꽃 한 송이를 손 끝으로 가리키면서 바라보았다. 바로 접시꽃인 촉규화蜀葵花였다. 최치원은 바랑에서 종이와 지필묵을 빨리 꺼내 단숨에 시 한 수를 써 내려갔다.

묵은 밭 언덕 고요한 곳에

탐스런 꽃송이가 가지 눌렀네

첫 여름 비 갤 무렵 가벼운 향기

보리누름 바람결에 비낀 그림자

수레 탄 어느 누가 와서 보리오

벌 나비만 부질없이 서로 엿보네

본시부터 천한 데 태어났기로

사람들의 버림받음 참고 견디네

寂寞荒田側 적막황전측 繁花壓柔枝 번화압유지

香輕梅雨歇 향경매우헐 影帶麥風歌 영대맥풍가

車馬誰見賞 차마수견상 蜂蝶徒相窺 봉접도상규

自慚生地賤 자참생지천 堪恨人棄遺 감한인기유

치원이 단숨에 지은 시는 누가 보아도 한달음에 써 내려갔다고
는 도저히 믿기지 않을 정도였다. 국사는 치원이 써서 건넨 시를
무연히 바라보다가 손끝을 바르르 떨었다.

"역시 자네는 문장의 대가로군. 이 세상에서 문장으로는 자네
를 이길 사람이 한 사람도 없겠어. 참으로 아름다우이. 속세의 연
치로 따지자면 자네는 내 아들 같은데 태수는 지금 몇 살인고?"

"올해 갓 마흔을 넘긴 불혹의 나이이옵니다."

"불혹이라……. 참 아름다운 나이일세. 그래서 더 안타깝다는
말일세. 자네는 열두 살에 바다를 건너 당나라에 갔고 약관이 못
된 열여덟에 장원 급제를 하였네. 그리고 그 넓은 대당의 땅에서
황소의 난이 일어났을 때 황소의 심장에 그대가 격문을 써서 던져
주었네. 그러니까 황소의 심장이 자네의 문장을 맞고 쓰러진 셈이
지. 참으로 훌륭해. 향후 당나라가 오래가지 못 할 것이라는 것을
알았고 당나라 선진문화를 고국 신라에 전파시켜 백성이 이롭게
잘 살도록 제도개혁을 위하여 귀국하였지. 그래서 헌강왕조에 귀
국하였는데, 그 선대마마께서 그대가 동방의 큰 인물임을 알아보
고 이 나라의 인재로 쓰고자 했으나 뜻을 못 이루시고 저승으로
가셨네. 그리고 지금 여왕마마께서도 그대의 인물됨은 충분히 알
고 있지. 오죽했으면 그대가 올린 시무십조를 즉시 가납하시고 조

정 대신들의 동의를 받아 시행하려고 하였지만 간신들의 반대로 무산되지 않았나? 그러나 그 여왕의 곁에는 늙은 너구리와 늑대들만 득실거리고 있네. 어찌 자네의 그 청청淸淸함과 정교正敎의 뜻을 받아들일 수가 있겠는가? 여왕은 이미 손발이 묶여 있고, 민생은 도탄에 빠져 있고, 간신들과 도둑 떼들이 가렴주구를 하고 있으니 결국 이 나라 산천은 황폐하여 인재들이 다 이 나라를 떠나고 있네. 지금 우리가 만나 보려고 하는 귀인이 해인사에 계시네. 바로 그분께서 '지리다도파도파, 지리다도파도파'라고 말씀하셨네."

국사는 먼 하늘을 바라보며 한숨을 길게 내쉬었다.

"그러면 어찌해야 옳겠습니까? 서남쪽 무주 땅에 있는 견훤이 신라 천 년 사직 후의 새 주인이 되겠습니까, 아니면 한수 이북의 금성(철원) 지방에 있는 궁예입니까?"

치원이 재촉하며 물어보았다.

"무주의 견훤이 새 주인이라면 내가 왜 무주 땅에서 그대가 있는 이곳으로 왔겠는가? 또 궁예가 새 주인이라면 내가 금성 땅으로 가지 왜 그대 곁에 있겠는가? 아무 말 말고 저 고개를 넘어 보세."

국사가 고개를 가로저으며 일어섰다.

"그러면 소생의 미래는 어찌 되겠습니까?"

국사가 일어서자 치원이 다가가 다급하게 그의 무릎을 잡았다.

"조금만 참게. 앞으로 일곱 고개만 더 넘으면 해인사가 있는 가야산에 이를 걸세. 거기에 가면 모든 해답이 나올 걸세."

국사는 빙그레 웃으며 말했다. 치원은 자기 스스로 후삼국이 어떻게 변화되어 갈 것이라고 어느 정도 예측하고 있었지만, 그것을 노승에게는 전혀 내색하지 않은 채 앞날에 대하여 그의 말을 한번 들어 보고자 했다.

그러나 국사는 끝까지 그 비밀을 밝히지 않고 길을 재촉했다. 치원은 하는 수 없이 국사를 따라 발걸음을 옮겼다. 고개를 몇 개 넘어갔을 때, 국사는 속도를 줄이며 아득한 옛날이야기 하나를 꺼냈다.

"옛날 당나라 현종께서 동궁에 계실 때 풍수를 잘 보는 장약張約이라는 선사와 함께 사냥을 나갔다고 하네. 그런데 어느 시골에 가 보니 산머리에 조성한 지 얼마 되지 않은 새 묘가 있더라는 거야. 그런데 그 묏자리를 살펴보니 아주 묘한 구석이 있었어. 용머리를 타고 앉아 있는 상이라, 그 묘를 그냥 두면 시신이 삼 년 안에 완전히 없어지는 모습이었다네. 그래서 장약선사는 부랴부랴 묘지 주인을 불러 주의를 주었다네. '저런 곳에 묘를 계속 두면 시신이 삼 년 안에 흔적도 없이 사라져 버리고 맙니다. 왜 저렇게 고약한 용머리에 묘를 썼습니까?' 그러자 묘지 주인이 이렇게 대답을 하더라는 거야. '저희들도 묏자리가 이상하다고는 생각했습니다만, 저희 선친께서 간곡하게 유언을 남기셨습니다. 꼭 내 묘를 이 용머리에 쓰도록 해라. 그러면 땅의 기운 때문에 삼 년 안에 만승천자께서 사냥을 하러 나오실 것이다. 그리고 내 묏자리를 구경하실 것이다. 그분이 다녀가시고 나서는 이곳 지기가 다하므로 내 묘를 옮겨도 좋다.' 허, 참…. 그 이야기를 들은 동궁께서는 앞날을 예견하고 돌아가신 묘지 속의 인물은 어떠한 분이었을까를 곰곰이 생각한 다음 자신의 앞날을 예견한 인물의 영혼이 어느 곳에서나 나를 지켜보고 있지는 않을까 두려워 등에서 식은땀이 났다는 거야. 그리고는 그 묘 주인에게 조용히 얘기했지. '이제 묏자리를 옮겨도 좋네. 머지않아 만승천자가 될 동궁이 다녀갔으니.' 바로 이런 신통방통한 이야기 때문에 풍수라는 것은 나름대로 재미를 가지고 있는 거라네."

색다른 이야기를 기대했던 치원은 풍수지리의 중요성에 관해 국사가 언급하자 맥이 풀리고 말았다. 그래도 노승의 마음에서 나온 이야기인지라 옅은 미소를 지으며 고개를 끄덕여 주었다. 마지막 고개를 넘어가며 국사는 이제 자신의 이야기를 펼쳐 놓았다.

"내가 헌강왕조에 월성에 자주 드나들었지만 좀이 쑤셔서 궁에만 있을 수가 없었네. 이렇게 고희가 된 내가 지금도 산을 좋아하는데 그땐 오죽했겠나? 아무튼 그때 나는 한수 이북으로 돌아다니다가 금성 태수(지금의 철원 군수)인 왕륭王隆의 집에서 묵게 되었네. 그런데 그 왕륭은 아들이 없다면서 큰 근심에 젖어 있었지. 그런데 내가 그분 관상을 볼 때, 그 집에는 분명히 옥동자를 득남할 기운이 집안에 가득했고, 뿐만 아니라 놀랍게도 그 옥동자가 태어나면 문무를 겸비한 인물로 성장해 백성들로부터 존경받고 젊은 나이에 삼한을 통일할 왕통을 열게 될 인물이었다는 점일세. 나는 며칠간 혼자 끙끙 앓다가 귓속말로 그 사실을 왕륭에게 은밀히 알렸네. 그랬더니 왕륭이 다짜고짜 내 앞에 엎드려 절을 하며 이렇게 청을 했지. '집터를 다시 좀 잡아 주십시오.' 그래서 신라 천 년 국운이 다한 다음 새로운 통일나라의 왕이 거처할 수 있는 궁궐 터를 찾아보니 한수 이북 가장 뛰어난 배산임수 산수를 갖추고 있는 송악산 자락의 송악(지금의 개성)으로 함께 가서 내가 집터를 잡아 주고 왔지. 그 집에서 태어난 아들이 바로 왕건이고, 그 왕건이라는 장군은 지금 궁예 밑에서 충실하게 덕장 노릇을 하고 있네. 나가는 전투마다 백전백승을 거두고 있다네. 아무튼 지금 궁예는 서북의 패권을 차지하고 양길를 정복한 후, 지금 견훤과 맞서고 있지. 그래서 내가 얼마 전에 다시 왕륭을 찾아가 그에게 훈수를 하였지.

'아들 왕건을 송악의 성주로 만드시오.' 그래서 금성 태수 왕륭은 부랴부랴 궁예에게 달려가 이렇게 말했다는 것이야. '대왕이시여, 대왕께서 만일 조선·숙신·변한 땅의 왕이 되고자 하신다면 송악에 성을 쌓으시고, 먼저 소장의 아들 왕건을 성주로 삼으셔야 할 것입니다.' 그 말을 들은 궁예는 왕륭을 의심하지 아니하고 곧바로 송악에 열심히 성을 쌓은 후 왕건을 송악의 성주로 삼았지. 다른 사람 말은 잘 듣지 않던 그가 이상하게도 장사꾼에서 금성 태수가 된 왕륭의 말은 잘 들었어. 거 참, 희한한 일이야."

왕건에 대한 일화는 치원도 미처 알지 못하던 내용이었던 터라 주의 깊게 듣고 마음에 새겼다.

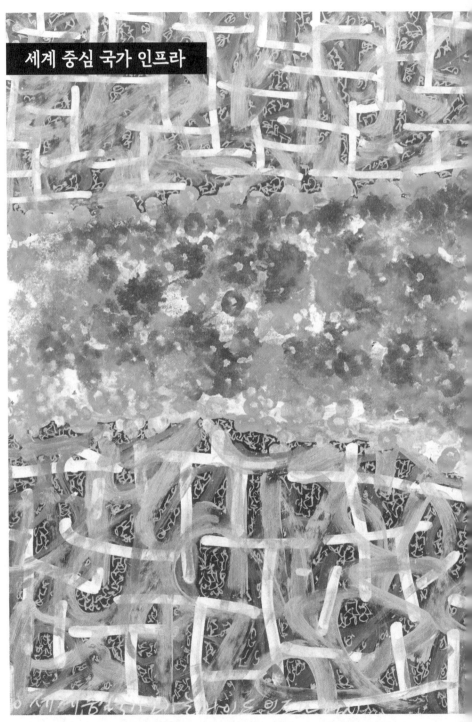

세계 중심 국가 인프라

세계 중심 국가 인프라의 중요성을 형상화한 이미지. 작품에서 최치원은 진성여왕에게 도불원인道不遠人 인무이국人無異國을 실천해 보라고 진언한다. 그는 '대도는 나 자신으로부터 시작해 사람에게서 멀리 있지 않고 또 사람에게는 나라와 나라 간에 따른 차별도 없다'고 강조했다.

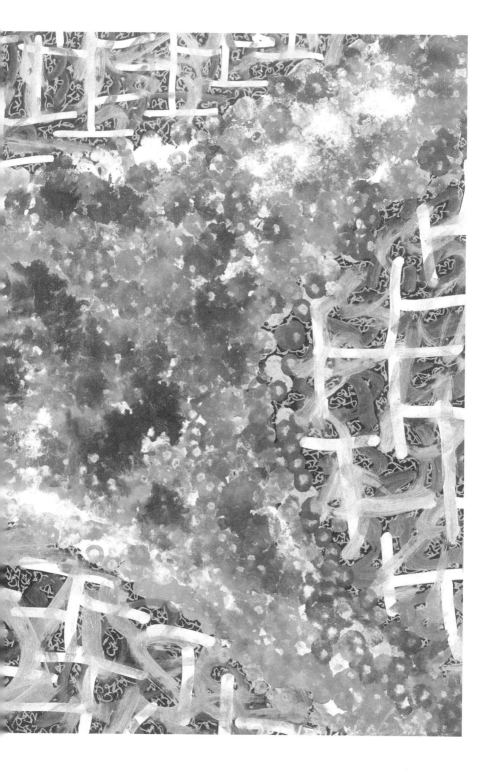

도선국사와 치원은 잠시 걸음을 멈추고 먼산을 바라보았다. 그때 두 사람의 시야에 해인사를 품고 있는 가야산 정상이 들어왔다. 천 가지 만 가지 형상을 갖춘 기암절경의 아름다움은 말로는 표현할 수 없었다.

해인사 마애불

가야산 정상에 이르자 한낮의 뜨거운 기운으로 몸 전체가 땀으로 흠뻑 젖어 있었다. 구름 한 점 없이 파란 하늘에서 내리 비치는 태양빛의 강열함 때문인지 계곡에서 불어오는 바람조차 구경할 수가 없었다. 도선국사가 목에 걸었던 수건을 풀어 땀을 닦았다.

"더운데, 목부터 축이시지요."

치원은 바랑에서 솔잎차를 꺼내 국사에게 건넸다.

국사는 치원이 건네는 솔잎차로 목을 축인 후에 발아래 펼쳐져 있는 해인사를 무연히 바라보았다.

"최 태수, 그대는 저 아래 보이는 해인사를 무엇이라고 부를 수 있겠나? 저 웅장한 가람의 모습이 무엇과 같으냐 말일세."

"푸른 물결을 박차고 출항을 서두르고 있는 거대한 배와 같습니다. 대웅전이 좌우의 법당을 거느리고 움찔움찔하는 모습이, 물살을 가르며 힘차게 내달리는 행주형국行舟形局이라고 할 수 있겠습니다."

해인사(경남 합천군 가야면 해인사길 122)

　치원은 찬란한 햇살이 내려앉은 해인사를 바라보며 주저 없이
말했다.

　"역시 자네는 이 시대 동방 최고의 학자이며 도사일세. 해인사
를 보고 행주형국이라고 단번에 알아맞히는 그대야말로 신라 최
고의 선 지식인이며 도사다운 풍모가 아닐 수 없네. 내가 그동안
여러 번 지세와 산세를 볼 줄 아는, 이른바 이름 난 지관이라는 사
람들을 데리고 이곳에 올라와서 저 해인사를 보여 줬는데 그대처
럼 단번에 해인사를 움직이는 거함이라고 단번에 알아본 사람이
없었네. 대개는 보물창고요, 명찰이요, 거찰이요, 법보가 가득 찼
네, 하는 식의 칭찬만 늘어놨었지. 자, 어쨌든 저 해인사가 움직이
는 배처럼 행주형국이라고 한다면 저 배의 도사공都沙工(선장)은 어

디쯤 있겠나?"

국사는 크게 한번 웃고는 다시 치원을 쳐다보았다.

"선장은 바로 돛대 밑에 있습니다. 제가 찾아낼 수 있을 것 같습니다."

치원이 눈을 지그시 감고 있다가 번쩍 눈을 뜨며 말하자 국사는 옅은 미소를 지었다.

"그대 바랑 속에 농주가 아직도 좀 남아 있는가?"

"다행히 좀 남아 있습니다. 기분 좋게 다 드십시오."

치원이 건네주는 농주를 한 사발 가득 마시고 나서 국사는 기분이 좋게 입가를 닦았다.

"도사공 있는 곳을 찾기만 하면 바로 그곳에서 그대는 신라 천년 사직 이후의 운수를 스스로 풀어낼 수 있을 걸세. 사실 이제야 내가 말하네만 훌륭한 선비들과 나라를 위하는 수재들이 다 떠나고 나면 서라벌이 폐허가 된다는 '지리다도파도파'를 설파한 분이 바로 이 해인사 도사공이며, 우리가 찾아가 뵈어야 할 분일세."

치원이 바랑 속에 있는 농주병을 다 기울여 나머지 농주를 국사에게 건네자 국사는 기다렸다는 듯이 다 받아 마셨다.

"이제부터는 내가 그동안 주워 담고 있었던 비기를 그대에게 다 전수해 주겠네. 다시 말해서 내가 알고 있는 모든 비밀을 최치원 그대에게 전수해 주겠다는 뜻일세. 그대야말로 신라 천 년이 다 끝나고 난 후 새로운 세상을 설계할 수 있는, 새 시대를 평화롭게 열어갈 수 있는 하늘이 점지한 인물일세. 그러므로 천 년이 지난 이후 그대의 학문과 사상은 더욱더 보석같이 빛을 내어 세상사람들이 많이 연구하게 될 것일세. 사실 나는 바로 내가 새 왕국의 설계자가 될 수 있으리라고 생각했었는데……. 그래서 나는 그동안 내 품속에 삼한의 전 지도를 품고 있었고. 도대체 어디가 명당이며, 어디가 새 궁궐터냐 하는 것까지도 고르고 다녔네. 그 결과 새 궁궐터와 새로운 왕도를 알게 된 거지. 내가 얼마 전에 그대에게 말한 것처럼 나는 송악의 젊은 장군, 즉 왕건의 아버지를 만난 일이 있었고 바로 그 사람에게 새 군왕이 태어날 집터를 마련해 주었네. 그리고 새 궁궐터까지도 알려 주었네. 만약 내가 알아낸 새 군왕이 맞다면 그 궁궐터 역시 맞는 것이 될 것이고, 그대는 새 군왕의 왕사가 되어 새 왕조의 새 시대를 마음껏 열어 보게. 아이고, 날씨 한번 정말 좋구나."

말을 마친 국사는 갑자기 뒤로 벌렁 누우며 큰 소리로 웃었다.

"국사님, 왜 그런 말씀을 하십니까? 국사님이야말로 오랜 세월 동안 삼한의 땅을 다 뒤지며 새 왕실의 터전을 찾았고, 이제 바야흐로 새 왕조의 문을 여는 시점을 앞두고 왜 그 막중한 소명을 소생에게 떠넘기려 하십니까? 저는 아직도 신라 왕조에 머물러 있는 관리이며 국록을 먹고 있는 사람입니다. 육두품으로서는 최초로 아찬 벼슬에 올랐고, 지금은 방로태감에 천령 태수이옵니다. 이런 제가 어찌 모반에 해당되는 새 왕조의 설계자 자리를 탐할 수 있겠습니까? 아무리 깊은 산중이라 하오나 하신 말씀을 거두어 주십시오."

치원이 황급히 엎드려 머리를 조아렸다.

"뭐라? 모반이라고?"

국사가 벌떡 일어나 물어먹을 듯한 눈빛으로 치원을 노려보았다.

"이것은 모반이 아니네. 어쩔 수 없는 시대의 흐름에 따라 그대가 꼭 해야 할 과업이야. 그대가 열심히 드나드는 서라벌의 월성……. 뭐, 나도 헌강왕조까지는 열심히 드나들었던 그 월성은 이제 국운의 기가 다하였어. 원래 그 월성은 초승달처럼 아주 예뻤던 성이었는데, 선덕여왕과 태종무열왕 그리고 문무왕을 거쳐 아름다운 만월이 되었다가 이제는 그믐달이 되었네. 그 그믐달의 주인공은 바로 진성여왕일세. 앞으로 몇 명의 왕이 더 월성에 머물 수는 있겠지만 그 왕들은 더 이상 왕이 아닐세. 이제 신라 천 년은 완전히 저물었네. 아하, 내가 너무 심각한 말을 했는가? 그렇다면 내가 풍수지리를 연구한 자로서 주워들은 이야기를 그대에게 하나 더 해줌세."

농주를 마신 국사의 얼굴에는 불그스름하게 농주꽃이 활짝 피었다. 잠시 후 술이 깨는 터에 국사가 목이 마른 듯 애써 침을 삼키자 치원은 국사를 위해 마지막으로 남은 솔잎차를 올렸다. 국사는 무척 흡족한 듯 고개를 끄덕이며 솔잎차를 천천히 마셨다.

"우리 신라 왕조의 개국 초, 제4대 탈해가 아직 왕위에 오르기 전, 토함산에 올라가 서라벌을 바라보고 새 왕실의 터를 다지기 위한 택지를 구하고 있었다네. 가만히 보니 진골 호공瓠公의 집이 바로 적지였다는 것이야. 탈해가 여러 번 호공에게 사정을 하는데도

해인사 마애불(경남 합천군 가야면 해인사길 122) 출처. 위키백과

호공이 끝내 집터를 내놓지 않자 나중에는 탈해가 애원을 했다는 거야. '자네 자손 중에 왕이 나올 수 있을 테니 자네 집을 비워 주게.' 결국 그렇게 해서 얻은 곳이 지금의 월성이고, 그 호공의 후손이 바로 태종무열왕이었다는 것일세. 아무튼 그렇게 날로 융성할 수 있었던 그 월성이 지금은 지기가 다 빠지고 마치 썩은 이빨처럼 흔들리고 있네. 그 이빨이 빠져 월성이 망할 날이 이제 얼마 남지 않았어."

국사는 말을 마친 후 가야산 정상에서 휘적휘적 산을 내려가기 시작했다.

"최치원 태수, 그대가 앞장서게. 그리고 해인사에 도사공이 있는 바로 그 터를 찾아보게."

국사가 문득 뒤를 돌아보며 치원에게 말했다. 국사의 말에 치원은 머뭇거리지 않고 앞장을 서서 산을 내려갔다. 좌우의 산세를 보고 해인사를 바라보면서, 해인사의 돛대가 서 있을 대웅전을 기준으로 거리를 재며 산을 내려갔다. 그런데 얼마 후 해인사를 십 리쯤 남겨 놓고 최치원은 아주 조심스럽게 샛길로 접어들었다.

국사는 아무런 말없이 배시시 웃으며 치원의 뒤를 따를 뿐이었다. 길은 아주 가팔랐다. 오 리를 채 못 내려갔을 때 가야산 팔부 능선쯤 되는 곳에 커다란 자연석이 하나 나왔는데, 놀랍게도 그 자연석에는 어마어마하게 큰 마애불이 새겨져 있었다.

높이 25척, 너비 10척이나 되는 거대한 마애불이었다. 그 마애불은 부처님께서 제자들에게 설법하는 모습으로 미소를 머금고 서 있었는데, 어깨는 넓고 당당하며 이마는 좁고 인중은 짧고 귀는 크고 길며 목에는 3개의 주름이 선명하게 드러나 있었다.

국사와 치원은 함께 신발을 벗고 부복하여 그 마애불을 향해 삼배를 올렸다. 마애불은 두 사람을 내려다보며 전에 없는 자비의 빛을 가득 드리우고 있었다. 그 인자한 모습에서 세상을 향한 온화한 미소가 가득 넘쳐나고 있음을 치원은 마음으로 느꼈다.

"제가 오늘 부처님께서 말씀하신 '지리다도파도파' 이후의 가르치심을 받을 적격자를 데려왔나이다. 그가 바로 최치원이옵니다. 서라벌의 육두품 출신으로 당에 들어가 18세에 장원 급제하고 헌강 왕조에 귀국하여 신라 왕조에 충성을 다하기 위해 육두품으로서는 최초로 아찬직을 받고, 지금은 방로태감과 천령 태수로 있는 최치원을 데려와 부복시켰나이다. 소승은 이미 늙고 병들었습니다. 제가 새 왕국에 대한 대업을 이룩할 힘이 없다는 사실을 부처님께서는 잘 알고 계실 것입니다. 이 젊고 지혜로운 태수 최치원에게 새 왕국에 대한 비밀을 내려 주시옵소서.”

국사가 축원을 마치고 마애불을 향해 합장을 하자, 치원도 국사를 따라 합장을 하고는 삼배를 올렸다. 갑자기 세찬 바람이 불어와 낙엽이 우수수 떨어지는가 싶더니, 이내 어디선가 나타난 산새들이 새로운 손님을 반겨 주듯이 지저귀며 하늘로 높이 날아올랐다.

“그대도 잘 알고 있겠지만, 진성여왕마마는 오래 가지 못 하시네. 대왕마마가 보위에서 물러나면 아마 그대도 더 이상은 국록 먹기를 원치 않을 것일세. 모든 관직을 내려놓고 주유천하周遊天下하면서 백성에게 충과 효를 자연히 가르치게 될 거야.”

산그늘이 산 주위를 모두 뒤덮자 국사는 치원의 어깨를 툭 치며 자리에서 일어섰다.

“그렇다면 저는 제 제자들과 함께 각 지방의 산천 구경을 하며 주유천하할 수 있겠습니다만, 늙으신 제 어머님과 처자식들은 어디에 맡겨야 하겠습니까? 미탄사가 있는 서라벌 본가는 안전하겠습니까?”

국사를 따라 일어서던 치원이 발걸음을 옮기며 걱정스러운 듯 물었다.

“아니야, 안전하지 못해. 일단 서라벌은 떠나야 할 걸세. 왜냐? 후백제왕를 자처하고 있는 견훤 때문이야. 견훤은 결코 신라를 온

전하게 두지 않을 걸세. 한 번쯤은 쳐들어 와 반드시 약 삼백 년 전의 원한을 갚고 말 걸세. 즉, 백제가 삼백 년 전에 신라 왕 김춘추와 김유신 장군에게 당했던 그 수모를 한 번은 되돌려 주고자 할 걸세. 그때 서라벌은 견훤에 의해 쑥대밭이 되고 말겠지."

국사는 고개를 가로저으며 단호하게 말했다.

"그럼, 어디로 가야 제 가족이 안심하고 살 수 있는 승지를 찾을 수 있겠습니까?"

"바로 그 승지를 보기 위해 지금 우리가 함께 걷고 있는 거야. 지금 그대와 내가 향하고 있는 해인사 입구 인근 마을이 바로 그 승지일세. 해인사에는 천 명을 헤아리는 승군이 있고, 스님 삼백 명과 요사채에 머무는 과객들을 위한 충분한 양식이 준비되어 있고 어느 누구나 노력만 하면 자급자족할 수 있는 살기 좋은 곳일세. 또한 산세가 험해 외부 군대가 침략하기 어려우며 산 입구 중심으로 자체 경비를 철저히 하면 외부 침략자를 막아낼 수 있어 백성들이 평온하게 잘 살 수 있는 곳이네. 그대는 가솔들을 이끌고 바로 이 해인사 근처로 들어가게나."

국사는 불안해하는 치원을 바라보며 빙긋 웃었다.

"그렇게 되면 제 개인적으로도 좋은 점이 많습니다. 우선 제 가형인 현준스님이 화엄경을 새롭게 깨닫고자 이 사찰에 먼저 와 용맹정진하고 있습니다. 그리고 지금도 저와 서신을 자주 주고받고 있으며, 오랫동안 화엄에 대한 얘기를 해 온 고승 희랑希郎이 바로 이 사찰 주지로 있습니다."

치원은 비장한 어조로 국사에게 모든 것을 이야기했다.

"거 참, 여러 가지로 잘 되었네. 절친한 친구인 주지승과 가형이 있고, 곳간에는 풍족한 양식이 쌓여 있으니 무엇이 걱정이겠나? 더구나 절 밖에는 든든한 승군이 천 명이나 지키고 있지 않은가? 참으로 멋진 승지로다. 예로부터 명당은 비산비야 엄택곡부非山非野奄宅曲阜라 하였는데, 바로 이 가야산이 그런 곳이지. 산이 높고 크기는 하나 들도 적당히 있고, 산세가 기묘하여 절을 외부로부터 완전히 막아 주니 오래도록 보존되고 널리 번창하여 법보사찰로서 명성을 계속 이어갈 사찰이지. 명당 중의 명당이야."

국사가 얼굴을 활짝 펴며 크게 웃었다. 그리고 한동안 두 사람은 묵묵히 산길을 걸어 내려갔다.

"지금 이 해인사에는 우리나라 화엄계의 두 종주宗主(불교계의 어른)가 있네. 한 분은 방장의 직에 있는 관혜觀惠스님이고, 또 한 분은 주지로 있는 희랑스님일세. 두 스님은 화엄에 대한 지식도 매우 높고 깊어서 법회를 열면 서라벌 전역에서 수천 명의 학승과 신도가 구름처럼 모여드네. 그러나 머지않아 그 두 분은 정치적 운명을 달리할 걸세. 관혜스님은 남서쪽으로 가게 될 것이고, 희랑스님은 동북쪽으로 올라가고 말 것일세."

국사는 착잡한 심정으로 해인사 두 스님에 대한 이야기를 조심스럽게 꺼냈다.

"그렇다면 관혜스님께서는 견훤에게 가시게 되고, 희랑스님은 궁예에게 가신다는 것이 아닙니까?"

뜻밖의 이야기에 치원은 가슴이 요동치는 것을 느꼈다.

"관혜가 견훤에게 가는 것은 맞네만, 희랑은 궁예에게 가지 않을 것일세. 궁예는 머지않아 자멸하고 말 것일세. 궁예는 대권을 잡지 못해. 참으로 박복한 사람이지. 그는 지금도 자신을 살아 있는 미륵이라고 설파하고 있네만 내가 그의 관상을 살펴보았더니 살기가 너무 많아. 지도자는 모름지기 관대하여 살생보다는 덕을 전파해야 하는데 그는 덕에 앞서서 관심법을 앞세워 무모한 살생을 한 업보때문에 피비린내를 먼저 풍기더군. 아마 그 피비린내가 결국 자신을 삼키고 말 거야. 그러니 궁예는 망하고, 궁예 밑에 있는 덕장 왕건이 삼한을 통일할 걸세."

치원은 도선국사가 은밀히 전하는 말을 듣고서도 도저히 믿을 수가 없었다. 그야말로 도선국사는 치원에게 비기를 알려 준 셈이다. 치원은 머릿속이 더욱 복잡해지는 것을 느꼈다. 자신이 그토록 쇠약해 가는 신라 조정을 바로잡으려고 시책을 조정에 건의하고 지방 태수로 자청하여 많은 노력을 했건만, 이제 신라는 서서히 빛을 잃어가고 있었다.

거친 한숨을 쏟아내며 깊이 고민을 해 봤지만 마땅한 방책이 떠오르지 않았다. 이제 치원은 마음의 답답함을 넘어 온갖 잡념이 파도처럼 밀려오는 것을 느꼈다. 그렇게 이야기를 주고받으며 걷다 보니 어느새 두 사람은 일주문 앞에 다다랐다. 그때 멀찍이 서 있던 현준스님이 이들을 먼저 알아보고 허겁지겁 달려왔다.

"형님, 제가 올지 어떻게 알고 나오셨습니까?"

치원은 얼른 달려가 현준스님의 손을 반갑게 그러쥐었다.

"내 이른 아침에 눈을 감고 하루 천기를 보기 위해 먼 하늘을 바라보니, 네가 어마어마한 귀인을 모시고 오는 모습이 보이더구나. 그래서 점심 공양을 한 후에 계속 일주문 위에서 기다리고 있었지."

치원이 달려가 고개를 숙이며 인사를 하자 현준스님이 빙긋 웃으며 말했다.

"소승, 최치원 태수의 가형이 되는 현준이라 하옵니다."

현준스님은 도선국사를 향해 공손하게 예를 올렸다.

"이 사람도 스님에 대해 선승들로부터 익히 들어 알고 있습니다. 도력이 높으신 분이라고. 난 땡초 도선이라 하오."

국사가 웃으며 현준스님의 손을 꼭 잡아 주었다.

'도선국사라……'

도선이라는 말에 현준스님은 그만 몸이 얼어붙고 말았다.

"아니, 국사께서 어찌 이곳까지. 제가 국사님을 이처럼 지척에서 뵈올 줄은 꿈에도 생각지 못했습니다. 오늘 소승이 국사님을 모시고 해인사 경내를 안내하옵게 된 것을 무한한 영광으로 생각합니다."

현준스님은 황급히 부복하여 머리를 땅에 대었다.

"법력이 대단한 스님께서 이 해인사에 자리를 잘 잡으셨습니다. 앞으로 최씨 일가의 안전은 걱정하지 않아도 되겠습니다."

도선국사는 치원을 바라보며 안심하라는 듯 고개를 끄덕여 주었다. 그리고는 현준스님의 어깨를 잡고 일으켜 세우며 그의 관상을 찬찬히 살폈다. 이어 국사의 얼굴에는 화색이 감돌았다.

그날 밤, 해인사에서는 사찰 내의 모든 등불을 켜고 북을 울리며 사람들을 모았다. 대웅전 앞에서 도선국사가 상좌에 앉고, 그 옆으로 관혜스님과 희랑스님이 앉아 다른 승려들을 바라보고 있었다. 사찰 내 모든 스님이 도선국사의 설법을 듣기 위해 모인 것이다.

그때 해인사에서는 삼백 명이 넘는 고승들이 두 파로 갈라져 있었다. 관혜스님을 따르는 스님들을 남악파南岳派라고 불렀고, 희랑스님을 따르는 스님들을 북악파北岳派라고 불렀다.

그러나 그날 밤은 남악파와 북악파의 구분 없이, 모두 대웅전의 드넓은 뜰아래 모여 멍석을 깔고 횃불을 켠 채 도선국사의 설법에 귀를 기울였다. 도선국사가 지팡이로 땅바닥을 힘껏 내리치자 모든 스님이 긴장을 한 채 정좌를 했다.

"서라벌은 지금 갈수기를 맞고 있소. 서라벌의 강물은 모두 말라가고, 서라벌의 지맥에는 기가 다 빠져나가고 있소. 사람의 기들이 땅 위의 용머리를 타고 앉으면 모두 살을 맞아 죽어서도 뼈를 찾을 수가 없소. 그런데 지금 서라벌 사람들은 저마다 용머리를 타고 앉아 땅의 지기를 있는 대로 다 빨아먹고 있소. 서로 죽이고 서로 할퀴고 있다고 봐야 되겠소. 이런 사실들은 백성들이 먼저 알고 있습니다. 삼삼오오 모인 백성들이 부르는 노래 속에는 이상

한 말들이 섞여 있습니다. '지리다도파도파, 지리다도파도파…….' 애국심이 있고 뜻이 있는 사람들은 서라벌을 떠나고 젊은 화랑들도 갈 곳을 몰라 헤매고 있습니다. 장군과 토호들은 저마다 탐욕에 눈이 멀어 제 곳간만을 챙기느라 혈안이 되어 있고, 백성들은 곳간의 그늘 밑에서 굶어 죽고 있습니다. 그러니 이제 우리 불자들은 이 말세를 맞아 중심을 잡아야 합니다. 나는 남악파라 남쪽으로 달려가고 싶다, 나는 북악파라 북쪽으로 달려가고 싶다, 이렇게 말할 때가 아닙니다. 이 자리에 계신 태산 같은 고승들이 남쪽과 북쪽으로 달려가고 나면, 그 사이에 남은 민초들은 어찌한단 말입니까? 지금까지 당나라에서는 요란하게 번개가 치고 벼락이 치던 상황이 있었는데. 이제 가까스로 그것들이 잦아들고 있습니다. 그런데 그 요란한 뇌성과 벽력이 서해바다를 건너 우리 삼한 땅으로 서서히 오고 있습니다. 아, 두렵소이다. 이 절체절명의 위기를 맞아 우리 불제자들은 어찌 행동해야 하겠습니까? 우리 불제자들은 이 말세의 불길 속에서 이 나라와 민초들을 보호해야 합니다. 어버이가 자식들을 껴안듯이 그들을 어찌 환란 속에서 건져낼 것인가, 하는 바로 그 점을 깊이깊이 생각해야 할 것입니다."

바람 앞에 흔들리는 신라의 운명에 대해 도선국사의 한탄 섞인 법문이 계속 이어지자, 해인사의 횃불은 꺼질 줄을 몰랐다. 이름 없는 벌레들조차도 숨죽이며 국사의 법문에 귀를 기울였다. 또 젊은 스님들과 학자들은 국사의 법문이 끝나고도 잠자리에 들지 않고 밤새 불을 밝혀 화쟁토론을 하며 울분에 겨워 몸을 떨었다.

여왕의 죽음

　월성에는 사흘 동안 불이 꺼지지 않았다. 진성여왕은 해인사 주지인 희랑스님을 불러 화엄에 대한 깊은 얘기를 들었다. 백고좌를 설치하여 당에서 온 피루즈 왕자 내외와 처용 내외 그리고 마르코 수도사와 밀리엄 수녀까지 참석하도록 했던 것이다. 또 천령군에 내려가 있던 최치원 태수도 불렀다. 이날 법회에는 현준스님도 참석하여 법회의 모든 것을 일일이 기록했다.

　여왕은 제일 앞자리에 앉아 아주 진지한 태도로 희랑스님의 법문에 귀를 기울였다. 다음 날에는 궁궐의 뜰에 불을 밝히고 젊은 화랑들의 무예를 관람했다. 일찍이 여왕 옆에서 사랑을 받았던 관일, 파랑, 승냥과 같은 풍월주들도 그 무예 시범에 참석하여 상석에 앉은 채 젊고 팔팔한 화랑들이 선보이는 칼 솜씨, 창 솜씨 그리고 말 달리는 모습을 참관했다.

　그날 무예 시범은 금군 사령관인 밀성 장군이 맡아 총 지휘를 했다. 무예 시범이 끝난 후 여왕은 화랑들에게 잔치를 벌여 주어

술과 고기를 마음껏 먹을 수 있도록 했다. 그날 밤 여왕은 제일 멋진 시범을 보인 열아홉 살의 풍월주 두 명을 선발했다.

그 풍월주들은 귀와 추라는 미남들이었다. 일찍이 원광법사로부터 세속오계를 받고 아막산 전투에서 백제에 맞서 싸우다가 장렬히 전사한 귀산과 추항을 추모하여 이름을 따서 지은 이름이다.

그날 밤 여왕은 용포를 다 벗은 후 실오라기 하나 걸치지 않은 알몸으로 욕조에 들어갔다. 양젖에 수은을 탄 물에 몸을 담그며 귀와 추라는 이름의 풍월주들에게 기대었다.

귀의 가녀린 손끝이 발가락을 거슬러 올라오며 여왕의 허벅지 사이를 파고들었다. 그 순간 여왕은 눈을 감은 채 입을 벌리고는 옅은 신음을 토해냈다. 또한 추는 넓은 손바닥으로 여왕의 등을 쓰다듬으며 서서히 어깨를 타고 넘어와 여왕의 젖가슴에 이르자 두 손으로 풍만한 젖가슴을 꽉 움켜쥐고 어루만져 주었다. 허벅지 깊숙한 곳을 만질 때와 마찬가지로 여왕은 고개를 뒤로 한껏 젖히며 몸을 부르르 떨었다.

"과인은 이미 삼십이 넘었다. 너희들이 볼 때 이 몸이 어찌 보이느냐?"

여왕이 욕탕에서 반듯이 누워 젊은 화랑들에게 물었다.

"말씀 올리기 황공하옵게도 마마의 옥체는 눈부시도록 아름다우옵니다."

상체를 닦던 추의 손길이 다시 여왕의 가슴을 쓸어내리고 있었다.

"과인을 위로하려고 하지 마라. 내 몸은 내가 안다. 십여 년 전

과인이 보위에 오를 때만 해도 거울에 비친 내 몸을 보며 내가 스스로 반해 욕정이 일어났느니라. 그런데 지금은 그때와는 너무나 다르게 변해 있는 몸이로다. 안 그러냐?"

여왕은 쓸쓸히 웃었다.

"천부당만부당하신 말씀이십니다. 대왕마마의 옥체는 비단보다도 부드럽고 봄꽃의 향기보다도 더욱 그윽하나이다."

하체를 닦던 귀의 손길이 다시 허벅지 사이를 파고들었다.

"그렇다면 오늘 밤에는 내 너희들에게 몸을 맡기겠느니라."

그날 밤 여왕은 그 젊은 풍월주들에게 몸을 맡긴 채 밤새워 끈적끈적한 땀방울을 흘렸다.

다음 날, 날이 밝자마자 밀성 장군이 여왕을 찾아왔다.

"대왕마마, 간밤에 곁에 두었던 열아홉 살짜리 풍월주들이 마음에 드셨사옵나이까?"

밀성 장군이 눈을 가늘게 뜬 채 질투를 하고 있었다.

"장군이 더 잘 알 터인데……. 과인은 이미 여인이 아니야. 열아홉 살짜리가 아니라, 그 어떤 별스러운 귀공자가 온다 해도 이제 아무 느낌도 가질 수 없어. 장군처럼 잘 생긴 헌헌장부를 보면서도 아무 느낌을 갖지 못하는 신세가 되었으니, 이제 과인은 정신적으로 삭풍을 안고 사는 할미가 아니겠는가? 과인은 이제 농염한 삼십대 여인도 아니라오. 사내를 만나면 그 어떤 느낌도 가질 수 없는 나목이 되고 말았소. 손과 발의 마디마디가 다 쑤시고 하루 종일 두통 때문에 정신을 차릴 수조차 없소. 내 잠시 후에 어의를 불러 뜸을 뜨려 하니, 최치원 태수는 밤에 불러 주시오."

여왕이 심드렁하게 대답했다. 밀성 장군이 빙긋 웃으며 물러나, 이번에는 부호 부인의 방으로 들어갔다. 부호 부인도 지난밤에 어린 화랑들과 거친 밤을 보내고 겨우 몸을 추스르는 중이었다.

"대부인마마, 간밤에 얼마나 황홀하셨습니까?"

이번에도 밀성 장군은 부호 부인을 조롱하듯이 물었다.

"황홀한 게 다 뭐요? 나는 이미 환갑을 지낸 진짜 할미요. 그냥 몸을 따뜻하게 녹이기 위해 뜨거운 기운을 가진 그 젊은 아이들을 내 가슴에 품었을 뿐이오. 오늘 오후는 나도 약을 먹고 누워 있어야 할 것이오. 여왕마마나 나나 신체적으로 머지않아 북궁으로 들어가야 할 것이오. 육신을 아끼지 아니하고 과욕을 부린 탓으로 그렇게 되었소. 이 사람은 나이가 봄 지나 여름 지나 가을도 끝나가는 나이지만, 여왕마마는 참으로 안 됐소. 여왕마마는 이제 갓 삼십을 넘긴 청춘이신데, 어찌된 일인지 큰오라버니인 헌강대왕, 작은오라버니인 정강대왕이 이미 겪으셨던 그 병고를 그대로 이어받으셨어요? 밤마다 즐거움 대신 아픔을 이기기 위해 신음 소리를 내시고, 그 신음 소리를 이기기 위해 젊은 화랑의 몸에 의탁하시니…… 그 짓도 오래할 짓이겠소? 이제 금명간 대왕마마께서 큰 결심을 하시게 될 거요. 여왕마마와 내가 이 월성을 떠나 북궁으로 들어간다면 제일 좋을 사람이 과연 누구일꼬?"

부호 부인은 눈을 치켜뜨고는 밀성 장군의 표정을 살폈다.

"그야 뭐, 여왕마마 즉위 시부터 사랑을 받아 왔던 풍월주 관일, 파랑, 승냥이 아니겠습니까? 지금은 대신이 부럽지 않은 왕실의 실권을 쥐고 온갖 이권을 챙기는 실력자가 되었으니, 여왕마마께서 떠나시고 나면 그 사람들 세상이 되지 않겠습니까?"

밀성 장군은 이제 대놓고 왕실을 향해 비아냥거렸다.

"마음에도 없는 말은 하지도 마시오. 아마 제일 신날 사람이 밀성 장군, 바로 당신이 아니겠소? 지략과 용맹이 뛰어난 그대야말로 관일, 파랑, 승냥이를 서로 물고 뜯게 해서 별 힘도 들이지 않고 어부지리를 택할 사람이 아니오? 아마 그 세 사람은 서로 세력 싸움을 하다가 장군에게 목덜미가 잡혀 죄다 황천길로 가고 말 것이오. 서라벌의 모든 이권과 실권을 결국은 그대, 밀성 장군이 독차지하지 않겠소?"

부호 부인이 고개를 홱 돌리며 가시가 돋은 말을 거침없이 쏟아냈다. 그 말에 밀성 장군은 멋쩍게 씨익 웃어 넘겼다.

"그나저나 대왕마마께서 양위를 하신다면 누구에게 하실 것 같습니까? 왕자 황서와 치지는 둘 다 열 살도 되지 않은 어린아이들입니다. 그 어린 왕자들에게 이 난세를 넘기실 수도 없으실 것이고, 부호 부인께서 또 섭정을 하시게 되는 것 아니겠습니까?"

밀성 장군은 갑자기 부호 부인에게 허리를 굽히며 공손히 말했다.

"천만에 말씀……. 이 사람도 이제는 여왕마마를 따라 쉬겠소이다. 더는 이 월성에 들어와 아침부터 저녁까지 어디에서 도둑 떼가 일어났다, 어디에 흉년이 들었다, 어디에서 세금이 안 들어온다,

견훤이 어떻다, 궁예가 어떻다, 머리를 썩이며 골 아픈 말을 듣고 싶지 않소. 나도 세월 앞에는 별 수 없이 이제는 늙었소. 북궁에 들어가 칠현금 소리나 들으며 아픈 팔다리에 안마나 받으면서 천수경이나 읽을 작정이오."

부호 부인이 손을 휘휘 내두르며 짐짓 큰 소리로 말하며 돌아앉았다. 그 모습을 보던 밀성 장군은 고개를 갸우뚱하며 부호 부인의 방을 나갔다.

사흘째 되던 날 밤, 여왕은 늘 마음에 품고 있던 최치원을 궁으로 불렀다. 여왕은 거추장스러운 용포를 벗은 후 왕실의 아녀자들이 입는 미복微服(왕이 신분을 가리기 위해 입는 평범한 옷)으로 갈아입었다. 그리고 궁녀나 내관들도 어전 앞에 얼씬거리지 못하게 했다. 산해진미로 한상 가득 준비해 놓고 앉아 있자, 얼마 안 있어 치원이 당도했다.

"소신 대령하였나이다."

치원은 여왕이 미복 차림인 것을 보고는 잠시 의아해했다.

"아니에요, 아니에요. 오늘은 과인과 아찬 사이에 있는 군신의 장막을 걷어내고 오라버니와 누이동생으로 만나고 싶어요. 사십이 넘으신 든든한 오라버니가 삼십을 갓 넘긴 여동생을 마주하듯 자연스럽고 편하게 대해 주세요."

여왕은 예를 갖추고 엎드려 절을 하려는 치원에게 달려가 그의 손을 잡아 일으켰다.

"어찌 그럴 수가 있겠습니까? 왕족도 아닌 육두품의 이 소직이 어찌 대왕마마와 그런 상황을 만들 수가 있겠습니까?"

치원은 완강히 거부했다.

"이 사람이 단 한 번만이라도 오라버니를 모시고 따뜻한 밥 한 끼를 함께하고 싶었어요. 오라버니께서는 육식을 좋아하지 않으시니, 산이나 바다에서 나는 재료만으로 음식을 차렸습니다. 술도 스님들이 드시는 솔잎차와 곡주로만 준비하였습니다. 그러니 마음 놓고 드시며 이 사람과 모처럼 정겨운 이야기나 나누어 보시면 좋겠습니다."

여왕은 서로 떨어져 생활하다가 오랜만에 고향집을 찾은 오라버니를 공궤供饋하듯, 이것저것 반찬을 살뜰하게 챙겨둔 곳으로 안내하여 치원에게 어서 드시라고 재촉하였다. 치원은 밥 반 그릇을 다 비우고 곡주도 두어 잔 마셨다.

"오라버니, 이 몸이 너무 지쳤습니다. 막중한 국사를 더 이상 수행할 수가 없게 됐습니다."

여왕은 치원에게 솔잎차를 권하면서 지친 마음을 활짝 열었다.

"그게 무슨 말씀이시온지?"

치원은 여왕의 용안을 살피며 걱정스레 물었다.

"양위를 해야 할 것 같습니다. 과인이 보위에 오른 지 올해로 십일 년째가 됩니다. 십 년을 넘기지 않으려고 애를 쓰며 무척 노력하였으나 왕자들이 너무 어려 그만 시간을 끌고 말았습니다."

예전과 달리 여왕의 태도는 무척 단호했다.

"그렇다면 어느 왕자님께 양위를 하시겠다는 말씀이십니까? 양위를 하신 뒤에 섭정을 하시겠다는 뜻입니까?"

양위라는 갑작스러운 말에 치원은 놀라고 말았다.

"아니에요, 아니에요."

여왕은 잠시 깊은 상념에 잠겼다.

"지금부터는 과인이 하는 말에 토를 달지 마십시오. 과인이 하는 말을 받아 적고, 그대로 시행하시기 바랍니다."

여왕은 결의에 찬 눈빛으로 치원을 바라보며 말했다. 그러더니 여왕은 밀실로 들어가 미복을 벗고 다시 붉은빛 곤룡포를 입고 나왔다. 그 사이 최치원은 지필묵을 대령하고 왕명을 받아 적을 모든 준비를 끝냈다. 희미한 등불 아래 여왕은 애잔한 모습으로 앉아 흐르는 눈물을 닦으며 조용히 입을 열었다.

과인은 선대의 과분한 은총을 입고 십년 전 젊은 나이로 보위에 올랐다. 선대의 두 오라버니인 헌강대왕과 정강대왕의 후광을 입어 선정을 베풀어 보려 노력하였다. 그래서 즉위하는 해에 모든 군현의 공부貢賦(나라에 바치는 세금과 현물)를 면하고 죄인들을 사면하였다. 그러나 공교롭게도 재위 2년에 대흉년이 들어 나라의 곳간이 비고 왕실의 사정이 어려워졌다.

세리들이 현지로 나가 세금을 독촉하니, 재위 3년에 전국의 농민들이 반란을 일으켰다. 도둑 떼들이 들판을 덮고, 군현의 유지들과 장군들이 농민들을 더욱 핍박하였다. 관군이 나아가 싸움을 해도 농민군을 이길 수 없어 반란군을 진압할 수 없었다. 당시 한수 이북 땅에서는 궁예 일파가 세력을 날로 부풀리고, 무주 일대에서는 견훤 일파가 스스로 왕을 사칭하며 국토를 유린하였다.

이에 과인은 천하의 인재들을 모으려 애썼다. 그리하여 마침내 당에서 돌아온 한림학사 최치원을 발굴하게 되었다. 최치원은 나라의 혁신을 요구하였다. 천하를 통일한 당나라에서 하는 것처럼 과거를 실시하여 천하의 인재를 모으라고 충언을 하였다. 과인은 최치원의 건의를 과감히 수용하였고, 그가 건의한 시무십조를 시행하려고 매우 애썼다.

마침내 최치원을 육두품의 최고 직인 아찬에 임명하였고, 그의 혁신안을 가납嘉納하였다. 아, 아, 그러나 그 일이 생각처럼 쉽지 않았다. 월성에 가득한 진골, 장군 등 문무백관들이 이 시무십조의 시행을 반대하였다. 과인은 할 수 없이 최치원을 태수로 내보냈다. 일찍이 선대의 성군이신 선덕대왕께서는 삼국통일을 생각하며 과감한 혁신안을 추진하였다. 그때는 선덕대왕에게 힘을 실어 주는 김유신과 김춘추 같은 진골 출신의 장군들이 있었다.

그러나 과인에게는 개혁을 힘껏 밀고 나갈 힘이 없다. 과인과 최치원을 밀어 줄 육두품 출신의 든든한 장군들이 없다. 과인은 이렇게 막중한 개혁의 소망과 그 이상을 실현할 수 없는 무기력감 속에 좌절하게 되었다. 그리하여 그 좌절감과 이상을 잊기 위하여 날이면 날마다 과음과 쾌락을 탐닉하면서 만백성의 질타를 받게 되었다. 숙부를 남편으로 취하고, 젊은 화랑들을 불러들였다는 원성을 듣게 되었다.

과인은 이 모든 사실을 솔직하게 시인하며 더 이상 막중한 국사를 책임질 수 없는 상황이라는 것을 인식하게 되었다. 그리하여 오늘 과인은 이 모든 과오를 홀로 책임진 채 양위를 하고자 한다. 아직 어린 두 왕자가 있으나 왕위를 넘겨주기에는 너무 어려, 심사숙고한 끝에 마침내 조카 요嶢를 태자로 삼아 선위하기로 하였다. 태자 요를 효공왕孝恭王에 봉하노니, 만천하는 그에게 충성하고 사직을 이어 주기를 간곡히 바라노라.

오직, 신의 왕국인 이 나라 신라의 번영을 간곡히 기원하노라.

그날 밤, 전교를 내리는 여왕은 쉴 새 없이 눈물을 흘렸고, 글을 받아쓰던 치원도 여왕이 흘리는 눈물을 보고 도저히 견딜 수가 없어 같이 슬피우는 바람에 글씨가 번져 무슨 글자인지 알아볼 수 없을 정도였다.

"아찬 최치원, 그대에게 사사로이 부탁을 하겠소. 나와 부호 부인은 북궁으로 들어가 쉴 것이오. 이 자리를 빌려 아찬에게 청하고자 하는 것은, 선대 헌강대왕께서 간곡하게 하명하신 지증대사의 비명을 사실에 근거하여 훗날 후손들이 잘 이해할 수 있도록 완성해 주세요. 과인이 그동안 게을렀던 탓으로 지증대사의 비를 아직도 못 세웠습니다. 과인이 왕관을 벗은 후에도 그 비명만큼은 꼭 이루고 싶습니다."

여왕이 눈물을 닦고 옥좌에 앉아 애써 웃음을 보였다.

"대왕마마, 그 점은 소신도 마찬가지입니다. 일찍이 소신을 신임하고 보살펴 주셨던 헌강대왕께서, 소신이 당으로부터 돌아오던 바로 그 해에 명을 내렸음에도 불구하고 그동안 외직으로 나가 있다는 핑계로 아직까지 비명을 세우지 못했습니다. 소신을 꾸짖어 주십시오."

최치원이 머리를 조아렸다.

"그것은 아찬의 잘못이 아닙니다. 내가 다 알고 있어요. 아찬은 이미 비명을 다 지어 놓고 비를 세우기만을 고대하고 계셨는데, 과인이 날마다 술을 마시고 허송세월을 보낸 탓이오. 또 재정을 핑계로 차일피일 미루다가 그 불사를 그만 놓쳤습니다. 그 비를 세우실 때는 선왕의 뜻대로 희양산 봉암사에 번듯하게 잘 세워 주세요."

여왕은 말을 마치고 들어가 어의를 벗고 다시 미복으로 갈아입은 후 최치원 곁으로 바짝 다가왔다.

"오라버니, 참으로 하기 어려운 일을 끝냈으니… 우리 함께 곡주나 나누어 마십시다."

여왕이 술잔을 들어 치원에게 건넸다. 치원이 울면서 잔을 들자, 여왕이 그의 잔에 자신의 잔을 부딪쳤다. 치원이 고개를 옆으로 돌려 잔을 모두 비우는 것을 확인한 여왕이 슬며시 다가와 그의 무릎을 베고 누웠다.

"오라버니, 저를 딱 한 번만 껴안아 주세요."

여왕이 애잔한 눈빛으로 바라보며 말하자, 치원은 시집가는 누이동생을 안아 주듯 그렇게 포근하게 여왕을 안아 주었다.

"제가 이승에 와서 단 한 가지 못 하고 가는 것이 있어요."

여왕이 치원의 품속에서 속삭였다.

"그게 무엇입니까, 마마."

치원이 여왕을 지그시 바라보며 조용히 물었다.

"오라버니를 과인의 남자로 맞이하지 못한 일이에요. 과인은 천하의 모든 남성을 다 가질 수 있었지만, 유일하게 오라버니만은 매우 어려웠어요. 오라버니를 괴롭혀 드리고 싶지 않았어요. 저 먼 곳에 있는 북두칠성처럼 그렇게 아득하게 그리워만 했어요. 과인은 오랫동안 생각했어요. '아, 세상에서는 최치원과 고호몽처럼 그렇게 살뜰히 서로 사랑하는 사람들도 있구나.' 그러면서 과인은 오라버니의 부인을 무척이나 부러워했답니다. 제가 이승에 나와 부러워해 본 여자는 호몽 부인이 처음이랍니다."

여왕은 더욱 깊이 치원의 품 안으로 파고들었다.

"소신과 제 처는 사랑한다기보다는 서로 배려하고 그저 믿고 또 믿을 뿐입니다. 세상에는 그냥 서로 믿기만 하는 사랑도 있답니다."

치원이 너그럽게 웃으며 말했다.

"오라버니, 과인이 저 북두칠성 문 앞에 먼저 가서 기다리고 있다면, 먼 훗날 부인과 함께 찾아와 지금처럼 과인을 반겨 주실 거죠?"

여왕은 여염집 누이동생이 되어 치원의 품 안에서 응석을 부렸다.

"그렇다마다요, 여왕마마. 부디 북두칠성 입구에 안착하신다면 그냥 편히 쉬고 계십시오. 저와 호몽이 뒤따라가 저승에서도 대왕마마를 모시겠나이다."

치원이 다시 한 번 여왕을 꼭 안아 주며 이마에 입을 맞추었다.

"오라버니, 과인이 천령군에 갔을 때 정말 크게 깨달은 것이 있었어요."

"그게 무엇입니까, 마마?"

"과인이 군주의 진정한 길을 놓쳤다는 것이었어요. 그때 천령에서 오라버니가 둑을 쌓아 물길을 제대로 돌리고, 나무를 옮겨 대관림을 조성하고, 땅을 개간하여 천령 백성들에게 골고루 나누어 주었을 때 그곳 백성들이 얼마나 기뻐했습니까? 추수를 해서 풍성하게 나누면서 태수 앞에서 그렇게 기뻐하는 모습을 보며 과인은 크게 깨우쳤습니다. 과인도 진심으로 백성들과 함께 살며 그들에게 무엇인가를 나누어 주었더라면 얼마나 좋았을까. 늘 술에 취해 흐느적거리고 밤에는 젊은 화랑들과 쾌락에만 젖어 있었으니, 정작 이루어야 할 국사를 놓치고 말았지요. 오라버니가 나라와 백성의 이익을 위하여 몸소 실천하면서 이루어 놓은 업적같이 과인도 바로 백성들과 고락을 함께 하는 것이었는데……."

여왕의 한스러운 눈물이 치원의 관복을 흥건히 적셔 놓았다. 치원은 가련한 여인의 뜨거운 눈물을 보고 도저히 참을 수가 없었다. 여왕의 정신적인 고질병을 직접 치료해 주어야겠다는 마음과 신하로서 살신성인해야겠다는 뜻에서 여왕의 옥체를 더 깊이 끌어안으며 여왕의 입술을 빨아들였다.

수줍은 듯 살포시 벌려주는 여왕의 입술 사이로 치원이 꿈틀거리는 자신의 혀를 깊이 밀어 넣으니 여왕은 기다렸다는 듯이 치원의 혀를 힘차게 빨았다. 그리고는 한 손으로 치원의 바짓자락을 풀며 다른 한 손으로는 치원의 그곳을 찾고 있었다.

여왕의 숨소리가 조금씩 거칠어지면서 낮은 신음을 토하더니 이내 치원에게 하체를 더 가까이 들이대며 그의 혀를 삼킬 듯이 빨아들였다. 그러면서 여왕의 손이 치원의 허벅지를 쓸어내리며 남근을 만져주자 치원은 민망스러워 몸을 휙 돌리려고 하자 여왕은 남근을 끌어당겨 자기 하체 쪽으로 안내했다. 치원의 또 다른 사내가 들어오기 쉽도록 몸을 바닥에 누이며 길을 내어 주었다.

치원은 자신의 우람한 사내와는 달리 여왕의 길을 찾아 깊이 들어가며 애달픈 눈물을 쏟아냈다. 흥분이 고조되어 몸을 이리 틀고 저리 트는 여왕의 몸을 살며시 껴안는 순간 그녀의 몸은 이미 물기가 모두 빠져 버린 앙상한 나뭇가지와 같다는 생각이 들었다.

이제 겨우 삼십을 갓 넘긴 여인의 몸매치고는 이미 모든 체액을 밖으로 빼내 버린 것처럼 나목이 되어 몸에서 생성되는 체액이 원활하지 못하여 삭정이 같은 느낌을 받았다. 그래도 치원은 여왕의 병을 치료해준다는 의지에서 끝까지 그런 내색을 하지 않으며 자신의 사내를 통해 여왕의 고질병을 치료해 주는 의미에서 더욱더 정성스럽게 달래 주었다.

어두운 방 안에서 두 사람은 군신관계를 떠나 그렇게 밀치고 끌어당기는 동안 여왕은 계속 거친 숨소리를 토해냈다. 그러느라 이 부자리는 온통 진한 땀방울과 사랑의 흔적들이 쏟아져 내려 흥건히 젖어 있었다.

얼마 후 치원은 여왕의 앙상한 등을 쓸어 주고는 자리에서 일어났다. 그리고는 의관을 정제한 후 여왕 앞에 엎드려 군신관계로 되돌아와 삼배를 올렸다. 여왕은 이제 평생소원을 이루었다는 만족스러워하는 표정을 보이면서 다시 뜨거운 눈물을 흘리며 고개를 끄덕였다.

그 후, 진성여왕은 헌강왕의 서자이며 자신의 조카였던 태자 요에게 양위하여 주고 왕위에서 물러나 가야산 골짜기에 있는 해인사로 들어갔다.

'처정관동행處靜觀動行 심소심락법心笑心樂法……'

여왕은 해인사에서 홀로 지내며 일전에 치원이 알려 준 풍류지도의 주문을 외우며, 부처님께 기도하고 그간의 모든 일을 참회했다. 그러면서 최치원이 가르쳐주었던 풍류도 수행방법인 십정도 중에서 불교의 수행법 팔정도에 새롭게 추가한 두 가지 중 하나는 바르게 들을 수 있는 지혜가 정청이고 또 하나는 서로서로 바르게 믿는 것이 정신이라고 말한 것을 머릿속에 떠올리며 정청正聽과 정신正信을 가장 중요시했다.

그러면서 거울을 보고 숨쉴 때마다 즐거운 마음을 갖고 눈의 미소와 입의 미소를 지으면 정신 소통이 잘 된다는 것을 생각하면서 신라 백성들을 위해 매일 108배를 올리며 수도승처럼 살았다. 건강이 회복되지는 않았으나 마음은 심소심락心笑心樂하였다. 그러던 어느날 여왕은 해인사에서 조용히 눈을 감으며 외로운 생을 마감했다.

새로운 길

진성여왕이 혼자서 허무하게 세상을 떠났다는 소식을 듣고, 최치원은 태수로 있는 천령군에도 내려가지 못하고 내내 서라벌에 머물면서 표문表文 쓰기에 정신이 없었다.

진성여왕이 돌아가셨다는 말은 하지 아니하고 국정을 감당하기에는 건강 상태가 너무 좋지 않고, 국내외적으로 난제가 많아 젊은 조카에게 왕위를 선양한다는 내용을 당의 소종昭宗 황제에게 고하는 양위표讓位表를 먼저 썼다.

그리고 부족하지만 어쩔 수 없는 상황에서 선왕인 진성여왕으로부터 왕위를 계승할 수밖에 없었다는 효공왕의 사謝 사위표嗣位表도 정성을 다하여 쓴 글을 효공왕과 최측근에게 설명하였다.

"불은 나무에서 일어나지만 그 불이 사나우면 나무를 태우고, 물은 배를 뜨게 하나 물이 성하면 배를 뒤엎는다."

火生於木而 화생어목이 火猛則木焚 화맹즉목분

水泛基舟而 수범기주이 水狂則舟覆 수광즉주복

치원은 우주 만물 음양의 이치를 설명하면서 신라 진골 중심의 중앙 정치를 간접적으로 비판했다. 만인의 아버지인 임금이라도 패륜을 저지르고 실정을 하게 되면 백성들이 스스로 일어나 힘으로 저지하고 나설 수 있음을 왕과 측근에게 경고하면서 백성을 위해 정치를 잘 해주기를 당부하고 새로운 왕은 선정을 베풀 것이라는 부연설명을 첨부하여 당에 보냈다.

매일 월성에 들어가 무릎을 꿇고 장문의 글을 쓰다 보니 치원의 건강도 하루가 다르게 나빠지고 있었다. 과로로 인하여 눈도 침침해지고, 늘 앉아 머리를 숙이고 글을 쓰다 보니 어깨와 허리가 상하고, 무릎까지 내려앉아 똑바로 앉아 있기조차 힘들었다.

치원이 표문을 모두 완성한 후 과로 때문에 생병을 얻어 고생하는 모습을 지켜 본 호몽의 지극정성이 담긴 간호를 받으며 겨우 건강이 회복되기 시작하였다. 이처럼 아들의 힘겨운 모습을 지켜보던 반야 부인은 자신의 속이 타들어가는 것처럼 안타깝기만 했다.

"아이고, 우리 아들이 저리 고생을 하다니. 이 어미가 차마 눈 뜨고 볼 수 없구나. 죄 없는 우리 며느리는 사남매 뒤치다꺼리하기도 바쁜데, 지아비의 건강까지 챙겨야 하니. 더는 안쓰러워 못 보겠네. 아이고, 늙은 이 어미가 먼저 가야지. 이제는 내 나이도 팔순이 가까워오니 토함산에 누워 계신 견일 공 곁으로 가야지. 아이고, 아이고……."

반야 부인은 아들과 며느리를 향한 안타까운 마음을 쥐어뜯다가 결국 실신하여 쓰러지고 말았다. 꼬박 하루가 지난 후에야 깨어난 반야 부인은 더 이상 생명을 유지할 수 없음을 알고, 치원에게 전 가족이 보고 싶다고 말했다. 치원은 사람을 시켜 가족들을 집으로 모이게 했다. 가족들이 모인 자리에서 반야부인은 겨우 힘을 내어 말하였다.

"내 살아생전에 너희들에게 몸소 효를 실천해 보이려고 많은 노력을 했으나 너희들이 보고 느끼기에는 부족한 점이 매우 많았을 것이야. 그러나 이 어미의 마지막 가르침이다. 효는 가족의 얼굴이고 거울이네. 자손만대에까지 효가 계속 이어지도록 서로서로가 노력하고 도와주도록 하게."

그 후 반야 부인은 사흘을 앓다가 자는 듯 편안하게 세상을 등졌다. 반야 부인은 평소에 소망하던 대로 토함산 숭복사 밑에 있는 견일 공 묘지에 합장이 되었고, 그 위패만은 천령군 백운산 중턱에 있는 상연대에 봉안했다.

한꺼번에 많은 일들을 겪은 치원은 정신을 제대로 차릴 수가 없었다. 서라벌 하늘 아래에서 자신을 가장 알아주던 진성여왕이 붕어하고, 연이어 어려서부터 자신을 금쪽같이 아껴 주었던 어머니마저 이 세상을 뜨고 나니 참으로 넓고 넓은 바닷가에 홀로 버려진 듯한 느낌이었다. 그래도 늘 곁에서 보살펴 주는 호몽이 있었기에 치원은 볏단처럼 쓰러진 몸을 겨우 일으킬 수 있었다.

"정신을 차리세요. 붕어하신 여왕마마의 유훈을 이루기 위해서라도 강건해지셔야 하고, 그렇게도 당신을 아끼셨던 어머님의 사랑을 갚기 위해서라도 견뎌 내셔야 합니다."

호몽은 치원을 일으켜 지극정성으로 마련한 미음과 선식을 먹였다. 치원은 몸 안에 있던 모든 정기와 힘이 다 빠져나간 사람처럼 창백한 얼굴로 일어나 앉아 호몽의 손을 잡고는 내공의 기운을 조절하기 위해 사력을 다해 버렸다. 호몽의 기운을 받은 치원은 하루하루가 지나자 점차 병세가 호전되었다.

"형님, 저는 이제 모든 공직을 내려놓고 해인사로 들어가려고 하는데……. 그쪽 형편은 어떻겠습니까?"

겨우 정신을 차린 치원은 현준스님에게 자신의 속마음을 털어 놓았다.

"지금 해인사도 조용하지만은 않다네. 방장이신 관혜스님은 아무래도 견훤 쪽으로 기운 것 같고, 주지인 희랑스님은 말씀은 하시지 않지만 속내는 궁예 쪽을 생각하고 계신 것 같아. 하지만 궁예 장군에게는 덕이 없으니 기다리고 있는 셈이지."

현준스님은 무척 신중하게 대답을 했다.

"제 생각도 그렇습니다. 궁예 장군은 스스로를 미륵이라고 자처하더니, 이제는 자신에게 관심법이 있다고 말하면서 무고한 사람들을 처단하기 시작하니 민심이 떠날 수밖에요. 아무래도 왕건 장군이 대세를 잡겠지요? 아마 희랑스님의 가슴속에도 왕건 장군이 자리 잡고 있을 거예요."

치원은 오래전 도선국사의 비기를 떠올리며 조심스럽게 말했다.

"이런 때, 태수가 미탄사의 승군까지 데리고 해인사로 온다는 것은 불사간에 엄청난 큰 일인 것 같은데…. 주지 스님 혼자서 결정할 일은 아닌 것 같고, 방장이신 관혜스님의 허락도 받아 내야 할 텐데 걱정일세."

현준스님은 모든 상황이 여의치 않게 흐르자 난감하기만 했다.

얼마 후, 치원은 천령군으로 내려가 관속은 물론 장군들과 토호들까지 모아 놓고 자신의 거취에 대한 이야기를 꺼냈다.

"안 됩니다, 절대 아니 되십니다. 여왕마마께서 붕어하시고 새 임금이 앞으로 어찌할지도 모를 이때, 우리가 하늘처럼 믿고 따르는 태수께서 저희들을 버리신다면 저희들은 어쩌란 말입니까?"

그들은 모두 바닥에 엎드려 치원을 가로막았다.

"내 심신이 너무 탈진해서 그래요. 도저히 공무를 수행할 수가 없소. 일단 산천을 소요하면서라도 몸을 추스르며, 내가 가지고 있는 기를 살려 도 닦는 일에 정진해 보려고 산수 좋은 해인사 근처로 가서 기운을 회복하려고 해요. 이곳에서 천령군 백성들과 한 식구가 되어 살았던 지난 오 년은 제 마음속에서 영원히 잊지 못할 참으로 아름다운 세월이었소만."

치원은 그들을 달래며 눈을 지그시 감았다. 이튿날 최치원은 자신의 확고한 결정을 즉각 이행했다. 모든 관직을 내려놓겠다는 사직원을 월성에 올려 보낸 후 바로 짐을 꾸렸다. 이 소식을 들은 백성들이 달려와 얼마 전에 수확한 햅쌀 열 섬을 수레에 실어 주었다. 또 대관림에서 주워 온 밤도 두 포대나 실어 주었다. 누군가 두류산 골짜기에서 따 왔다는 석청도 두 통이나 실어 주며 치원의 손을 잡고는 눈물을 흘렸다.

"가시지 마세요, 태수님! 저희들은 어찌하라고요!"

아녀자, 아이들, 노인들 할 것 없이 모두 손을 잡고 나와 치원의 수레를 막고 안타까워했다.

"너무 걱정들 마시게. 후세 사람들은 아름다운 상림이 있는 진秦나라의 도읍인 함양을 생각하면서, 우리 천령군을 함양이라 부를 것이오. 아무쪼록 상림은 우리 천령군에서 천 년이 넘도록 잘 간직해 줬으면 좋겠고, 하림은 옥토로 가꾸어 우리 천령의 백성들이 배불리 먹고 지내게 되기를 바라겠소."

치원은 백성들을 하나하나 안으며 마음속의 눈물을 닦아 주었다. 치원을 따라 고갯마루까지 배웅을 나왔던 백성들은 마침내 그의 모습이 시야에서 사라지자 모두 고갯마루에 털썩 주저앉아 목놓아 슬피 울지 않는 사람이 없었다.

방로태감, 천령군 태수, 아찬 최치원 송덕비

그 후, 학사루 앞에는 지역의 유지들이 마음을 모아 송덕비를 세웠다. 커다란 자연석에 새긴 최치원 송덕비는 한결같은 마음으로 천령군을 지켰다.

그 무렵, 해인사에서는 심각한 설전이 벌어지고 있었다.

"방장 관혜스님은 최치원 아찬이 우리 해인사에 들어오는 것을 절대로 반대합니다. 그 사람은 부처님의 음덕을 지나치게 많이 받은 사람입니다. 출세하기 위하여 당으로 갔고, 거기에서 오로지 일신의 영달을 위하여 독하게 노력한 결과 어린 나이에 장원 급제를 했습니다. 또 일찍 출세하였고, 황소의 난에 혁혁한 공훈을 세우는 행운도 잡았습니다. 그래서 금의환향하여 헌강대왕의 총애를 받았고, 정강대왕과 진성여왕에 이르기까지 삼대에 걸쳐 부귀영화를 누린 사람입니다. 그 사람은 우리 불가의 사람이라기보다는 유가의 사람이라고 봐야 할 것입니다. 문장으로 봐서야 동양 제일이며, 경서를 읽는 학식으로 봐서도 서라벌 제일의 학자일 것입니다. 그런 사람이 우리 절에 들어와 무슨 일을 할 수 있단 말입니까? 더구나 듣자 하니, 미탄사에 이백 명이 넘는 승군을 거느리고 있다고 하던데……. 그 승군이 이곳에 들어오면 그 사람들 밥은 무엇으로 먹인단 말입니까? 나는 치원이 해인사로 오는 것을 완강히 반대합니다."

그러자 이 말을 들은 다른 스님들은 조용히 고개를 끄덕이며 묵묵히 앉아 있었다. 주지 희랑스님은 그리 생각하지 않는다고 말했다.

"최치원이 서라벌 제일의 문사임은 틀림이 없으며, 그는 불가의 식구라기보다는 유가의 식구라는 것도 옳은 말입니다. 그러나 그동안 귀국하여 해온 일을 면밀히 살펴보면, 우리 불가 사람들이 생각해도 부끄러울 만큼 커다란 불사를 감당해 온 사람입니다. 그

가야산 경상남도 합천군 가야면

아버지 견일 공은 우리가 다 아는 대로 경문왕과 같은 학당에서
동문수학했던 특별한 인연으로 나라의 중요 불사를 책임지고 이
행했으며 또한, 대숭복사의 불사를 담당했던 분이고, 그 공으로
육두품으로서는 최초로 대숭복사 아래 묘소를 하사받아 견일 공
이라는 존칭을 얻었지 않습니까? 다 왕실에서 아주 크게 배려해준
덕분이라고 생각합니다. 뿐만 아니라 최치원 아찬은 우리 불가 사
람들이 지금까지 손도 대지 못했던 큰 일을 해냈습니다. 헌강대왕
의 명을 받아 쌍계사에 진감선사비를 세웠고, 초월산에 대숭복사
비를 세웠고, 또 얼마 전에는 성주사에 대낭혜화상비까지 세웠습
니다. 해인사를 책임지고 있는 주지로서, 저는 앞으로 관직을 벗은
최치원 아찬에게 불교 경전 편찬을 부탁할 것이 아주 많을 것입니

다. 글 쓰는 일에 지혜가 부족한 우리로서는 대문장가인 그의 지혜를 빌리지 않을 수 없습니다. 저는 제일 먼저 그에게 해인사결계량기海印寺結界場記를 부탁하고자 합니다. 우리 가람은 방장 어른께서도 잘 아시고 계시다시피, 지난 애장왕哀莊王 3년에 순응順應선사께서 창건하신 후 증축에 증축을 거듭해 왔습니다. 그러다가 지난 가을부터 중창할 것을 합의하고, 우리 가람에 드나드는 사문沙門(불문에 드나드는 모든 사람)이 마음을 합쳐 90일 동안 참선한 뒤 3층의 본체를 올리고 또 4층의 누각을 올렸습니다. 이렇게 훌륭한 불사를 끝냈으니, 기념될 만한 명문을 써 올리는 것이 좋겠습니다. 그것을 쓸 수 있는 사람은 오직 최치원 한 사람뿐이라고 생각합니다. 또 조금 있으면 우리 불문의 제자들이 모여서 공부하는 선안주원善安住院이 완공되는데, 거기에도 적당한 벽기壁記(불사에 공헌한 이들의 공을 벽에 새기는 기록)를 써야 합니다. 이처럼 우리 가람의 많은 기록을 위해서라도 명문장가인 최치원을 초빙하는 것이 옳은 일이라고 생각합니다."

희랑스님은 그간 치원이 이루어 놓은 대작불사를 칭송하며 명문장가인 그의 도움이 절실함을 알렸다. 그러자 다른 스님들도 이 말씀을 듣고 묵묵히 받아들이는 모습이었다. 방장 관혜스님이 말했다.

"좋습니다. 우리 대가람의 살림을 총괄하는 주지이신 희랑스님께서 그런 생각을 하고 계시다면 제가 거취를 정하지요. 저도 그동안 자리를 좀 옮겼으면 했습니다. 희랑스님, 나에게 이백 명의 승병을 주시오. 그러면 나는 두류산의 화엄사로 들어가겠습니다."

관혜스님은 마침내 그동안 생각하고 있던 바를 실행에 옮길 때가 되었음을 느낀 것이다. 그러자 희랑스님은 눈을 지그시 감았다.

'아, 관혜스님께서 드디어 속을 내보이시는구나. 견훤의 곁으로 가시겠다는 뜻이구나. 그렇게 결심하셨다면 어쩔 수 없지. 여기 계시면 계실수록 다른 스님들에게 누가 될 수도 있으니까.'

언젠가 이런 날이 오리라는 것을 희랑스님은 일찍이 마음속으로 알고 있었기에 크게 당황하지 않았다.

"좋습니다. 방장 스님 뜻대로 하십시오. 정병 이백 명을 뽑아 화엄사로 옮기셔도 되겠습니다."

눈을 번쩍 뜬 희랑스님이 관혜스님을 정면으로 노려보며 고개를 끄덕였다. 그럴 즈음 최치원은 쇠락해 가는 신라를 다시 세우려고 왕실과 백성에게 몸소 노력하여 개혁을 실천해 보았지만, 수많은 권신으로부터 말로는 표현할 수 없는 많은 모함과 험담을 받아 신변의 위해로움까지 느끼고는 해인사로 가서 은둔하여 가족의 안녕을 지키면서 풍류 및 천부경 융합과 포용정신을 나라 방방곡곡에 널리 가르쳐 나라의 이익과 백성의 이익을 창조하는데 기여하기로 결심했다(이국이민시利國利民始).

또한 불교 경전을 읽으면서 사대부들이 스스로 알기 쉬운 불교 경전을 쓰고자 마음속으로 다짐했다. 이렇게 해서 최치원은 가족들과 함께 해인사 인근으로 들어가면서 맑게 흘러가는 물 소리를 들으며 시 두 수를 지었다.

홍류동 계곡

제 가야산 독서당

바위 바위 내닫는 물결 소리 온산에 울리니
속세의 말소리 곁에서 알아듣기 어렵네
언제나 시비하는 소리 귀에 들려올까 두려워
흐르는 물소리로 하여금 온 산을 감쌌네.

題 伽倻山 讀書當 제 가야산 독서당
狂噴疊石吼重巒 광분첩석후중만 人語難分咫尺間 인어난분지척간
常恐是非聲到耳 상공시비성도이 故敎流水盡籠山 고교유수진농산

가야산 독서당 시를 지은 후 저 물 소리로 인하여 곁에 있는 사람 말 소리도 듣기 어렵듯, 치원은 조정에 개혁을 건의했지만 조정에서는 진실한 목소리를 듣지 못했다. 이러한 세상을 한탄하면서 "세상이 좁으니 소리내 울 수 있는 곳도 없구나." 말하며 위정자들이 백성을 위한 덕의 정치를 요구했다.

간혹 서라벌로부터 험담이 들릴 때마다 홍류동 골짜기로 내려가 물 소리를 들었다. 힘차게 흐르는 물 소리가 다른 소리를 모두 삼켜 적멸에 이르듯 물 소리에 침잠하면 마음의 분노와 잡념이 사라지고 편안함을 느꼈다.

그런 마음에서 세상시비 소리가 귀에 닿을까 봐 두려워 일부러 시문 마지막에 물을 돌려서 온 산을 감쌌다고 비유해 자신의 마음속에 녹아 있는 것을 알리기 위해 다른 시 한 수를 또 지었다.

올라오니 어수선한 세상 일 잠시 멀어졌으나
흥망을 되씹으니 한이 더욱 새로워라
화각소리 가운데 아침저녁 물결인데
푸른산 그림자 속엔 고금인물 몇몇 인고
꽃은 임자도 없고 우수에 서리치니
따스한 바람에 풀은 절로 봄이구나
마침 사가의 남은 경지 남아 있어
시객의 정신을 길이 상쾌하게 하여 주네

그때 미탄사에 머물고 있던 승군 이백 명은 왕거인의 인솔 하에 최치원의 뒤를 따랐다. 최치원의 승군 이백 명이 들어오는 날, 관혜 스님의 승군 이백 명도 행장을 꾸려 해인사를 급히 빠져나갔다.

그 후, 최치원은 과로로 인한 여러 가지 병이 있었음에도 불구하고 해인사에 필요한 결계량기를 완성했고, 선안주원 벽기도 마무리했다. 그러면서 치원은 108개나 되는 뜸을 달고도 무서운 정신력으로 신병을 이겨 냈다.

"그동안 애 많이 쓰셨습니다. 부끄러운 말씀이오나 우리 불문에는 참선을 하고 화엄에 깊이 빠지는 스님들은 많습니다만, 그 진리의 핵심을 글로 펴서 내보이는 사람들이 드뭅니다. 그것은 역시 최아찬과 같은 대학자만이 할 수 있는 일인 것 같습니다. 이번에 또 한 가지 더 청을 드리고 싶습니다만 건강은 어떠신지요?"

희랑스님이 치원을 찾아와 병세를 살폈다.

"견딜 만합니다. 풍류도의 사칠팔 호흡조절(숨을 들이쉴 때는 사를 세고 칠을 셀 때까지 숨을 멈추고 숨을 내뿜을 때는 팔을 센다)과 뜸을 떴더니 한결 좋아졌습니다."

치원이 쓸쓸히 웃으며 대답했다.

"법장스님에 대한 글을 좀 써 주셨으면 합니다."

희랑스님이 조심스럽게 운을 떼었다.

"법장스님의 가르치심에 대한 글입니까?"

"아닙니다. 이번에는 법장스님의 생애, 다시 말해서 법장 화상의 영적 생애를 서술해 주셨으면 해서요."

그러면서 희랑스님은 당나라 승려인 천리가 지은 장공별록藏公別錄이라는 책을 슬그머니 치원의 서가 위에 올려놓고는 총총히 치원의 방을 나갔다. 그날부터 최치원은 장공별록을 읽기 시작하여 한 달 후부터 법장화상전에 매달렸다.

> 당나라 때의 승려, 화엄종의 제3대 조사이다. 속성은 강康씨이고, 그의 선조는 서역의 강거康居(지금의 사마르칸트) 후예였으나 조부 때 장안으로 들어와 정착하였다.
> 17세 때에 화엄종의 제2대조 지엄智儼이 운화사雲華寺에서 화엄경을 강론하는 것을 듣고는 그 제자가 되었으며, 26세 때에 보살계를 받고 태원사에서 출가하였다.
> 당 고종 때에 호를 현수賢首라 했고, 일조삼장日照三藏이 범문梵文으로 된 화엄경을 가져오자 함께 번역하였으며, 실차난타實叉難陀가 다시 화엄경을 가져왔을 때도 함께 번역하였다.
> 이에 당 중종께서 현수에게 국일國一이라는 호를 내려 주며, '그대야말로 당나라 제일의 화엄승이로다'라고 칭찬하셨다. 그 후 그는 화엄종을 대성시켜 수많은 저서를 남기니, 그야말로 화엄의 대가가 되었다.

치원은 꼬박 1년 동안 집필하여 새로운 법장화상전을 완성하며 등에 난 등창도 모두 털어냈다. 어느 날 치원이 등창의 흔적인 딱

지를 떼고 있을 때 희랑스님이 찾아와 이를 보고는 깜짝 놀랐다.

"아, 우리 불문에 그대와 같은 이가 한 사람만 더 있어도 우리가 이렇게 신세를 지지 않아도 될 터인데……. 나무아미타불관세음보살."

그리고 곧 덧붙여 말했다.

"이 경전은 서역에서 온 경전을 뛰어넘어 다른 나라로 문화 수출되어 이웃 당나라나 왜국에까지 전파될 것입니다."

그러면서 희랑스님은 서역에서 들여온 종려나무 기름을 발라 주며 애잔한 마음을 전했다. 그러자 치원은 스님들의 생활에 대한 시 한 수를 써서 희랑스님에게 올렸다.

　　저 스님아 산이 좋다 하지 마라
　　좋다면서 왜 다시 산을 나오나
　　뒷날에 내 발자취 두고 보라지
　　한 번 들면 다시는 돌아오지 않으리니

　　僧乎莫道靑山好 승호막도청산호　山好何事更出山 산호하사갱출산
　　試看他日吾踪跡 시간타일오종적　一入靑山更不還 일입청산갱불환

시를 읽어 본 희랑스님은 빙긋 웃고 합장을 한 채 치원을 향해 고개를 숙이며 말했다.

"남은 여생은 관직에 나가지 않고 성인으로서 충과 효, 용서와

자비심을 융합한 풍류길을 백성에게 가르치고자 함이군요."

"유구무언입니다. 앞으로 소승을 지도해 주시지요."

대단히 죄송스럽다는 표정을 지으면서 최치원에게 천부경天符經을 쉽게 설명해 달라고 다시 부탁했다.

치원은 속세에서 구전으로 전해져 내려오던 천부경을 팔십일자 문자로 알기 쉽게 풀어서 묘향산 깊은 산속 바위 위에 새겨 두었던 것을 회상하며 말하였다.

"천부경은 일시무시일一始無始一로 시작해서 인중천지일人中天地一 일종무종일一終無終一로 끝을 맺었습니다. 이 세상 우주 만물의 이치를 여든한 자의 글로 표현한 것이지요. 이 우주 모든 것이 하나, 즉 자연에서 시작하여 하나, 즉 자연으로 끝나지 않는 것이 없다는 뜻입니다. 천부경 81자와 풍류도 50자를 합하면 131자가 됩니다. 하나(一)에서 시작된 우주(三)는 하나에서 끝이 되나 이 끝은 끝이 아니고 새로운 시작의 연결고리인 것입니다. 이것은 일시무시일(一) 인중천지일(三)에다 풍류도 사상을 융합하고 포용하여 새로운 문자로 표현한 것입니다."

치원은 사례를 들어 상세히 설명하였다.

"허공에 떠 있는 달은 초승달로 시작해서 보름달이 되었다가 또다시 초승달로 되돌아가기를 매월 반복하고, 허공에 떠 있는 태양도 날마다 어느 한 곳에서 떠올랐다가 반대쪽 다른 곳으로 지고 나면 빛이 없는 어두운 밤이 시작되었다가 또 다시 밝은 태양이 떠오르며 새로운 아침을 맞이하게 되는 것입니다. 즉, 시간과 세월의 흐름을 말하는 것이며 달이나 태양이 나타났다가 다시 사라지는 모습을 보고 시간의 변화는 되었지만, 모습은 변화하지 아니한 것 같다고 사람들이 생각하는 것입니다. 하늘과 땅이 만나는 지점을 보고 사람은 하늘과 땅이 하나가 된다고 하는 것입니다. 우주를 나누어 자르면 극이 생겼다고 보지만 극은 없으며 그 근본은 변함도 없고 그대로이며 다함이 없습니다(析三極無盡). 우리가 살아가는 세상 이치도 끝이 없고 정해진 진리가 없습니다. 우주 만물(하늘 또는 공간, 시간이라고도 함)은 본래 먼지나 티끌 하나로 구성되어 있으며 한 개의 땅 위와 아래에서 자연(하늘과 땅)의 변화에 의하여 생성되고 하나로 시작되지 아니한 것이 없다고 했습니다(一地一). 사람은 하늘과 땅, 두 가지 자연기운 또는 남자(양의 물질소유자), 여자(음의 물질소유자) 두 사람 음양이 합쳐져서, 즉 음양의 합일 또는 지수화풍地水火風 기운의 모임에서 새로운 생명 하나가 시작된다고 보았습니다(二人一). 우주 만물이 하나에서 시작되어 열에서 끝이 나면 다시 하나에서 시작되는 것을 계속 더하여 쌓이면 우주가 됩니다(三一積十). 숫자로는 열이 계속되어 무한하게 되나 그 변화된 것은 너무나 커서 상자 또는 어느 것으로도 담을 수 없으므로 있는 그대로이며 무한대가 되어 없는 것이 됩니다(鉅無櫃化). 우주 속의 하늘도 극의 한 지점, 즉 시작지점을 하나(一)라고 하고, 반대 지점을 둘(二)이라고 하는 것이며 우주 속의 땅과 사람도 이와 같이 하나에서 둘로 구분된다는 것입니다. 즉, 우주 만물 속의 하나인 하늘天, 땅地, 인人이 만나면 만나는 지점을 기준으로 하여 양극이

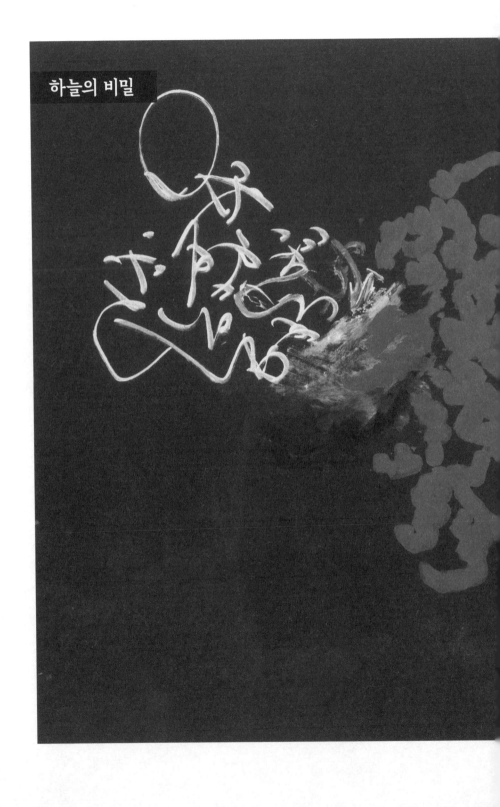

하늘의 비밀

생겨 하나와 둘로 구분되는 것입니다. 우주 만물에는 너와 나, 양과 음, 동과 서, 남과 북, 위와 아래, 앞과 뒤, 선과 악 등 상대가 반드시 있다는 뜻입니다. 즉, 나누는 석析과 쌓이는 적積으로 말한 것입니다. 만나는 중앙의 점을 오五라 하고 각각의 끝점 부분 극을 일一, 이二, 삼三, 사四로 이름 지어 붙인 것입니다. 우주 만물을 크게 한 번 더 합하여 만나는 지점 중앙을 열十이라 이름 붙이는 것이며 새로 나누어진 네 개의 극 지점을 육六, 칠七, 팔八, 구九로 이름 붙인 것입니다. 즉, 육에서 다시 네 개로 구분된다는 것이며 또 다른 새로운 세계들이 시작된다는 뜻에서 처음과 끝의 중심 41자에 해당되는 것이 육六이고 육 다음 생生은 뒤에서부터 40자에 해당됩니다. 육 중심으로 앞의 40자는 인간세상을 뜻하고 인간세상이 아닌 다른 세상, 즉 영혼의 세상 죽음이 없는 영원한 세상은 육 뒤의 40자를 의미하는 것입니다. 그래서 육으로부터 새로운 세상이 다시 시작된다고 보고 육六생生이라 했습니다. 우리 몸의 손가락에 비유하면 태어날 때 주먹을 쥐고 있는 상태도 우주라 하고 손가락을 펼친 상태도 우주라 하며 손가락 하나하나를 쥐고 펼 때마다 양과 음의 기운이 일어나며 손가락을 모두 쥐었을 때, 즉 태어났을 때를 오五라고 하기도 하고 또는 우주, 즉 마음이라고도 합니다. 쥐어진 손가락을 하나하나씩 펼치는 점을 일一 이二 삼三 사四로 이름 붙인 것이고 마지막 모두 펴면 우주가 되고 그 점을 오五라고 하며 다시 손가락을 하나씩 오므리는 점, 즉 쥐는 점을 육六으로 하며 다시 쥐는 점 하나하나가 칠七 팔八 구九이며 마지막 모두 오므려 주먹이 된 상태, 즉 태어날 때로 되돌아온 모습이 된 점을, 즉 우주로 보아 십十이라고 했습니다. 현상세계에서 영적세계로 다시 태어나거나 시작되는 점을 육六이라 하고 또는 몸속 마음이라고도 하여 영적의 세계를 말합니다. 그러므로 오五와 열(十)은 다른 숫자의 연결 고리가 되며, 모든 극은 양과 음의 시작인 생명의 연결고리가 되는 것입니다. 어떠한 음양 기운에 의하여 우주만물은 네 개의 극에서 완성되어 또다시 시작하게 됩니다. 그 중앙지점인 오와 열이 하나의 새로운 우주가 되어 새롭게 시작하는 순환 연결고리로 볼 때 이 우주는 눈으로 볼 수 있는 하늘과 눈으로 볼 수 없는 하늘로(環五十一) 무한하게 존재하는 것입니다. 그러므로 현묘하고 신비 또는 신령스러움에 의하여(妙衍) 우주 만물이 가고 오면서(萬往萬來) 그 사용에 따라서는 변화하지만(用變), 그 근본은 변화하지 않으며 그 자성과 본성은 변화된 속에 남아 있는 것입니다(不動本). 즉, 금金으로 여러 가지 모양을 만들어 사람들이 사용하지만 원재료인 금은 변함이 없다는 것이며 사람의 경우는 선善한 삶을 행한 자의 후손은 선한 성품(사람 마음의 본성)을 소유한 사람이 태어나고 악惡한 삶을 행한 자의 후손은 악한 성품을 소유한 사람이 태어난다는 순환의 원리를 말하는 것입니다. 즉, 시간의 흐름에 따라 우주만물이 흘러가되 흘러가지 않고 흘러가지 않지만 흘러가는 것입니다. 현묘하고 현묘한 신령 또는 신비스러움에 의하여 시절 인연따라 생겨나고 없어지는 것입니다. 사람은 마음에서부터 시작하고 우주는 태양에서부터 시작합니다. 사람의 본래 마음은

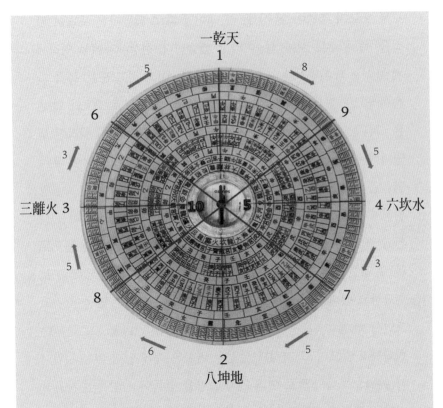

一乾天
1

5　　　　8

6　　　　　　　9

3　　　　　　　　　　5

三離火 3　　10　5　　4 六坎水

5　　　　　　　　　　3

8　　　　　　　7

6　　　　5

2
八坤地

"천부경은 중앙점 5에서 양쪽 극이 생겨나고 1에서 시작되어 2로 끝나고 또한 3
과 4로 끝납니다. 중앙점 10에서 또다시 양쪽 극이 생겨나고 6에서 시작하여 7
로 끝나고 또한 8과 9로 끝납니다. 그러나 주역에서는 1과 6(水) 2와 7(火) 3과
8(木) 4와 9(金) 5와 10(土)을 같은 음양오행으로 보고 우주만물의 순환원리를
표시한 것입니다. 현상의 세계는 1차원부터 4차원 세계까지 존재하나 4차원에
서 완성되며 영적세계(의식세계)도 6차원부터 9차원(영적세계)에서 완성된다는
것입니다. 그러므로 현상세계와 영적세계의 모두를 하나로 보는 것입니다."

태양 본래의 밝은 빛(明)과 같이 항상 밝고 빛이 나므로 우주 만물이 시간과 공간을 초월해서 우주 대자연과 영원히 자유롭게 존재하기를 모두 바라고 있는 것이며 사람 본래의 마음(本心)은 욕심이 없는 마음이며, 즉 둘로 나누어지지 아니한 고요한 마음 또는 분별심이 없고 사용하지 아니한 마음, 태어날 때 처음 마음을 말하고 태양 본래의 밝은 빛은 티끌, 먼지, 구름 등에 가려지지 아니한 빛을 말하는 것이며 우주 만물이 함께 공유하는 것입니다."

치원은 우주 만물의 중심에는 우리가 하나 되는 한마음, 즉 본심인 사람이 있으며 우주 만물 속의 하늘과 땅의 모든 변화는 하나에서 시작해서 하나로 끝나는 것이라고 소상히 설명해 주면서 이 세상 모든 만물이 변화하는 모습을 보고 숫자 하나에서 열까지 이름을 붙인 것뿐이고 이 세상 만물에 이름 붙인 것은 사람과 사람끼리 의사소통을 위해서 정한 약속, 즉 진실이며 시작과 끝은 계속 이어지며 새롭게 태어나는 진리를 말해주었다.

백성이 이해하기 쉽게 우주(三)를 원으로 보고 하늘(天)과 땅(地)이 합쳐지는 중앙 시점을 주역의 괘를 이용해서 오십五十으로 보고 환오십일環五十一 그림을 그려 더욱더 쉽게 설명했다.

희랑스님은 치원의 상세한 설명을 듣고 천부경의 깊은 뜻을 깨달았다.

"우주 대자연은 하나에서 시작되었으나 결국 생로병사生老病死에 의하여 지수화풍 자연으로 회향한다는 것을 말씀한 것이군요. (迴向한다는 불교경전의 반야심경에서 말한 공空) 즉 허공이 우주라는 것을 말씀하는 것이군요. 공간, 시간과 세월은 하나에서 시작되며 하루 하루의 순간순간들이 두 번 다시 영원히 되돌아오지 않는다는 것과 우주를 있는 그대로 마음으로 볼 수 있으며 마음이 우주를 만드는 것이라고 소승에게 귀중한 가르침을 주셨습니다. 천부경 사상은 후세에 더욱 빛날 것이며 다른 나라에 없으므로 우리나라만이 갖고 있는 고유 문화의 보물이 되어 이 원리를 이용하면 새로운 창조문화가 새롭게 시작될 것입니다."

희랑스님은 치원에게 감사의 뜻을 다시 한 번 전하고 곧바로 수행처로 발걸음을 돌렸다.

하늘의 비밀(천부경)

天符經 천부경

一始無始一析三極無 일시무시일석삼극무

盡本天一一地一二人 진본천일일지일이인

一三一積十鉅無櫃化 일삼일적십거무궤화

三天二三地二三人二 삼천이삼지이삼인이

三大三合六生七八九 삼대삼합육생칠팔구

運三四成環五十一妙 운삼사성환오십일묘

衍萬往萬來用變不動 연만왕만래용변부동

本本心本太陽昻明人 본본심본태양앙명인

中天地一一終無終一 중천지일일종무종일

한자 수로는 81자이나 하나에서 시작하여 열 마감 숫자로 주역과 같이 수로 표시하였습니다. 81자로 구성된 것을 구체적으로 살펴보면 一이 11자요, 三이 8자요, 無·二·本이 각 4자요, 天·地·人이 각 3자요, 十·始·終·萬이 각 2자로 나머지 한 글자가 33자로서 불교의 저녁 예불 때 타종하는 33방향과 일치합니다.

81자 시작과 끝의 중앙 숫자에 해당되는 41번째의 숫자는 육六으로서 六 한자를 파자 풀이하면 하늘, 땅, 사람으로 이를 조합한 숫자입니다. 즉 하나에서 둘, 셋으로 나누어지면 하늘(|)·땅(一)·사람(人)이 되고 다시 하늘·땅·사람을 합친 것을 (三大三合) 우주라고 한 것입니다. 즉 우주 및 하늘을 삼(三)의 숫자로 표현한 것입니다. 그리고 치원은 천부경은 하나(一)로부터 시작되어 하나(一)로 끝나는 순환의 근본원리를 글로 표현하여 적어 내려갔습니다.

하나에서 하나를 더하거나, 곱하거나를 적積 또는 합合이라고 합니다. 나누고 빼는 것을 석析이라고 합니다. 더하고, 곱하고, 빼고, 나누는 이 모든 근본 원리의 깨달음 지혜를 천부경 또는 하늘의 비밀이라고 한 것입니다(三一積十).

과거 현재 미래, 즉 삼세가 오늘의 시간 존재임을 말하는 것입니다. 삼三은 하나(一)에 하나(一)를 더한 둘(二)에다가 또 하나를 더한 것입니다. 그러므로 삼三은 큰 숫자(三大)에 해당합니다.

사四는 삼에 하나를 더하거나 합한 것입니다. 그러므로 하나에서 둘을 더하고 삼을 더하거나 합치면 육六이 됩니다. 육에서 사를 더하거나 합하면(六+四) 열(十)이 됩니다. 즉 십 또는 열 이상의 숫자 문자는 존재하지 아니합니다.

그러므로 열을 거鉅 또는 무無라고 하기도 하고, 무한대를 뜻하기도 합니다. 십일로 시작해서 이십이 되고 이십일부터 삼십, 사십, 구십, 일백이 됩니다. 십 이상의 숫자는 십 숫자에서 일부터 구까지 더해 가는 것입니다. 따라서 열 이상의 숫자는 존재하지 아니하므로 숫자에 더하거나 곱하여 표시하고 계속 반복하여 생겨나는 이 숫자는 백, 천, 만, 백만 등 헤아릴 수 없는 뜻, 거鉅와 무無가 됩니다.

열에 열을 적 또는 곱하면 $10^{10} \times 10^{10}$(무한대)으로 표기하고 열에서 열을 석 또는 나누는 것을 $10^{10} \div 10^{10} = 1$로 표시하죠. 정산하면 결국 하나(一)가 되는 것입니다. 없는 것이 아니고 하나로 존재하는 것입니다.

십 이상의 숫자 백, 천, 만, 십만, 백만, 천만, 만만 등으로 이름을 붙이나 그 뜻은 무한하게 크다는 것입니다. 즉, 거鉅무無라고 표시한 것입니다. 이 무한하고 크게 생성되거나 형상화된 것은(鉅化) 그릇, 상자, 공간에 넣을 수 없고 담을 수 없습니다. 즉 형상화할 수 없는 것을 말한 것입니다(鉅無櫃化).

그러나 삼천이三天二, 삼지이三地二, 삼인이三人二는 하나에 하나를 더하면 둘이 형성된다는 것입니다. 즉 하늘, 땅, 사람에 하나를 새롭게 각각 더하면 둘이 생성되어 시작과 끝이 생긴다고 보는 것입니다. 그러므로 시작을 일(一), 끝을 이(二)로 본 것입니다.

삼대삼합三大三合은 육이 새롭게 형성 또는 생성되는 것입니다.

하나에서 둘을 더하고 삼을 더하여 생성된 숫자가 육이 됩니다(一 + 二 + 三 = 六). 그러므로 육은 새로운 공간세계의 시작입니다. 그 새로운 공간세계의 시작 육에서부터 구까지를 더하면(六, 七, 八, 九) 삼십(三十)이 됩니다. 따라서 삼십은 결국 십에 해당되는 것입니다. 다음 숫자를 칠七, 그다음 숫자를 팔八, 그다음 숫자를 구九라고 한 것입니다.

열(十)은 무한하게 큰 것이므로 하나(一) 또는 무無라고 하여 없다는 뜻 0으로 표시합니다. 열 다음에 하나를 더하는 것을 열하나(十一)로도 표시할 수 있습니다. 운삼사성運三四成은 음·양의 기본 에너지에 의하여 더하거나 곱하면 열에서 완성된다는 것입니다.

하나에서 둘을 더하면 삼이 되고 삼에서 삼을 더하면 육이 됩니다. 육에서 사를 더하면 열이 됩니다. 그러므로 삼과 사에서 열이 완성되므로 삼사성이라고 한 것입니다. 즉 열은 완성 숫자가 됩니다. 또한 더 이상 끝이 없다는 숫자이므로 하나 또는 영이라고 합니다.

환오십일環五十一은 운삼사성에 의하여 완성되는 숫자가 열이므로 열에서 다섯을 더하거나 빼면 오가 됩니다. 즉 사 다음 숫자 오와 구 다음 숫자 십은 순환원리에 의하여 서로서로 다섯 공간을 두고 열이 되므로 하나, 즉 같다고 한 것입니다. 따라서 오와 오를 더하거나 합하면 열이 됩니다(五十一).

불교에서는 오온, 즉 다섯 가지 색·수·상·행·식에서 작용하여 안·이·비·설·신, 몸에 존재하는 기관을 통해 서로 일어나는 것을 현실세계, 즉 오라고 한 것입니다.

신체기관을 통하지 아니 하고 일어나는 '의'나 '법'은 마음으로 생기는 것이므로 현실세계가 아니고 눈으로는 볼 수 없는 세계, 즉 영혼세계를 열이라고 합니다. 그러므로 오와 열은 하나로 보는 것입니다. 즉 오근과 오식이 융합되어 순환하는 과정을 말합니다.

주역에서는 사, 즉 네 가지 작용에서 토 중심으로 하고 있습니다. 천간 열 가지를 천부경에서는 열이라 합니다. 지지는 열두 가지로 보고 음·양 오행이 순환한다고 한 것입니다.

즉 1과 6(水) 2와 7(火) 3과 8(木) 4와 9(金) 5와 10(土)을 같은 음양오행으로 구분하여 5와 10(土)을 중심으로 순환한다고 했습니다(環五十一).

이 세상의 우주만물(하늘, 땅, 사람)은 삼익三益(三極사상)에 의하여 생성되고 형성되어 서로서로 순환하고 있습니다. 숫자의 생성과정을 말한 것입니다.

그러나 '우주 삼라만상'은 하나에서부터 나오고 하나에서 비롯되나 이 하나는 하나라고 이름 짓기 이전의 하나이며 본래부터 있어온 하나입니다(一始無始一). 이 하나는 있는 그대로를 말하는 것이고 사람이 생각하기 이전의 상태를 하나라고 말한 것입니다.

하나에서 시작되나 시작된 하나는 없는 것입니다. 불교에서는 색불이공色不異空 · 공불이색空不異色 · 색즉시공色卽是空 · 공즉시색空卽是色 · 수상행식역부여시受想行識亦復如是라는 문자로 표현하였습니다. 즉 색수상행식色受想行識 다섯 가지를 '오온五蘊'이라 하고 이 모두를 공空하다는 문자로 표현했습니다. 불교의 공空을 천부경에서는 일一이라는 문자로 표현했습니다. 불교에서 말하는 색불이공色不異空부터 수상행식역부여시受想行識亦復如是까지 24자로 표현한 것을 천부경에서는 일시무시일一始無始一 5자로 표현했습니다.

도교에서는 '도'道, 또는 '덕'德이라 하였고 유교에서는 '인'仁이라 하였고, 경교에서는 '사랑'이라고 표현했습니다. 그러므로 우주 삼라만상을 여러 개로 나누고 구분하려 해도 끝이 없으며 끝이라고 생각한 끝에서 다시 시작되므로 다 함이 없으며(析三極無) 마지막 끝은 하나의 먼지와 같은 점 하나로 보아야 됩니다(極無盡).

우주 속의 보이는 하늘을 하나라 했고, 우주 속의 보이지 아니한 하늘도 하나라 했습니다. 하늘은 본래 있는 그대로를 하늘이라 보고 하나라 했습니다. 하늘은 본래부터 있어 온 성품에서 하나가 시작됩니다(本天一). 땅은 우주 속의 하나, 하늘 속의 하나에서 시작됩니다. 그러므로 일지일一地一이라 했고 사람은 하늘 아래 땅 위에 존재하는 하나이나 음과 양, 즉 여자와 남자가 합쳐져서 새로운 하나가 시작되는 것을 말한다고 했습니다(二人一).

또한 땅 위의 생물, 식물, 동물, 물속의 고기, 해초 등은 음양에 의해서 새로운 하나가 시작되는 것도 있으나 스스로 하나를 만드는 것도 있습니다. 우주 삼라만상의 하나는 음양오행의 원리에 의하여 서로서로 변화하고 의지하면서 존재하고 있는 것입니다. 즉 태양 주위로 땅(지구)이 있고, 땅 위에 사람과 동물, 식물들이 존재하고, 물속이나 땅속에서도 동물, 물고기, 해초 등이 존재하고 있는 것이므로 사람 중심이 되는 것입니다.

우주는 하나에서 나오고 태어나서 시작되나 하나를 더하거나 합하면 십이 되어 무한대를 만들어냅니다. 이 무한하고 큰 것을 구분하여 이름 붙일 수 없는 것이고, 어떠한 모양으로도 변화시킬 수 없습니다(三一積十 鉅無櫃化).

우주 속의 하늘도 음, 양이 있고 우주 속의 땅도 음, 양이 있으며 우주 속의 사람도 음, 양 기운 속에 함께 존재(運三四成)하면서 네 가지의 원인으로 시작하여 완성되는 것을 끝으로 보는 것입니다. 그러나 끝이 아니고 새롭게 다시 시작하는 것입니다. 한마디로 시작과 끝이 없는 것입니다. 불교에서는 불생불멸不生不滅, 즉 생멸에 의한 생로병사生老病死라고도 하며 도교에서는 음양에 의한 봄·여름·가을·겨울 자연의 변화를 말합니다.

이렇게 변함없는 하나가 바로 형상화된 하늘과 땅과 사람입니다. 즉, 사四 자를 파자로 풀이하여 보면 하늘의 음양이 '••(ㅣㅣ)'이고 땅의 음양이 二이고 사람의 음양은 하늘 땅 중심의 ㅣㅣ입니다. 그러므로 열 가지의 모든 숫자는 하나(一)로 만들어진 것입니다.

형상화되기 이전의 하늘, 태양, 땅, 사람과 형상화된 이후의 하늘, 태양, 땅, 사람이 서로 어울리면서 기운과 에너지에 의해 변화하여 우주 속에 살아가는 동안 이 네 가지가 만나고 헤어져서 서로 완성(運三四成)되는 것이 우주 삼라만상입니다.

순환하여 살아가는 이 현상의 세계는 우리가 현재 살고 있는 이 세상입니다. 즉 인간이 어머니 뱃속에서 태어난 시점부터 현재

까지의 기간을 말합니다. 다시 말하면 나의 조상의 뿌리부터 시작입니다.

또한 천부경에서는 이 세상의 중심을 '오'라고 하였으며 천상, 또는 지하, 즉 영혼 및 신들의 세계가 새롭게 나오고 생겨나는 것을 '육'이라 하였으며, 인간이 죽은 이후 새롭게 태어나는 세상, 즉 눈으로 볼 수 없는 영혼세계에 태어나는 태아의 출발을 육생이라고 했습니다.

영혼세계의 네 가지 작용으로 형상화된 하늘, 땅, 사람과 형상화되기 이전의 하늘, 땅, 사람과 형상화된 이후의 하늘, 땅, 사람, 이 세 가지가 어우러져 서로 에너지와 기운에 의하여 변화하여 완성되었다가 다시 태어나거나(生) 또는 시작(始)하는 작용을 '육', '칠', '팔', '구'라 하고 그 중심을 '십'이라고 한 것입니다.

따라서 '오'와 '십'은 육체세계와 영혼세계의 중심이 되는 것입니다. 음, 양의 기운 및 에너지에 의하여 이 세상, 저 세상, 상대성 원리에 의해서 이름 붙인 것이 진실과 거짓, 낮과 밤, 안과 바깥, 남자와 여자, 빛과 그림자 등 대치되는 것이 헤아릴 수 없이 많고 또한 문자로 이름 지을 수 없는 것도 헤아릴 수 없이 많으나 이들의 조화를 통해서 우주 삼라만상은 운행하고 성장하여 변화와 진화 속에서 발달되고 파괴되어 창조되어 가고 있는 것입니다.

그러므로 하늘과 땅과 사람이 원래의 근본 상태, 본래 있는 그대로의 상태, 형상화되기 이전의 상태와 형상화된 이후의 상태가 에너지 기운에 의하여 서로 어울려 변화된 상태, 즉 이 네 가지 상태가 서로서로 어울려서 우주 삼라만상이 완성되는 것입니다.

따라서 우주 삼라만상은 서로서로 따로 구분하여 나눌 수 없는 본래의 하나입니다(環五十一). 이렇게 하나가 현묘하고 현묘한 신령스러움에 의하여 새롭게 형성되어(妙衍) 우주 삼라만상이 서로 변하고 변하면서 있다가 없어지기는 하나 그 본래의 본성은 변화하지 아니합니다(妙衍萬往萬來用變不動本).

그러므로 그 쓰임은 무수히 변하나 근본은 다함이 없고, 즉 '흘러가되 흘러가지 않고 흘러가지 않지만 흘러가는구나. 현묘하고 현묘한 신령스러움이 시절인연 따라 나오는구나'를 불교 화엄경 의상대사 법성게에서는 제법부동본래적諸法不動本來寂이라고 했습니다.

마음(本心)은 한 생각(一念)이 일어나기 이전의 마음입니다. 불교에서는 무명無名 · 무상無想 · 무소유無所有 · 무주無住 · 무색無色 · 무념無念의 상태, 즉 깨달음이라고 하였으며 도교에서는 본래 있는 그대로의 상태, 즉 이름 붙이기 이전의 상태를 무위無爲라고 하였습니다. 본래의 마음 본성은 태양빛의 밝음과 같은 상태이며, 본성은 밝음을 무수히 추구하고 있는 것입니다(昻明).

이러한 본성은 마음의 근본과 우주 삼라만상의 근본이 하나로 소통할 때 이 세상과 보이지 않는 다른 세상의 일체가 밝아집니다. 이렇게 밝은 마음을 가진 사람에게는 하늘과 땅이 하나로 녹아들어가 있어 천지창조가 되는 것입니다(人中天地一). 즉 사람이 하늘과 땅의 주인공이며 그 중심에 사람이 있다는 것입니다.

오래전부터 우리나라에 구전으로 전해 오는 것으로는 무릇 이 세상 만물의 모습은 있으나 그 만물을 내보내는 참 임자의 모습이 없으니 아무것도 없는데서 만물을 빚어내고, 돌리고, 서로 어우러지게 하는 이가 하느님이요, 그 있음을 빌어 세상에 나고 죽고 웃고 아파하는 것들이 바로 사람과 이 세상 만물입니다.

처음에 하느님이 주신 성품(마음)에는 생각과 분별심이 존재하지 아니 했으나, 즉 본래 '참'과 '거짓'이라는 게 없었으나 사람이 그 성품을 받은 순간부터 깨끗함과 더러움이 생겨났으니 그것은 마치 백 갈래, 천 갈래, 만 갈래 시냇물을 달 하나가 다같이 비추어 주고 있듯이 같은 비에 젖지만 만 가지 풀과 나무들이 다 제각기 피어나는 것과 같습니다.

가슴 아파라! 모든 이들이 갈수록 악하고 어리석어져 마침내 어질고 슬기로운 것과는 거리가 멀며 마음속 어지러운 불길이 서로를 불태워 세상을 불구덩이로 만들고, 서로 다투는 허망한 생각 먼지가 청정한 마음의 근본을 가려 버렸습니다. 그로 말미암아 흥하듯 망하고 일어났다가 꺼지는 것이 마치 아침햇살 아래 노는 하루살이와 같고 밤 촛불에 날아드는 가엾은 나방의 신세를 면치 못합니다.

이는 어린 아들이 우물에 빠지는 것보다 더 큰일이니 어찌 자비로운 아버지가 그냥 바라보고만 있겠습니까? 이것이 무릇 큰 사랑과 큰 지혜와 큰 힘을 지닌 하느님께서 사람 몸속으로 화현하여 세상에 내려오신 까닭이며 또 가르침을 펴고 나라를 세우신 까닭입니다.

이 하늘 말씀은 진실로 마음속 깊이 간직한 가장 높은 참 이치이면서 뭇 사람들을 밝은 이가 되게 하는 둘도 없는 참 경전이 천부경입니다. 하늘의 가르침(天訓)은 저 파란 창공이 아니며 저 까마득한 허공도 아닙니다.

하늘은 얼굴도 바람도 없고, 시작도 끝도 없으며, 위, 아래, 둘레 동서남북 사방도 없고 비어 있는 듯하나 두루 꽉 차 있어서 있지 않은 곳이 없으며 무엇 하나 조용하지 않은 것이 없습니다.

하느님에 대한 가르침(信訓)은 시작도 끝도 없는 근본자리에 계시며 큰 사랑과 큰 지혜와 큰 힘으로 하늘을 만들고 온누리를 주관하여 만물을 창조하시되 아주 작은 것도 빠진 게 없으며 밝고도 신령하여 감히 사람의 언어로는 표현할 길이 없습니다.

언어나 생각 및 마음을 통해 하느님을 찾는다고 해서 그 모습이 보이는 게 아닙니다. 오로지 생각과 분별심이 존재하지 않는 자신의 진실한 마음을 통해 하느님을 찾으라 했습니다. 그리하면 너의 뇌 속에 이미 내려와 계시니라고 했습니다.

하늘나라에 대한 가르침(天官訓)은 하늘나라에는 하느님의 집이 있는데 그곳에 이르기 위해서는 많은 선행을 쌓고 덕을 베풀어야 합니다. 하느님이 계신 곳은 뭇 신령과 밝은 이들이 호위하여 모시고 있어 지극히 길하고 성서러우며 밝고 신령한 기운이 감싸고 있으니 오직 참 본성이 열리고 공적을 완수한 사람만이 하늘나라에 가서 영원한 쾌락을 얻게 될 것입니다.

세상에 대한 가르침(世界訓)은 밤하늘에 끝없이 널리고 펼쳐진

저 별들을 보라 했습니다. 이루 헤아릴 수 없으며 크기와 밝기가 제각각 다릅니다. 하느님께서 온누리를 창조하시고 우주 전체에 걸쳐 수백, 수천만 개의 세계를 거느리고 있으니 너희 눈에는 너희가 살고 있는 땅이 제일 큰 듯하나 한 알의 구슬에 지나지 않습니다.

하느님께서 온누리를 창조하실 때 중심의 거대한 기운덩어리가 폭발하여 무수한 별들이 생겨나고 바다와 육지가 이루어져 마침내 우리가 살고 있는 지금과 같은 모습을 갖추게 되었습니다.

하느님께서 기운을 불어넣어 땅속 깊이까지 감싸고 햇볕과 열로 따뜻하게 하여 걷고, 날고, 허물 벗고, 헤엄치고, 흙에서 자라는 온갖 것들이 번성하게 되었습니다.

진리에 대한 가르침(眞理訓)은 사람과 우주만물은 다 같이 근본이 되는 하나에서 나왔으며, 이 하나는 세 가지의 참됨을 받으니 이는 본성本性과 생명生命, 정기精氣입니다.

사람은 이 세 가지를 온전히 받으나 만물은 하나 이상 부족함이 있거나 사람보다 치우치게 받게 되는 것입니다. 참 본성은 착함도 악함도 없으니 가장 밝은 지혜로 두루 통하여 막힘이 없고, 참 생명은 밝음도 흐림도 없으니 그다음 밝은 지혜로 다 알아 어리석음이 없으며, 참 정기는 두터움도 엷음도 없으니 그다음 지혜로 만 가지 기틀을 잘 지켜 흐트러짐이 없습니다. 따라서 누구나 욕심을 버리고 근본이 되는 본심의 하나로 돌아가면 한마음 되어 하느님과 하나가 됩니다(本心本太陽).

뭇 사람들은 미혹하여 세 가지 망령됨이 그 뿌리를 내리니 이는 마음(心)과 기운과 몸입니다. 마음은 본성에 의지하는 것으로 선악이 있으니 착하면 복이 되고, 악하면 화가 미칩니다. 기운은 생명에 의지하는 것으로 청탁이 있으니 맑음은 오래 살고 흐리면 빨리 죽습니다. 몸은 정기에 의지하는 것으로 후박이 있으니 두터우면 '귀'하고 엷으면 '천'하다 했습니다. 참됨과 망령됨이 서로 마주하여 세 갈래 일을 만드는데 이는 느낌(感)과 숨쉼(息)과 부딪침(觸)입니다.

이 세 가지가 굴러 다시 열여덟 경계를 이루니 '느낌'에는 기쁨과 두려움과 슬픔과 성냄과 탐냄과 싫어함이 있고, '숨쉼'에는 밝은 기운과 흐린 기운과 찬 기운과 더운 기운과 마른 기운과 젖은 기운이 있으며, '부딪침'에는 소리와 빛깔과 냄새와 맛과 음탕함과 만짐이 있습니다.

뭇 사람들은 착하고 악함과 맑고 흐림과 넘쳐남과 모자람을 서로 섞어서 이 여러 경계의 길을 마음대로 달리다가 나고, 자라고, 늙고, 병들고, 죽는 고통에 떨어지고 맙니다.

그러나 깨달은 이는 느낌을 그치고(止感), 호흡을 고르고(調息), 부딪침을 금하여(禁觸) 오직 한뜻으로 나아가 망령됨을 돌이켜 참됨에 이르고, 마침내 크게 하늘 기운을 펴니 이것이 바로 성품이 열리고 공적을 완수함입니다.

결국 우주 삼라만상은 하나로 돌아가고 하나에서 끝이 나지만 이 하나는 하나라고 이름 붙여지기 이전의 하나이며 끝이 없는, 있는 그대로의 하나입니다(一終無終一).

끝이 나면 다시 시작이 오는 것이고 우주 삼라만상이 음양 기운과 에너지에 의해 완성되면 끝이 오나 끝이 아니고 새롭게 시작됨을 '천부경'에서 가르치고 있는 것입니다.

남을 위해 살고 죽음에 부끄러움이 없는(人爲當竭力) 지극한 정성의 기운이 하늘에 닿을 때 하늘이 문을 여는 것입니다(至氣天觸在故天門開始). 이를 '하늘의 비밀'이라고 최치원은 이름 붙인 것입니다.

천부경 81자를 "하늘의 비밀"이라 이름을 붙이고 순환 과정에 의하여 이 심오한 내용이 변화된다는 것을 누구나 쉽게 실천할 수 있는 수행 방편의 하나로 "천부거일심도天符鉅一心圖"를 만들었습니다.

天符鉅一心圖 천부거일심도

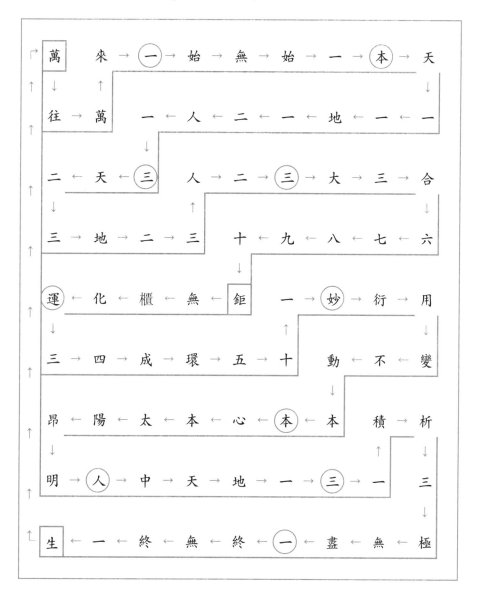

〈제5권으로 계속〉